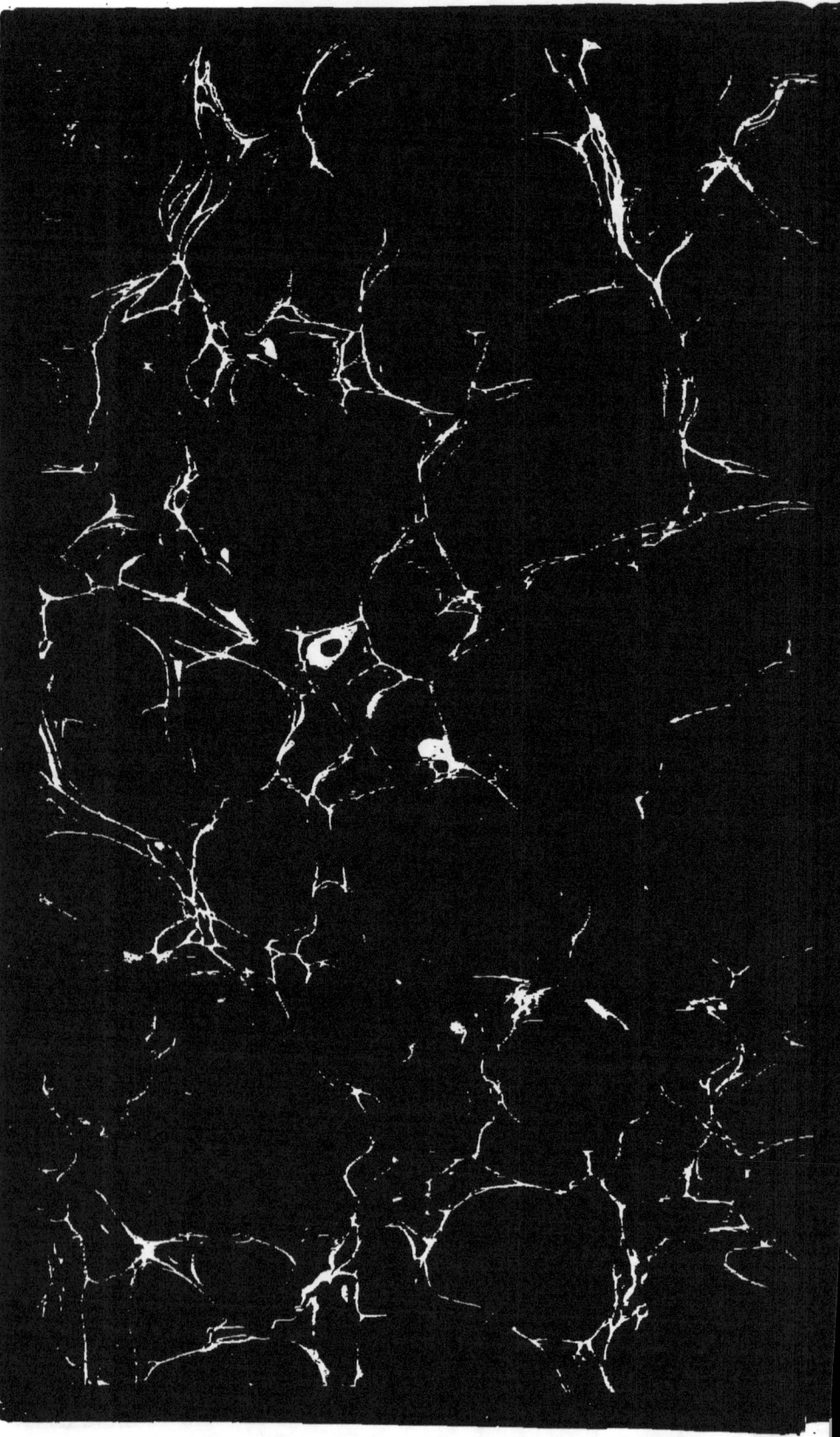

# ŒUVRES

## COMPLÈTES

### DE JACQUES-HENRI-BERNARDIN

### DE

# SAINT-PIERRE.

## TOME ONZIÈME.

DE L'IMPRIMERIE DE L.-T. CELLOT.

# ŒUVRES

### COMPLÈTES

## DE JACQUES-HENRI-BERNARDIN

### DE

# SAINT-PIERRE,

MISES EN ORDRE ET PRÉCÉDÉES DE LA VIE DE L'AUTEUR,

## PAR L. AIMÉ-MARTIN.

.... Miseris succurrere disco.
ÆN., lib. I.

## HARMONIES DE LA NATURE.

### TOME PREMIER.

## A PARIS,

CHEZ MÉQUIGNON-MARVIS, LIBRAIRE,
RUE DE L'ÉCOLE DE MÉDECINE, Nº 3.

M. DCCC. XX.

# A SON ALTESSE ROYALE

# MADAME,

## DUCHESSE D'ANGOULÊME.

---

Je viens déposer à vos pieds un livre dont mon mari, s'il eût vécu, se fût empressé de vous faire hommage.

La France eût vu ce vieillard vénérable se présenter devant Votre Altesse, et lui offrir cet ouvrage, où il fut si souvent l'interprète sublime de la Providence. Ému à l'aspect de la Fille des Rois, il eût dit à ces incrédules dont il a si souvent flétri les erreurs : « Voyez »cette auguste Princesse que nos larmes ap- »pelaient en vain; ses longues souffrances

a

» n'ont servi qu'à dévoiler ses vertus ; il y a
» quelques mois, son retour nous eût paru
» un prodige, toute la puissance des hommes
» n'aurait pas suffi pour nous la rendre : main-
» tenant la voici parmi nous ; sa présence,
» comme celle d'un ange, annonce la fin de la
» colère céleste : vous voyez bien qu'il existe
» une Providence. »

Je suis, avec le plus profond respect,

MADAME,

DE VOTRE ALTESSE ROYALE,

la très-humble et très-obéissante
servante,

DE SAINT-PIERRE,
née DE PELLEPORC.

# PRÉAMBULE.

Au milieu des agitations du monde et des
révolutions des empires, lorsque toutes les
ambitions se réveillent, et que la foule se
précipite vers la fortune, nos regards se reposent avec délices sur la retraite du sage,
qui, paisible dans ses désirs, espère tout
de la nature, et ne demande rien aux
hommes. Ainsi, lorsqu'Athènes s'épuisait
en vain pour courber les peuples sous son
oug ; lorsque les Phocéens profanaient le
emple de Delphes, et que Philippe triom-
phant sur les ruines d'Olynthe insultait les
nations et menaçait la liberté de la Grèce,
e divin Platon, environné de ses disciples,
llait s'asseoir au sommet du cap Sunium.
Là, sous les ombrages du bois sacré de
Minerve, dans la douce contemplation de
es mers azurées où s'élevaient les tours

de la riche Délos , il oubliait les crimes des hommes pour ne parler que de la vertu.

Un aussi ravissant spectacle semblerait le fruit du temps et de l'imagination , si un sage , un vrai philosophe , le Platon de la France , ne l'avait renouvelé de nos jours. C'est au moment des grandes cala- mités que le ciel faisait peser sur l'Eu- rope , c'est lorsque des bourreaux étaient nos rois , que l'auteur immortel des Études et de Paul et Virginie fuyait les villes dé- solées , et se réfugiait au sein d'une soli- tude champêtre. Méprisant la fortune qu'on n'achète qu'au prix de la vertu , il ne se voyait point applaudi dans une tri- bune de factieux , dans un cercle de syba- rites ou dans un conciliabule d'athées ; mais d'innocentes victimes le bénissaient à leurs derniers moments , et cherchaient dans ses pages religieuses les preuves de leur immortalité. Au lieu d'entendre dans sa retraite des proclamations flétrissantes et des arrêts de mort , il entendait les oiseaux célébrer par leurs chants le lever et le coucher du soleil. Il se disait : « Rien » n'est encore perdu ; l'astre du jour ne » s'est point écarté de sa route ; il féconde » nos champs , il fait fleurir nos prairies , » comme si tous les hommes n'avaient » pas cessé d'être bons. » Assis sur les bords des ruisseaux, à l'ombre des peupliers et des saules, * ses pensées ne se reposaient que sur de paisibles objets. Tout ce qui frappe nos regards dans les cités nous parle des hommes, de leurs injustices, de leurs crimes , de leurs misères ; leurs palais sont l'asile de la bassesse , et leurs arcs de triomphe , des souvenirs glorieux de leurs forfaits. Au contraire, tout ce qui nous environne dans les campagnes nous invite à la vertu , et nous révèle une Providence. Il semble , en contemplant la nature , qu'il n'y ait jamais eu de crime dans le monde. Dans les palais, il ne faut

---

* Dans son ermitage d'Essone.

qu'un petit chagrin pour empoisonner la
félicité des riches ; aux champs, il ne faut
qu'un petit bonheur pour consoler les infortunés. La terre leur prodigue ses dons ;
le pauvre y peut faire le bien, et là seulement le sage sait apprécier sa grandeur et
sa faiblesse. Tantôt à l'aspect des vergers
dont il perfectionne les fruits, des graminées que sa main multiplie sur toute la
terre, des animaux terribles qu'il dompte
et qu'il conduit avec un roseau, il se croit
l'être le plus puissant de la nature ; tantôt
en contemplant cette paille légère où la
Providence plaça le grain qui le nourrit,
et qu'un souffle peut anéantir ; en voyant
les plus vils insectes ronger ses fruits, détruire ses moissons, et s'attacher à lui-
même, il se méprise et rougit de son abaissement. Mais il lui suffit d'une pensée pour
reconnaître sa grandeur, et d'un sentiment
pour se convaincre de son immortalité.

Réduire l'homme à son corps, c'est le
réduire à ses sens. Il résulte de cette idée

que la brute devrait avoir une intelligence supérieure à la nôtre, car les sens d'un grand nombre d'animaux sont plus parfaits que ceux de l'homme. Cette seule objection détruit le système des matérialistes. Tout ne dépend donc pas des sens, puisque ceux des animaux ne les placent point au-dessus de nous ; et si tout ne dépend pas des sens, il y a donc quelque chose dans l'homme qui n'appartient ni aux sens ni à la matière. Qu'il est sublime l'être qui, au milieu des images de la destruction, sans puissance pour en arrêter les effets, instrument de destruction lui-même, devine son éternité, et élève jusqu'au ciel une pensée qui ne doit pas mourir !

Ah ! cette pensée est empreinte sur le front de l'homme ! Son aspect a quelque chose d'imposant, de sublime, qui parle de son avenir. Ce n'est point une machine organisée seulement pour la mort, qui peut aimer avec tant de passion, créer avec tant de génie, commander avec tant

1*

de puissance ! Sa vieillesse même annonce
que le ciel l'attend ; c'est près de sa tombe
qu'il laisse entrevoir toute sa grandeur et
que se dévoilent toutes ses vertus. Il semble que la présence d'un vieillard ne nous
pénètre d'une si profonde émotion, d'un
respect si religieux, que parce que notre
conscience nous apprend que plus il s'éloigne de nous, plus il s'approche de l'immortalité. Cette vérité ne me sembla jamais plus frappante que la première fois
que je vis l'homme illustre dont je publie
aujourd'hui les OEuvres. On m'avait conduit sur les bords de l'Oise, dans cette
retraite où bientôt, hélas ! il devait terminer sa vie : c'était dans une belle soirée
d'automne ; tout était calme autour de
moi, la lune jetait sa lueur tranquille à travers les arbres dépouillés de verdure, un
vent doux agitait les feuilles desséchées, et
les chassait dans la prairie ; mais l'émotion
dont j'étais pénétré devint encore plus vive,
lorsque je vis sur le penchant de la colline

le vieillard vénérable que j'étais venu chercher sur ces rives. De longs cheveux blancs couvraient ses épaules ; la vertu respirait dans tous ses traits : il y avait dans sa physionomie quelque chose d'idéal et de sublime qui n'appartenait pas à la terre. Eh quoi ! me disais-je, ne serait-ce là qu'un mortel promis à la tombe ? Tant de sagesse n'aurait-elle conçu que de vaines espérances ? Tant de vertus n'auraient-elles pour récompense qu'une mort éternelle ?

L'auteur de Paul et Virginie s'occupait dans sa retraite à recueillir les matériaux de cet ouvrage. La postérité ne verra point sans surprise un livre composé pour le bonheur des hommes, à une époque dont elle n'attendait que des crimes ; un livre où l'auteur esquissait les beautés de la nature en présence de Dieu, dans le temps même où un ministre de la république soldait insolemment de vils compilateurs pour retrancher des poëtes latins tout ce qui concernait la Divinité, afin de les rendre classiques dans le nouveau systèmè d'éducation que préparait l'athéisme.

Aussi les sophistes ne pardonnèrent-ils point à notre auteur de croire à Dieu, et de ne pas croire à leurs systèmes ; de chérir les vertus religieuses, et de n'attacher aucune espérance, aucune foi, aux vaines spéculations de l'athéisme. En butte aux traits de la haine, il n'y répondait que par des élans d'amour et de bienveillance. Ce qu'il voyait de méprisable dans l'homme ne le lui faisait point mépriser ; son cœur ne pouvait qu'aimer, ou plaindre. A mesure qu'il perdait une de ses illusions, il la remplaçait par une vertu ; mais peu-à-peu il s'éloignait des sociétés brillantes et trompeuses, pour se rapprocher de la nature, qui charme et qui console. Il se retirait d'un monde où la richesse tient lieu d'honneur, où la puissance tient lieu de tout ; qui promet des plaisirs et ne donne que des remords ; qui nous environne d'une fausse joie, et ne permet qu'à la flatterie de plaire

et à la méchanceté d'amuser. Alors, au
lieu de s'abandonner avec amertume au
dégoût que devait lui inspirer la vue de
tant de vices, de turpitude et de fausseté,
il livra son ame au bonheur tranquille de
la solitude, comme celle des ambitieux se
livre au bonheur inquiet de la fortune. La
pensée d'une Providence le conduisait de
découverte en découverte : un style enchanteur embellissait encore la science
qu'il venait de créer. On a dit que Buffon
était le peintre de la nature ; Bernardin
de Saint-Pierre est son amant le plus
tendre. Il la contemple avec des yeux
pleins d'amour ; il l'aime, il la fait aimer,
il lui prodigue toute son ame ; il est ravi
en sa présence. Voyez comme elle le pénètre de ses feux, comme elle le touche
par ses bienfaits, l'enchante par sa splendeur, l'étonne par sa magnificence ! En
esquissant ses beautés ineffables, il ne fait
que céder à son entraînement : il nous
remplit d'émotion, parce qu'on sent qu'il

est ému ; il intéresse, il entraîne, parce qu'il fait entendre le langage du cœur. Ces impressions célestes qui remplissent notre ame au premier rayon de l'aurore ; ce tressaillement qu'on éprouve dans la solitude profonde des bois ; ce calme, cette fraîcheur qui nous inspirent aux bords d'un ruisseau ; les illusions, les extases du sentiment, les douces rêveries d'un premier amour, se font sentir dans ses pages pleines de vie et d'éloquence. Semblable à l'Armide du Tasse, il construit un palais enchanté, où l'homme oublie ses passions, sa faiblesse, sa misère, et s'abandonne à des prestiges ravissants, parce qu'il ne se souvient plus que d'aimer.

C'est la contemplation de la nature qui conduit le vrai sage à la contemplation du Créateur ; elle élève son ame jusqu'à cette grande pensée sans laquelle l'univers serait inexplicable ; car rien de ce qui est soumis à nos sens ne peut être expliqué par les sens : ils voient, ils entendent, mais ils ne comprennent pas; et vouloir tout réduire à leur témoignage, c'est se condamner à l'erreur. Voilà pourquoi tant de philosophes se sont égarés; et leurs nombreux systèmes ne prouvent que leurs incertitudes. Déplorables contradictions de l'esprit humain ! Ils veulent fonder une doctrine sur la science qui ne cesse de changer, et ils refusent de croire aux vérités que leur présente la nature qui est toujours la même. Ils veulent tout soumettre à leur raisonnement, et ils ne veulent pas qu'une raison supérieure ait créé l'univers. Leur intelligence est la seule qu'ils reconnaissent sur la terre et dans le ciel. Ils ont une sagesse qui ne console pas, une science qui n'instruit pas, et tous les efforts de leur génie se réduisent à ne plus espérer, à ne plus croire. Si vous leur présentez une fleur, ils vous montrent le ver qui lui ronge le sein : c'est en nous écrasant sous le poids de nos misères, qu'ils veulent nous faire renoncer à l'éternité. Tout ce qui est un sujet de pleurs et de désolation pour les hommes, est pour eux un sujet de triomphe; cependant, à l'heure même où ils blasphèment, les moissons fleurissent autour d'eux, un beau ciel brille sur leur tête, l'astre du jour se lève et se couche pour leur prodiguer sa lumière. Ah! gardons-nous de croire celui qui, au milieu de tant de joies, n'aperçoit que des souffrances, et qui en recevant tant de bienfaits, ferme son ame au bienfaiteur! L'assentiment de tous les peuples s'élève contre lui. Les nations les plus sauvages ont conçu l'idée de Dieu en le contemplant dans ses œuvres. A peine l'univers sortait du chaos; à peine tout ce qui vit ouvrait les yeux à la lumière, que, d'un coin de ce globe, une pensée sublime s'élançait aux pieds de celui qui est; il fallait bien qu'au milieu de cette pompe naissante des mondes, un hommage solennel fût adressé à leur Créateur. Ce premier élan de la reconnaissance instruisit le ciel que le chaos avait cessé, et que la

vie commençait. Mais lorsque des esprits
inquiets voulurent se donner au néant, la
religion des peuples opposa des temples à
leurs vaines clameurs. Que dis-je ! le siècle
même qui vit naître les raisonnements les
plus trompeurs de l'athéisme, fut témoin
du triomphe des idées religieuses. Ce que
la philosophie avait attaqué comme de
vaines superstitions, devint le seul recours
de l'homme livré à la fureur des hommes.
La mort parut ! Tous les raisonnements
furent oubliés, l'expérience resta. Au sein
du bonheur, au milieu des délices du
monde, la philosophie avait prêché le
néant ; et maintenant les victimes marchent à l'échafaud, qui est pour elles le
chemin de l'éternité. La beauté, la richesse, la grandeur, s'évanouissent comme
un songe ; la pensée de Dieu remplace
tout ; cette pensée, qu'on avait voulu
chasser des cœurs, devient le seul bien de
l'homme : elle survit à ses passions, le
soutient dans son agonie, et l'enrichit de

tous les trésors du ciel, lorsque tout lui échappe sur la terre. Ah ! s'il n'y avait pas de Dieu, il y aurait donc des douleurs sans consolation !

Jetons un coup-d'œil rapide sur la terre, essayons d'esquisser quelques-uns de ses tableaux, voyons si leur aspect doit mener à l'incrédulité.

La douleur appartient à ce globe ; son empire est l'univers : sur les glaces des pôles, aux bords de l'Alphée et de l'Aréthuse, dans les riantes vallées de l'Arcadie, par-tout où il y a des hommes, on est sûr de rencontrer des infortunés. Mais si la douleur est par-tout, il n'est aucun lieu de la terre où, par une douce compensation, le plaisir ne puisse éclore. Le nègre, brûlé des ardeurs du soleil, a ses brises du soir, ses danses nocturnes, et les doux moments où il repose. Pourquoi refuser de voir les bienfaits qui nous environnent ? Ces couleurs, ces parfums, cette lumière, ces eaux murmurantes, ces voix harmonieuses, tout cela n'est-il donc que de la douleur ? Doux repos de la nature ! ravissement des ames vertueuses ! rien n'est plus enivrant que vos émotions. Voyez comme au printemps tout renaît, tout s'anime, tout s'embellit. Il paraît, et les vallées fleurissent, et les coteaux se couvrent de feuillage ; les cieux reprennent leur sérénité, le soleil toute sa splendeur, et de douces rosées rafraîchissent les airs. Le ciel épuiserait-il ses richesses pour embellir la terre ? non. Quelques gaz impurs, décomposés dans la tige d'une plante, se sont changés en cette fleur délicate qui exhale de doux parfums. Un peu d'eau, que la nature a travaillée en silence, a formé ces forêts, ces fruits et ces moissons. L'air invisible a été légèrement agité, et des chants mélodieux ont ravi notre oreille ; un rayon de lumière a été lancé dans l'espace, et les couleurs ont embelli l'univers, et les images magiques de ces tableaux ont été portées jusqu'à notre ame. Ainsi, il n'a fallu qu'un souffle pour nous environner de prodiges, et réveiller dans notre esprit les idées d'ordre, de sagesse et de puissance. Mais ne considérons point ces grands phénomènes; tant de pompe et de luxe nous éblouirait. Jetons les yeux sur ce que la nature a créé de plus faible, sur ces atomes animés pour lesquels une fleur est un monde, et une goutte d'eau un océan. Les plus brillants tableaux vont nous frapper d'admiration; l'or, le saphir, le rubis, ont été prodigués à des insectes presque invisibles. Les uns marchent le front orné de panaches, sonnent la trompette et semblent armés pour la guerre; d'autres portent des turbans enrichis de pierreries, leurs robes sont étincelantes d'azur et de pourpre, ils ont de longues lunettes comme pour découvrir leurs ennemis, et des boucliers pour s'en défendre. Il en est qui exhalent le parfum des fleurs, et sont créés pour le plaisir. On les voit avec des ailes de gaze,

des casques d'argent, des épieux noirs
comme le fer, effleurer les ondes, voltiger
dans les prairies, s'élancer dans les airs.
Ici, on exerce tous les arts, toutes les in-
dustries; c'est un petit monde qui a ses
tisserands, ses maçons, ses architectes :
on y connaît les lois de l'équilibre et les
formes savantes de la géométrie. Je vois
parmi eux des voyageurs qui vont à la découverte, des pilotes qui, sans voiles et
sans boussole, voguent sur une goutte
d'eau à la conquête d'un nouveau monde.
Quel est le sage qui les éclaire, le savant
qui les instruit, le héros qui les guide et
les asservit? Quel est le Lycurgue qui a
dicté des lois si parfaites? Quel est l'Or-
phée qui leur enseigna les règles de l'harmonie? Ont-ils des conquérants qui les
égorgent et qu'ils couvrent de gloire? Se
croient-ils les maîtres de l'univers, parce
qu'ils rampent sur sa surface? Contem-
plons ces petits ménages, ces royaumes,
ces républiques, ces hordes semblables à

2*

celles des Arabes; une mite va occuper
cette pensée qui calcule la grandeur des
astres, émouvoir ce cœur que rien ne peut
remplir, étonner cette admiration accou-
tumée aux prodiges. Voici un faible insecte
qui s'enveloppe d'un tissu de soie, et se
repose sous une tente; celui-ci s'empare
d'une bulle d'air, s'enfonce sous les eaux,
et se promène dans son palais aérien. Il
en est un autre qui se forme, avec de
petits coquillages, une grotte flottante
qu'il couronne d'une tige de verdure. Une
araignée tend sous le feuillage des filets
d'or, de pourpre et d'azur, qui semblent
réfléchir les couleurs de l'arc-en-ciel. *
Mais quelle flamme brillante se répand
tout-à-coup au milieu de cette multitude
d'atomes animés ! Ces richesses sont effa-
cées par de nouvelles richesses. Voici des
insectes à qui l'aurore semble avoir prêté
ses rayons les plus doux. Ce sont des

---

* L'araignée du Mexique, nommée *atocatl*.

flambeaux vivants qu'elle répand dans les prairies. Voyez cette mouche qui luit d'une clarté semblable à celle de la lune ; elle porte avec elle le phare qui doit la guider. Plus loin, un ver rampe sous le gazon ; tout-à-coup il se revêt de lumière, il s'avance comme le fils des astres, et ces reflets éclatants qui rayonnent autour de lui, éclairent les doux combats et les ravissements de l'amour.

Mais c'est dans les soins que prend la nature pour conserver ces petits êtres, qu'on reconnaît sur-tout sa prévoyance admirable. La sagesse de Pythagore, le génie de Platon, la science d'Aristomachus, ne dédaignaient pas l'étude de leurs jolies peuplades ; la poésie même trouva dans cette étude des sujets qu'elle ne put embellir. Virgile, qui célébrait le triomphe d'Énée, la fondation de Rome, la gloire d'Auguste, passait des louanges du fils de Vénus aux louanges des abeilles. Que dis-je ! on a vu deux académies entières se consacrer à l'étude de

ces insectes ; * des savants se sont réunis
pour observer leurs mœurs, pour décrire
leur gouvernement, et pour apprendre à
l'Europe les travaux et l'intelligence d'une
mouche. Son histoire n'est pas celle d'un individu isolé, c'est celle d'un peuple, d'une
nation, c'est presque l'histoire d'Athènes
ou de Sparte. Cependant, par un caprice
singulier du sort, tandis que ces académi-
ciens, armés de microscopes et munis de
lettres patentes pour interroger la nature,
cherchaient vainement à découvrir le
mystère des amours de la reine abeille, ce
mystère s'offrait, comme de lui-même, à
un savant aveugle et solitaire, et le secret
de la nature était révélé à celui qui ne
pouvait la voir. **

Ainsi l'étude de ces peuplades innombrables est pleine de douceur et de charme.
On aime à contempler les petits drames

* L'académie de Lusace et celle de Lauter.
** M. Huber, de Genève. Voyez son excellent ouvrage sur les abeilles.

que ces acteurs représentent tour-à-tour ;
leurs guerres, leurs duels, leurs massacres
font réfléchir. Leur destination dans l'ordre général de l'univers décèle une intelligence créatrice. Les harmonies d'un insecte ailé pour voltiger de fleur en fleur,
armé d'une trompe pour puiser dans leur
sein une liqueur que tout l'art des chimis-
tes ne saurait en extraire, prouvent une
puissance qui sait unir les choses animées
aux choses inanimées. Le nectaire des
fleurs contient une liqueur dont l'abeille
doit faire la récolte : l'abeille était donc
prévue par la puissance qui a créé les
fleurs. L'abeille a reçu quatre ailes, et la
mouche ordinaire n'en a que deux : une
intelligence divine avait donc prévu que
l'abeille, butinant le miel et la cire, en
chargerait ses pattes creusées en cuillers,
et que quatre ailes lui seraient indispen-
sables pour soutenir et transporter ce fardeau. Voilà de ces harmonies qu'il est impossible de repousser, parce qu'elles unis-

sent entre elles des objets dissemblables : une mouche et une fleur, une goutte de miel cachée dans le fond d'une corolle, et la trompe d'un animal destinée à la recueillir. Mais un nouveau phénomène appelle nos regards. Je vois une abeille solitaire au milieu de la prairie : elle se pose sur une fleur, elle essaie d'en pomper le miel ; ses efforts sont vains, la profondeur du calice est si grande, qu'elle ne peut pénétrer jusqu'au lieu qui recèle son trésor. Ne la croyez point découragée, cette récolte ne sera pas perdue. Comme les Sauvages de l'Amérique qui coupent l'arbre par le pied pour en avoir le fruit, elle tourne autour de la fleur, scie adroitement sa corolle, et laisse à découvert le nectar qu'elle doit nous présenter dans une coupe de cire.

Non loin de là est une nation belliqueuse, une société de sages et de guerriers : les petits êtres qui la composent ont un langage varié ; ils s'aiment, ils ai-

ment leur patrie, ils travaillent, ils combattent pour elle. Leur prévoyance semble le fruit des réflexions les plus profondes, des combinaisons les plus ingénieuses.
Entrez dans le sein de cette cité, vous y
verrez un petit peuple tout noir, qui trace
de longues galeries, forme des cellules,
élève étage sur étage et palais sur palais.
Arrêtez-vous un instant sur les bords de
cette caverne creusée au pied d'un arbre,
il va s'y passer des prodiges. Le petit peuple noir y amène des animaux d'une autre
espèce, et les y laisse dans l'esclavage.
Aussitôt les prisonniers s'attachent aux racines humectées des plantes, et y puisent
un miel abondant que les maîtres de l'habitation se hâtent de recueillir. Ces maîtres
sont des fourmis, les insectes qui fabri-
quent le miel sont des pucerons. Ainsi les
fourmis ont des étables où elles enferment
leur bétail. Elles trouvent dans les pucerons des espèces d'animaux domestiques :
ce sont leurs vaches, leurs chèvres, leurs

brebis ; et ces industrieuses villageoises passent les beaux jours du printemps au sein de leur métairie, occupées, comme les dieux d'Homère, à savourer l'ambroisie. *

Le nombre des insectes est si grand, qu'ils semblent être les maîtres naturels de notre globe. Ils habitent la terre, les airs et les eaux. Armés de scies, de râpes, de tenailles, ils aident les travaux du temps. Ils détruisent les forêts, rongent les fruits, anéantissent nos récoltes ; rien ne leur échappe : ils se glissent dans les palais des princes, usent leurs vêtements de pourpre, percent les marbres, règnent sous les lambris dorés, et poussent leurs conquêtes jusque sur l'homme lui-même. O profondeur de notre misère ! ce roi des animaux, ce maître de l'univers est promis au ver impur qu'il foulait à ses pieds.

En contemplant les ruses, la force et

* Voyez l'ouvrage de Huber sur les fourmis.

la puissance des insectes; en étudiant les
soins de la nature pour leur conservation,
l'homme aurait peut-être le droit de se
plaindre de l'abandon où elle semble le
laisser à sa naissance ; mais sa plainte ne
prouverait que son ingratitude. C'est jus-
tement cette longue faiblesse de l'enfant,
cette lenteur extrême d'accroissement, les
dangers nombreux qui l'attendent , qui
sont les causes de ses perfections. Si , dès
sa naissance , l'enfant eût trouvé tout ce
qui est nécessaire à sa vie ; s'il eût été revêtu des mains de la nature; si ses forces
ou ses ruses l'eussent mis à même d'éviter
tous les périls, de vaincre tous les obstacles, c'en était fait de sa grandeur : sa
pensée éteinte n'eût jamais inventé les arts
et les sciences qui font sa gloire. Il eût
consumé son existence dans la langueur et
la volupté , et le travail lui eût été in-
connu. Ainsi la force de l'homme naît de
sa faiblesse , son génie de ses besoins, sa
grandeur de son abaissement. Mais comme

tout devait lui rappeler la fragilité de son
être, il ne trouva rien, même dans sa pensée, qui pût le satisfaire. Ses jouissances
ne lui laissèrent que des inquiétudes et
des amertumes ; son ame allait toujours
au delà de ce qu'elle avait souhaité, de ce
qu'elle avait créé. Le bonheur le fuyait, et
il ne recueillait que des plaisirs fugitifs
comme sa vie. Hélas ! tout est passager sur
la terre ; l'Éternel a mis les jouissances
de l'homme dans ses illusions, comme il a
placé le grain qui le nourrit sur une paille
frêle et légère.

Chose remarquable ! celui qui a donné
des bornes à notre intelligence, n'en a
point donné à nos désirs, afin de nous
faire concevoir un autre bonheur que celui
de cette vie. C'est un but vers lequel tendent des pensées qui ne peuvent être per-
dues. Au reste, si les grands secrets de la
nature échappent à notre génie, il n'en est
pas de même de ce qui peut nous éclairer sur
nos devoirs et sur nos besoins. Tout ce qui

est utile à l'homme est senti et approuvé de tous les hommes, et la morale la plus sublime a été mise à la portée des esprits les plus simples. Ce principe devait être universel, puisque l'existence du genre humain y était attachée. Des nations entières ont péri parce qu'elles avaient abandonné la vertu : l'animal se conserve par son instinct ; l'homme ne peut se conserver que par les idées religieuses ; et ceci est une des plus grandes preuves de son immortalité : car les idées religieuses conduisent à la vertu, et la vertu protége l'homme et la société. Au contraire, les doctrines impies conduisent au vice, et les vices détruisent l'homme, anéantissent les nations. Ainsi la vie est le fruit de la vérité et de la sagesse, comme la destruction est le fruit du mensonge et de l'erreur. D'ailleurs, que de fragilité dans nos doctrines ! que d'inconséquences dans nos raisonnements ! Par quelle contradiction celui qui refuse de croire à son immortalité,

parce qu'elle ne lui est pas révélée par les
sens, ajoute-t-il foi si facilement à tant de
doctrines qui ne peuvent soutenir ni l'examen de l'expérience, ni l'épreuve du temps?
Pourquoi tant d'incrédulité pour des idées
sublimes? Pourquoi tant de crédulité pour
des idées absurdes et flétrissantes? Les systèmes sur lesquels il se fonde changent
trois ou quatre fois chaque siècle, avec les
sciences qui les ont inspirés. Le plus faible
écolier rougirait aujourd'hui d'appuyer son
impiété des arguments de Lucrèce, de
Spinosa et de d'Holbach : ce qui formait
alors les preuves invincibles de l'athéisme,
est actuellement sans force et sans crédit.
Ce *Système de la nature,* qui fut pour les
incrédules le sujet d'un scandaleux triomphe, ne leur inspire plus que de la pitié.
La science fait un pas, le savant marche
avec elle, et sa pensée a changé : vérité
du jour, erreur du lendemain. Quel fonds
faire sur des principes qui sont vrais ou
faux selon le temps? Quel jugement por-

ter de ces sophistes qui se réduisent à croire tant d'erreurs pour éviter de croire une vérité ? Et cependant, au milieu de ce mouvement des opinions humaines, la religion et la vertu ne changent pas; ce qui est vrai aujourd'hui sera vrai demain, dans tous les siècles, devant toutes les nations : ainsi l'immuabilité de la morale en prouve la vérité, comme la variation de nos systèmes en prouve l'erreur.

Telles sont les idées qu'inspire l'étude approfondie de l'homme, des sciences et de la nature, et qui servent de base au livre des Harmonies de Bernardin de Saint-Pierre. Ce bel ouvrage est un tableau de tous les phénomènes de l'univers. Son auteur se comparait à un pilote jeté au milieu des flots sur un léger esquif, étudiant tour-à-tour les merveilles de l'océan et du ciel, tantôt esquissant les sommets lointains des montagnes, tantôt débarquant sur de tristes écueils, ou sur les rives d'une île enchantée. Des contrées in-

3*

connues et délicieuses lui apparaissent quelquefois au milieu des tempêtes, il s'y arrête, et se plaît à s'y reposer des fatigues du voyage : cependant il prend des sondes pour assurer sa route, et ses yeux contemplent sans cesse le ciel, qui lui sert de guide, et qui doit le conduire au port.

Nous allons essayer ici de rappeler quelques traits du plan immense que l'auteur s'était tracé, et dont nous avons suivi les principaux points dans l'ouvrage que nous publions.

# PLAN DES HARMONIES,

## ou

## SYSTÈME GÉNÉRAL DE LA NATURE.

Le soleil est le premier mobile, l'ame de la nature ; sa présence est la vie, son absence est la mort. S'éloigne-t-il de notre hémisphère? l'air cesse d'être dilaté, l'eau d'être fluide, la terre d'être féconde, les plantes de végéter, la plupart des animaux de se mouvoir. L'univers engourdi se couvre d'un voile funèbre; avec la nuit et les frimas naissent la tristesse et le deuil : tout meurt, et la nature dans un profond repos semble attendre une nouvelle vie. Mais que le soleil reparaisse, l'air est doucement agité, les flots murmurent, de légers nuages rafraîchissent le ciel, et les vapeurs de l'océan circulent autour de la terre pour la féconder. Les rayons du soleil forment, si j'ose m'exprimer ainsi, un élément céleste qui anime tout, et dont aucun animal ne fait le foyer de son existence; il n'y a point d'être visible qui leur soit ordonné, comme l'oiseau à l'air, le poisson à l'eau, le quadrupède à la terre : ils échappent au pouvoir de l'homme. On ne peut ni les comprimer, ni les dilater, ni les couper, et cependant ils nous enveloppent de toutes parts; ils tombent sans pesanteur sensible;

ils s'élèvent sans légèreté; ils meuvent tout et sont inébranlables; ils traversent les vents sans être agités, les eaux sans s'éteindre, la terre sans s'y renfermer. Enfin le soleil est le peintre de la nature, et ses rayons apportent en même temps la lumière, la vie et l'intelligence.

L'air est le second agent de la création ; il est l'aliment du feu, qui le décompose. Sans l'air tout s'éteint, les rayons du soleil même ne produisent point de chaleur. C'est ce que prouvent les sommets des montagnes, qui, toujours environnés d'une atmosphère très-raréfiée, sont couverts de frimas éternels. Ainsi l'atmosphère est comme un verre convexe, dont le Créateur a entouré le globe pour y rassembler les rayons de la lumière. Il y a donc harmonie entre le soleil, astre un million de fois plus gros que la terre, et l'air, agent invisible, qui enveloppe cette même terre.

L'eau semble être le troisième agent de la nature; elle tient du feu sa fluidité. Nous la voyons dans plusieurs états différents qui sont en harmonie avec nos besoins. La mer reçoit les fleuves, et c'est de la mer que les fleuves s'élèvent sous la forme de légères vapeurs. Le vent les chasse aux sommets des hautes montagnes, elles s'y changent en glace, reprennent bientôt leur fluidité, et courent arroser et féconder les contrées lointaines. Ainsi, dans ce cercle éternel, les mêmes eaux sont toujours ramenées sur les mêmes rivages. Les flots de ce fleuve ont été vus par nos aïeux, et nos enfants les verront après nous. La prodigalité de la nature n'est qu'apparente, c'est souvent lorsqu'elle se montre dans sa plus grande splendeur, qu'elle met le plus d'épargne dans ses productions. Veut-elle parer le sein de ce globe désolé par les frimas? elle combine quelques gaz invisibles dans une frêle semence, et soudain la terre se couronne de fleurs et s'ombrage de forêts ondoyantes. Veut-elle augmenter la fécondité des campagnes? elle y disperse les lacs, les ruisseaux, les fleuves. Pour être inépuisable, elle prend, comme nous l'avons déjà dit, toutes ces eaux dans la mer, les y fait retomber, les y reprend encore, et donne ainsi à sa pauvreté l'apparence du luxe et de la richesse.

La terre se présente à nous sous des combinaisons encore plus multipliées par ses fossiles, ses sels, ses métaux, ses vallées, ses montagnes, ses rochers. C'est une immense ruine qui s'élève du sein des mers; les orages soufflent sur ses décombres, un astre étincelant les couvre de lumière. Tout lui vient du ciel : le soleil est comme le réservoir inépuisable de ses fleurs et de ses moissons. Elles naissent avec la lumière, elles en reçoivent les saveurs, les parfums et la vie. L'enfant, dans son berceau, aux pieds de sa mère, n'est pas gardé avec plus de soin, n'est pas l'objet de plus de sollicitude, que cette semence jetée comme par hasard dans un coin de ce globe. Ainsi les végétaux sont le cinquième agent de la nature. Le soleil

semble créé pour les échauffer, l'air pour
les agiter, l'eau pour les arroser, la terre
pour les porter. Cependant ils sont subor-
donnés à un règne qui leur est bien supé-
rieur. L'animal a un cerveau qui reçoit
l'image des objets, une intelligence qui
les juge, une réflexion qui s'y attache.
Jusqu'à présent, nous n'avons vu ni la
vie ni la mort : ces deux grandes puissances nous apparaissent pour la première
fois. La nature se perfectionne, elle anime;
mais hélas! elle ne peut animer sans détruire. Elle prodigue l'existence, l'amour
enchante la terre. Tout naît avec lui ; on
sent, on pense, on aime. C'est à présent
que l'univers est créé.

Mais que vois-je ? Au milieu de cette multitude d'êtres divers, une créature presque
céleste s'avance avec majesté ; sa tête est
ombragée d'une chevelure superbe, son
corps a l'éclat du lis, un duvet naissant
couvre ses joues de rose. Qu'elle est faible cette créature ! que ses mains ont peu

de force ! Elle est nue, sans armes, sans appui; elle est si fragile qu'il semble qu'un souffle puisse la briser. De tous côtés sa vie est menacée. En voyant les dents ef-froyables, les défenses menaçantes des animaux qui l'environnent, on devine qu'ils sont créés pour détruire; mais en voyant ces regards touchants, cette candeur gracieuse, ce sourire qui charme et qui séduit, il semble que cet ange du ciel n'est créé que pour aimer. Que dis-je ! cet être si frêle, si délicat, s'avance déjà en dominateur. Cette créature si douce s'est armée pour donner la mort; le fer étincelle sur son front, la foudre tonne dans ses mains. Les animaux les plus cruels fuient à son aspect. Sa gloire est de tuer; sa sagesse, de mépriser la mort. Et lorsque, fatiguée de détruire, elle veut laisser des marques de son passage sur la terre, ses plus beaux ouvrages portent encore l'empreinte de son néant. Vainement l'homme élève des palais et des arcs de triomphe !

le temps les use en silence, et il ne peut laisser que des ruines.

Ainsi la plus forte puissance de la nature est la pensée ; elle embellit ou bouleverse l'univers, et les autres puissances lui sont soumises. L'homme est le seul de tous les êtres, à qui l'Éternel ait confié le feu ; il le dérobe au caillou, le fait jaillir du tronc des chênes ; il le puise jusque dans le soleil. Il s'en sert pour arracher de la terre le fer qui doit la féconder, et c'est alors qu'avec le fer et le feu, comme avec un double sceptre, il s'avance à la conquête du monde. Tous les climats le reçoivent, il les enrichit tous ; et sa puissance se manifeste à-la-fois par des bienfaits et par la destruction. Quelques plantes lui suffisent pour attacher à son service les animaux les plus utiles : le taureau, le cheval, le mouton, qu'il multiplie à son gré. Il captive jusqu'aux légers habitants des airs ; ses métairies entendent leurs cris joyeux, et s'embellissent de leurs

familles nombreuses. C'est un oiseau qui
s'élance au milieu des nues pour lui apporter sa proie ; c'est un oiseau qui, comme un
esclave fidèle, plonge dans les abîmes de
l'onde, et dépose dans sa main une pêche
abondante. Ainsi l'homme étend sa puissance sur tout ce qui existe : c'est à tort qu'il
se plaint des fleuves qui entraînent ses plan-
tations, des plantes vénéneuses qui croissent sous ses pas, des animaux qui le me-
nacent ; son génie l'a rendu maître de la
nature.

On n'a point encore assez observé l'harmonie qui existe entre les productions de
la terre et les travaux de l'homme qui la
cultive. La terre semble mesurer ses bienfaits à nos soins : elle ne produit que sous
la main qui la féconde. A mesure qu'on
l'abandonne, les animaux utiles et fami-
liers l'abandonnent aussi, et sont rempla-
cés par des reptiles et des insectes veni-
meux. Il est des contrées en Grèce, où les
oiseaux voyageurs ont cessé de se rendre

L'île de Chypre * ne voit plus leurs troupes vagabondes s'abattre dans ses champs sans moissons. Semblables à ces amis qui vous délaissent dans l'infortune, elles fuient ces rives désertes qui n'ont plus que des souvenirs. Ainsi la présence de l'homme fait le charme de la nature, et ses travaux en font la beauté. Retire-t-il sa main? tout rentre dans la confusion et le chaos. Ses campagnes sont son ouvrage; ses fleurs les plus brillantes, il les a créées : c'est d'une ronce épineuse qu'il a fait éclore, comme par enchantement, la rose fraîche et parfumée. Avant ses travaux, la pêche était amère et acide; l'olive, sèche et âcre; la poire ne présentait qu'une chair rude et aigre, le pommier était hérissé d'épines; le blé même, dans son état primitif, ne fournissait qu'un grain rare et peu nourri. **
L'homme paraît, les épines tombent, la

* Voyage de Sonnini en Grèce.
** Voyez Buffon.

rose double sa corolle, la pêche et la poire
se remplissent d'une liqueur parfumée, l'o-
live est dépouillée de son amertume, les
gerbes ondoyantes enrichissent nos guérets, et le blé devient le soutien du genre
humain, et peut-être la première cause de
sa civilisation.

Cette domination, l'homme la doit à son
génie, qui est un rayon de l'Intelligence
divine, comme le feu dont il dispose est
une émanation du soleil. Tout ce qui vit a
le sentiment de l'intelligence supérieure
qui l'anime. Voilà pourquoi le chien s'attache plutôt à lui qu'au bœuf et au cheval.
La première pensée qu'il éleva aux pieds
du Créateur, le plaça à la tête de la création. Tous les animaux ont en partage une
passion, quelques-uns même portent plus
loin que nous l'amitié, l'amour conjugal,
l'amour maternel, l'amour de la patrie,
ces instincts naturels dont nous avons fait
des vertus par la corruption de nos sociétés; cependant le sentiment de la Divinité

n'a été donné qu'à l'homme, non à cause
de sa sublime intelligence, mais parce
qu'il est la plus faible, la plus misérable des
créatures, et qu'au milieu de ses grandes
douleurs, il fallait à son ame des consolations célestes comme elle. Dieu a fait les
éléments, les plantes et les animaux pour
l'homme, et l'homme pour lui. En effet,
dans l'état de progression où nous venons
de présenter les œuvres du Créateur, de
quoi servirait à l'homme tant de génie et
de puissance, s'ils n'aboutissaient qu'au
bonheur de l'animal? Il fallait que l'intelligence de l'homme pût remonter vers une
intelligence supérieure à la sienne; il fallait que son ame, qui est faite pour aimer,
reconnût une puissance digne de l'attacher; il fallait enfin un objet à sa reconnaissance, un but à ses vertus, un refuge
à sa misère.

Dès que l'habile auteur des Études fut
parvenu à se former une idée précise des
puissances de la nature, leurs harmonies

4*

lui furent dévoilées. Il traça un grand cercle, image du cours apparent du soleil, le divisa en douze époques égales comme l'année, et se proposa d'examiner, à chacune de ces époques, les harmonies du soleil avec l'air, les eaux, la terre, les végétaux, les animaux, et l'homme. Les harmonies humaines devaient comprendre la théorie de l'éducation publique et privée, l'étude des passions, la douce peinture de l'amour maternel, de l'union conjugale, des amitiés fraternelles, et la contemplation des harmonies du ciel, dernier refuge de l'homme. Les autres puissances devaient renfermer tous les tableaux, tous les phénomènes de la nature, cette chaîne qui unit l'être sensible aux objets insensibles. Il aurait peint les relations établies entre le quadrupède léger, vigoureux, doué de mémoire, et une plante immobile et sans instinct. Il aurait montré le même végétal qui se change tour-à-tour en soie par le travail d'un ver impur, en une laine fine et délicate sur le corps de la brebis, ou en une liqueur délicieuse dans les mamelles de la génisse. Il nous eût fait admirer les rapports qui existent entre les yeux des animaux et la lumière, le sommeil et la nuit, les organes de la respiration et l'air, les poils, les plumes, les fourrures, et les jours, les saisons et les climats. Jetant ensuite un regard sur l'homme et sur sa compagne, il eût contemplé les harmonies et les contrastes de ces deux créatures célestes. C'est par la force que l'homme prétend tout surmonter, c'est par sa faiblesse que la femme peut tout vaincre : elle échappe à la douleur en lui cédant, l'homme la brave et succombe. Cette faiblesse de la femme, qui fait toute sa puissance, fait en même temps toute sa beauté ; elle lui doit l'élégance de ses formes, les graces de ses mouvements, la légèreté de sa taille, et cette marche timide et chancelante qui semble demander un appui. De quoi servirait l'audace à un

être si faible? La douceur, la modestie,
voilà ses armes. L'impression touchante
de son regard, le charme qu'elle répand
autour d'elle, cette douce compassion sur
nos maux, qui ne se montre que par des
pleurs, que lui faut-il de plus pour nous
séduire? Ce qui semble en elle une imper-
fection, est le chef-d'œuvre de l'Éternel.
Sa faiblesse commande à la force, ses larmes à la tyrannie, sa timidité à l'audace,
et sa beauté si fragile lui soumet l'univers.

D'après cette légère esquisse, il est facile de voir que toutes les sciences physiques et morales devaient enrichir l'ouvrage auquel Bernardin de Saint-Pierre
avait consacré les études de sa vie entière.
Chaque livre était terminé par un dialogue
dramatique, destiné à développer les vérités morales que fait naître l'observation de
la nature et des hommes. Tels sont la Mort
de Socrate, Empsaël, la Pierre d'Abraham,
et le Voyage en Silésie. Sans doute un plan
aussi vaste ne pouvait jamais être rempli;

mais il eût été comme le tableau complet
de la science, depuis les temps antiques
jusqu'à nous. Les hommes vulgaires réduisent tant qu'ils peuvent leurs plans à
des figures régulières, pour s'y reconnaître ; Bernardin de Saint-Pierre avait
pris pour modèle la nature, qui circon-
scrit les individus, et qui étend à l'infini
leurs harmonies. Celles du temps, qui mo-
difie l'univers, n'ont pour bornes que l'é-
ternité. Le temps passe, disons-nous ; nous
nous trompons : le temps reste, c'est nous
qui passons. Les jours, les mois, les années, les siècles, ne sont que des modifications du temps. Toutes les lois de la
nature s'engrènent comme des rouages :
en vain nous croyons en détacher quelques-uns pour notre usage : qui n'en a
pas l'ensemble n'en a que des débris ; la
fin d'une science n'est que le commencement d'une autre, comme le coucher du
soleil sur notre horizon n'est que l'aurore
d'un autre hémisphère.

On dira peut-être que Bernardin de Saint-Pierre doit à Pythagore l'idée fondamentale de son livre. En effet, ce père de la bonne philosophie est le premier qui ait posé en principe que les harmonies ont formé l'univers. Si ses ouvrages étaient parvenus jusqu'à nous, nous y trouverions sans doute une partie des idées que renferme celui-ci. Il avait rapporté ses harmonies aux nombres ; et les sophistes de notre siècle n'ont pas manqué de lui en faire un sujet de ridicule, comme s'il eût fait dépendre uniquement l'existence des êtres d'une opération d'arithmétique. Mais s'ils avaient mis plus de réflexion dans leur critique, ils auraient vu que tous les êtres ont des proportions, et que ces proportions sont réglées sur des nombres. Nous cherchons tous les jours ceux qui expriment combien de fois le rayon du cercle est contenu dans sa circonférence, et ceux qui en établissent la proportion ou le rapport précis : les vérités intellectuelles sont liées

les unes aux autres comme les vérités physiques. Leurs défauts et leurs excès sont
les pierres saillantes et rentrantes qui lient
l'édifice de l'univers. L'attraction même,
à laquelle on ramène aujourd'hui toutes
les opérations de la nature, n'est fondée
que sur des progressions et des rapports
de nombres encore bien indécis ; et ce que
les astronomes connaissent de plus certain
dans le cours des planètes, c'est que les
carrés de leurs temps périodiques sont
entre eux comme les cubes de leurs distances au soleil. Ainsi nos philosophes,
inconséquents, emploient les nombres pour
les usages qu'ils condamnent dans Pythagore. Au reste, je ne crains pas de trop
m'avancer en assurant que l'auteur des
Harmonies de la Nature se serait glorifié
d'être le disciple du rare génie qui trouva
le carré de l'hypothénuse, autre rapport
sublime des nombres, plus important que
celui du rayon au cercle, parce qu'il est
parfait. Il se serait fait honneur de mar-

cher sur les traces du père de la bonne
philosophie, de ce sage illustre qui forma
les hommes les plus éclairés de l'antiquité,
et qui fut la victime de l'ingratitude de ses
concitoyens, afin qu'il ne manquât rien à
sa gloire.

Il est inutile de rappeler ici que les harmonies que Bernardin de Saint-Pierre étu-
diait au sein de la nature, et les harmonies
morales qu'il admirait dans le genre humain, étaient pour lui la preuve d'une
Providence céleste. Mais qu'aurait dit celui qui, au milieu des bourreaux et des
victimes, entrevoyait encore l'espérance,
et la faisait descendre parmi nous, comme
la dernière harmonie qui unit la terre au
ciel; qu'aurait-il dit, s'il avait pu voir le
retour de cette famille auguste que l'Éternel a replacée sur le trône? C'est alors
qu'avec toute la puissance de sa parole
éloquente, il eût proclamé le triomphe de
la Providence. L'aspect de cette princesse,
dont l'approche a dissipé nos douleurs et

nos calamités, l'eût pénétré d'une joie ineffable ; il eût admiré cette pieuse amie, qui fut aussi fidèle aux malheurs de la nouvelle Antigone, que celle-ci l'était à la vertu. * Tournant alors ses derniers regards sur son épouse bien-aimée, sur ces deux enfants dont les doux noms rappellent tant de souvenirs d'innocence et d'amour,** son cœur eût été rassuré sur leur avenir, et les environnant de la protection de la fille des rois, il les eût légués à sa vertu, comme cet ancien Grec qui mourut heureux, parce qu'il avait donné sa famille à sa patrie.

Il est difficile de parler de soi : cependant je ne puis terminer cette faible esquisse sans dire un mot de mon travail. Je ne me suis point dissimulé que mon admiration pour les ouvrages de Bernardin de Saint-Pierre était mon seul titre pour

* Madame la duchesse de Sérent.
** Paul et Virginie. C'est ainsi que M. Bernardin de Saint-Pierre a nommé ses deux enfants.

les publier. Je voulais rendre hommage à
sa mémoire, comme j'avais toujours rendu
hommage à ses talents ; je croyais même
acquitter une dette sacrée, celle de la reconnaissance. Dès ma plus tendre jeunesse, ses ouvrages formèrent ma pensée.
Je dois à leur étude les heures les plus délicieuses de ma vie , et ces douces rêveries qui laissent des impressions ineffaça-
bles. Ce n'était pas seulement de l'admiration qu'ils m'avaient inspirée : leur grace,
leur fraîcheur , leur pureté virginale ,
avaient produit l'enchantement; ils répan-
daient comme un charme inexprimable
sur toute la nature , et, en me faisant
aimer la campagne, ils m'apprenaient à
être heureux. Lorsque, dans la suite, ma
jeunesse fut livrée à de longues douleurs,
je trouvai encore dans les pages religieuses
de cet écrivain des consolations célestes
comme son génie. J'oubliais avec lui l'in-
justice des hommes, les revers de la fortune , et les amertumes d'une vie pénible

et agitée. Trompé dans mes affections les plus tendres, malheureux parce que je commençais à perdre mes illusions, je me réfugiai avec lui dans le sein de la nature, et j'y goûtai des moments de calme et de repos que mon cœur n'osait pas espérer, qu'il craignait même de trouver, tant son agitation lui plaisait encore! Il semblait me dire : Les passions qui enivraient ton ame sont trompeuses; mais les émotions qui nous pénètrent à l'aspect de la nature, ne trompent jamais. Contemple ces retraites champêtres, écoute le chant de ces oiseaux, vois comme ces campagnes sont tranquilles, comme la nature est ravissante dans sa beauté, généreuse dans ses bienfaits, et ose croire à présent que tu es né pour le malheur! Alors je sentais renaître mon courage; et rassemblant ces feuilles dispersées par le vent, comme celles de la sibylle, j'y cherchais les secrets de cette Providence divine qui se manifeste par des merveilles, et le tableau de ces harmonies

qui inspiraient le peintre des amours de
Paul et Virginie, lorsque dans son enthou-
siasme je l'entendais s'écrier :

« Soyez mes guides, filles du ciel et de
» la terre, divines Harmonies ! c'est vous
» qui assemblez et divisez les éléments; c'est
» vous qui formez tous les êtres qui vé-
» gètent, et tous ceux qui respirent. La na-
» ture a réuni dans vos mains le double
» flambeau de l'existence et de la mort. Une
» de ses extrémités brûle des feux de l'a-
» mour, et l'autre de ceux de la guerre.
» Avec les feux de l'amour vous touchez la
» matière, et vous faites naître le rocher
» et ses fontaines, l'arbre et ses fruits, l'oi-
» seau et ses petits, que vous réunissez par
» de ravissants rapports. Avec les feux de
» la guerre vous enflammez la même ma-
» tière, et il en sort le faucon, la tempête
» et le volcan, qui rendent l'oiseau, l'arbre
» et le rocher aux éléments. Tour-à-tour
» vous donnez la vie, et vous la retirez,
» non pour le plaisir d'abattre, mais pour

»le plaisir de créer sans cesse. Si vous ne
» faisiez pas mourir, rien ne pourrait vivre;
» si vous ne détruisiez pas, rien ne pourrait
» renaître. Sans vous, tout serait dans un
» éternel repos; mais par-tout où vous por-
» tez vos doubles flambeaux, vous faites
» naître les doux contrastes des couleurs,
» des formes, des mouvements. Les amours
» vous précèdent, et les générations vous
» suivent. Toujours vigilantes, vous vous
» levez avant l'astre des jours, et vous ne
» vous couchez point avec celui des nuits.
» Vous agissez sans cesse au sein de la
» terre, au fond des mers, au haut des
» airs. Planant dans les régions du ciel,
» vous entourez ce globe de vos danses
» éternelles, vous étendez vos cercles infi-
» nis d'horizons en horizons, de sphères
» en sphères, de constellations en constel-
» lations, et, ravies d'admiration et d'a-
» mour, vous attachez les chaînes innom-
» brables des êtres au trône de celui qui est.
» O filles de la Sagesse éternelle! Har-

5*

» monies de la nature ! tous les hommes
» sont vos enfants ; vous les appelez par
» leurs besoins aux jouissances, par leur
» diversité à l'union, par leur faiblesse à
» l'empire. Ils sont les seuls de tous les
» êtres qui jouissent de vos travaux, et les
» seuls qui les imitent ; ils ne sont savants
» que de votre science ; ils ne sont sages
» que de votre sagesse ; ils ne sont religieux
» que de vos inspirations. Sans vous, il
» n'y a point de beauté dans les corps, d'in-
» telligence dans les esprits, de bonheur
» sur la terre, et d'espoir dans les cieux. »

L. AIMÉ-MARTIN.

Le 20 février 1814. — Revu à la fin de mai 1818.

# HARMONIES

## DE

# LA NATURE.

## LIVRE PREMIER.

### TABLEAU GÉNÉRAL DES HARMONIES DE LA NATURE.

L'AUTEUR de la nature a subordonné d'abord
les puissances élémentaires à la puissance végétale. Il dit à la terre, revêtue des simples
éléments : « Produisez des plantes avec leurs
» fruits, chacune suivant son genre. » Aussitôt l'organisation se forma de la pensée du
Tout-Puissant, et la vie sortit de sa parole.
Les plaines se couvrirent de graminées ondoyantes, et les montagnes de majestueuses

forêts; les saules argentés et les peupliers pyramidaux bordèrent les rivages des fleuves,
et ombragèrent jusqu'à leurs embouchures.
L'Océan même eut ses végétaux; des algues
pourprées furent suspendues en guirlandes
aux flancs de ses rochers; et des fucus, semblables à de longs câbles, s'élevèrent du fond
de ses abîmes, et se jouèrent dans les flots
azurés. Des cèdres et des sapins entourèrent
de leur sombre verdure la région des neiges,
et agitèrent leurs cimes autour des glaciers
qui couronnent les pôles du monde. Chaque
végétal eut sa température, depuis la mousse,
qui, ne vivant que des reflets de l'astre du
jour, tapisse les granits du nord, et offre, au
sein de la zone glaciale, une chaude litière
au renne qui voiture et nourrit le Lapon,
jusqu'au palmier, qui, bravant les ardeurs de
la zone torride, donne de l'ombre et des fruits
rafraîchissants à l'Arabe et à son chameau :
chaque site eut son végétal, chaque animal
son aliment, et chaque homme son empire.

Heureux qui a vu, dans une île inhabitée
et parée encore de ses graces virginales,
quelques-uns des genres innombrables de

plantes que la nature y a déposés, suivant ses plans primitifs ! Jamais la main d'une bergère n'assortit avec autant de goût, pour plaire à son amant, les fleurs de sa tête et de son sein, que la nature en a mis à grouper les diverses espèces de végétaux, depuis ses sables marins jusqu'aux sommets de ses montagnes, pour les besoins et les plaisirs des animaux et des hommes qui devaient y aborder.

Quel serait notre ravissement si nous pouvions voir la sphère entière des végétaux qui entourent le globe, avec les harmonies qui circonscrivent chacun de ses climats, et rayonnent sous tous ses méridiens ! Mais si nous ne pouvons voyager sur la terre, la terre voyage pour nous. Après nous avoir mis sous le ciel de la zone glaciale, elle nous transporte peu-à-peu sous celui de la torride, et nous offre tour-à-tour les végétaux de ses hivers et de ses étés. Déjà, dans sa course annuelle, elle tourne vers le soleil son pôle boréal, appesanti par une coupole de glaces de quatre à cinq mille lieues de tour ; et par une nuit et un hiver de six mois, perd sous l'équateur l'équilibre de ses deux hémisphè-

res ; elle en éloigne ensuite le pôle opposé,
allégé de ses congélations par un jour et un
été d'une durée presque égale. Notre hémisphère s'échauffe dans toute sa circonférence.
Déjà la zone immense de neige qui couvrait
l'Europe, la Sibérie, les vastes plaines de la
Tartarie, les monts escarpés du Kamtschatka,
et les sombres forêts de l'Amérique septentrionale, s'écoule au sein de l'Océan ; le
Groënland, le Spitzberg, la Nouvelle-Zemble,
voient l'astre de la lumière tourner sans cesse
autour de leur horizon. Des torrents larges et
profonds comme des mers se dégorgent des
détroits de Baffin, de Davis, de Hudson, de
Hischinbrock, de Waigats, et de celui du
Nord, qui sépare l'Asie de l'Europe ; ils entraînent en mugissant, vers l'équateur, des
îles flottantes de glaces élevées comme des
montagnes et nombreuses comme des ar-
chipels. Souvent elles s'échouent à douze
cents pieds de profondeur. Cependant, soit
qu'elles voguent avec les courants, soit qu'elles
restent immobiles, elles se fondent et renouvellent les mers. De bruyantes cataractes se
précipitent de leurs sommets, et des brumes

ténébreuses s'élèvent de leurs flancs ; les vents étendent dans l'atmosphère leurs vapeurs à demi glacées, et les attiédissent aux rayons du soleil ; ils les voiturent dans le sein des continents, et les roulent comme des voiles autour des pics des montagnes qui les attirent. Les unes remplissent les sources des fleuves ; d'autres, suspendues au-dessus des vastes campagnes, se saturent des feux de l'astre du jour, et étincellent d'éclairs ; le tonnerre se fait entendre, et réjouit le laboureur. Des pluies fines et tièdes pénètrent le sein des guérets ; le blé forme son épi ; il reçoit du ciel, dans ses feuilles étagées, de longs filets d'eau que, l'hiver, il ne pompait de la terre que par ses racines. Les feuilles naissantes, plissées avec un art céleste, rompent leurs étuis résineux, écailleux, laineux, qui les préservaient du choc des vents et de la morsure des gelées. Le gemma empourpré de la vigne, et le bourgeon cotonneux du pommier, se gonflent et se crèvent. Les rameaux des arbres, d'un beau rouge, sont parsemés de gouttes de verdure, et de boutons de fleurs blanches et cramoisies. La végétation, au berceau , entr'ouvre les bourrelets de son enfance, et montre par-tout son visage riant. Des bouffées de parfums s'élèvent du sein des prairies et des forêts avec les concerts des oiseaux. La vie végétale est descendue des cieux.

O toi, qui d'un sourire fis naître le printemps, douce Aphrodite, belle Vénus, soismoi favorable! Tu sors du sein des flots, entourée de Zéphyrs et d'Amours; fille du Soleil et de la Mer, brillante Aurore de l'année, viens me ranimer avec toute la nature! Les poëtes et les peintres te représentent, sur notre horizon, devançant le char de ton père, attelé de chevaux fougueux conduits par les Heures; mais, lorsque tu te montres à l'équateur, sur l'horizon de notre pôle, tu es la mère de toutes les aurores qui doivent y apparaître. Elles sortent de dessous ton manteau de pourpre, couvertes de perles orientales, et vêtues de robes de mille couleurs ; les jours et les nuits les dispersent sur tous les sites du globe, au sommet des rochers, sur la surface des lacs, parmi les roseaux des fleuves, dans les clairières des forêts. Pour toi, suivie des Saisons, tu couvres d'un seul jet les flancs cristallisés du pôle et ses vastes campagnes de neige, de ton voile de safran et de vermillon. Mère du printemps, couronne de tes roses naissantes ma tête, couverte de soixante-trois hivers; console-moi des ressouvenirs du passé, du malaise du présent, et des inquiétudes de l'avenir; ramène ma vieillesse à ces moments heureux de mon adolescence, lorsque, levé à tes premières clartés pour étudier de tristes leçons, l'ame flétrie par des maîtres imbécilles et cruels, à la vue de tes rayons je sentais encore que j'avais un cœur. Apparais-moi comme tu apparus à la création, lorsque notre globe terrestre, à ton premier aspect, tourna sur ses pôles et se couvrit de verdure; montre-toi à moi comme tu t'y montreras lorsque, dégagée du poids de mon argile, mon ame, s'élevant de la terre vers le soleil, abordera aux rivages d'un orient éternel !

Viens me guider dans ces vallées de ténèbres et sur ces champs de boue, que toi seule vivifies. Je désire rappeler à des hommes ingrats la route du bonheur qu'ils ont perdue, et la tracer à leurs enfants innocents. Je vais, à ta lumière, leur montrer sur la terre une divinité bienfaisante. Ma théologie n'aura rien de triste et d'obscur : mon école est au sein des prairies, des bois et des vergers ; mes livres sont des fleurs et des fruits, et mes arguments des jouissances.

Je me suis étonné bien des fois de l'indifférence avec laquelle nous considérions le ciel, source de toutes nos richesses actuelles et de nos espérances futures. Nous serions ravis de joie, si nous voyions la sphère des végétaux qui couvrent la terre passer sous nos pieds ; et nous regardons de sang-froid celle des astres rouler sur nos têtes ! Une fleur nous intéresse plus qu'une étoile, et le plus petit jardin que tout le firmament. Tous les arts nous développent dans les plantes une foule de propriétés et de formes charmantes ; et nos sciences ne nous montrent dans les corps célestes que des globes arrondis par les lois uniformes de l'attraction. Faibles et vains, nous circonscrivons dans une seule idée ce que nous voyons d'un seul coup-d'œil : nous établissons le système de l'univers sur un aperçu. La plus petite mousse, par ses harmonies, élève notre intelligence jusqu'à l'Intelligence qui veille aux destins de toute la terre, et l'astronomie fait descendre le matérialisme des astres jusque dans notre botanique, et l'apathie qu'elle leur suppose jusque dans notre morale.

Cependant, ce n'est que pour recueillir les diverses influences du soleil fixées dans les végétaux, et en alimenter notre vie, que nous labourons la terre, que nous bâtissons des magasins, que nos manufactures travaillent, et que nos vaisseaux traversent les mers. Mais, malgré tant de correspondances entre toutes les nations, tant d'observations mises bout à bout, tant de besoins qui devraient étendre nos lumières, les plantes ne sont guère mieux connues que les étoiles. La botanique, avec ses systèmes, ne nous présente, comme l'astronomie, qu'une triste et sèche nomenclature, et que des divisions sans intention et sans but.

Sans doute il ne nous est pas donné de connaître sur la terre les harmonies des puissances sidérales. Celles qui ont des rapports avec nous par leur lever, leur coucher, leurs apparitions et leurs éclipses, et que nous prédisons des siècles à l'avance, sont au fond si superficielles, qu'elles ne méritent d'être mises en ligne de compte qu'à cause de notre extrême ignorance et de nos misères. Fussions-nous des Copernics, des Newtons, des Herschells, nous ne pouvons pas plus nous vanter de les connaître, que de pauvres mendiants les grands seigneurs qui, en passant à des jours réglés sur leur chemin, leur jettent de loin quelques aumônes, sans qu'ils sachent les noms, les caractères et les occupations de leurs bienfaiteurs : encore savent-ils que ce sont des hommes comme eux. Mais comment pourrions-nous connaître la nature du soleil, quand nous ignorons celle d'un grain de sable ? Cependant, puisque la puissance végétale est à notre égard la médiatrice de ses bienfaits, et que c'est sur elle qu'est greffée la vie des animaux et la nôtre, servons-nous-en pour nous élever jusqu'à lui. Nous essaierons de connaître la nature de l'astre du jour par l'examen de tant de fleurs et de fruits qu'il fait éclore pour nos besoins, et qu'il met en évidence dans toute la circonférence du globe. La cause qui les développe pourra nous servir à les étudier eux-mêmes.

Le nombre prodigieux des végétaux jetés comme au hasard dans les prairies et dans les forêts, nous présente un spectacle très-agréable. Je ne doute pas qu'il n'y ait entre les fleurs un véritable ordre au milieu même de leur confusion apparente; mais je ne sais par où je dois commencer à le développer.

Cherchons d'abord les deux bouts du fil qui doit nous guider dans ce labyrinthe.

Il est évident que le soleil est la première cause de la végétation, et que l'homme en est la dernière fin. L'homme seul, des êtres vivants, ramène à son usage toutes les latitudes, tous les sites, tous les végétaux, tous les animaux : telles sont les deux extrémités de la chaîne des puissances, qui forme, par sa révolution, la sphère des harmonies. Le soleil en est la circonférence, et l'homme le centre : c'est à l'homme qu'en aboutissent tous les rayons. Ceci posé, je considère l'homme sous l'influence directe du soleil, au milieu de la zone torride, où il a dû d'abord prendre naissance, parce que là seule-

6*

ment se trouvent tous les végétaux nécessaires à ses premiers besoins, et qu'il ne lui
faut aucune industrie pour en faire usage.
En observant donc sa constitution, je le
trouve composé de plusieurs substances et
humeurs qui doivent sans cesse se renouveler
comme sa vie : tels sont les nerfs, les os, les
chairs, la peau, les veines, la lymphe, le
sang, la bile, le chyle, et plusieurs autres
fluides dont les rapports sont aussi peu connus que les vaisseaux mêmes où ils circulent.
Pour fournir à leur réparation journalière,
la nature a créé d'abord des aliments qui
leur étaient analogues, tels que les farineux,
les rafraîchissants, les sucrés, les vineux, les
huileux, les aromatisés, etc. Elle les a renfermés tout préparés dans les fruits du bananier,
de l'oranger, dans la canne à sucre, dans ceux
du manguier, du cocotier, des arbres à épices, etc. Elle y a joint, pour ses besoins extérieurs, d'autres arbres, pour lui fournir des
toits, des vêtements et des meubles : tels sont
les palmiers de tant d'espèces si variées; le
cotonnier, dont la bourre est si propre à lui
fournir des étoffes légères; le bambou, dont les

scions sont si flexibles ; et le calebassier, dont
le fruit est susceptible de prendre la forme de
toutes sortes de vases. Mais le bananier aurait pu suffire seul à toutes les nécessités du
premier homme. Il produit le plus salutaire
des aliments dans ses fruits farineux, succulents, sucrés, onctueux et aromatiques, du
diamètre de la bouche, et groupés comme les
doigts d'une main. Une seule de ses grappes
fait la charge d'un homme. Il présente un
magnifique parasol dans sa cime étendue et
peu élevée, et d'agréables ceintures dans ses
feuilles d'un beau vert, longues, larges et
satinées : aussi ce végétal, le plus utile de
tous les végétaux, porte-t-il le nom de figuier d'Adam. C'est sous son délicieux ombrage, et au moyen de ses fruits qu'il renou-
velle sans cesse par ses rejetons, que le bra-
mine prolonge souvent au delà d'un siècle le
cours d'une vie sans inquiétude. Un bananier,
sur le bord d'un ruisseau, pourvoit à tous
ses besoins.

Mais, soit que le bananier n'ait été créé
que pour le sage qui aime la vie sédentaire
et méditative, soit qu'il ne puisse pas croître,

même dans son climat, lorsqu'il n'a pas d'eau en abondance, soit plutôt que la nature ait voulu servir sur la table de l'homme des aliments d'une variété de saveur égale à la variété de son goût; il est certain que les arbres de la zone torride portent des fruits délicieux de divers genres, dont les espèces sont innombrables.

Il est digne d'observation que la substance farineuse fait la base de la plupart de ces fruits, tels que ceux de l'arbre à pain; même dans les huileux, comme ceux du cocotier; qu'elle est renfermée en masse dans un grand nombre de racines, comme les cambas, les ignames, les maniocs, les patates; et dans les troncs même de quelques arbres, comme dans celui du palmier-sagou; dans les graines d'une infinité de plantes, telles que les légumineuses, et sur-tout dans celles des graminées, comme les riz, les maïs, les blés, etc. Elle y est assaisonnée, tantôt avec le sucre, tantôt avec le vin, tantôt avec l'huile; et elle y est relevée, dans chaque espèce de fruit, par un aromate qui lui est propre, et qui en détermine le goût. Il y a plus, c'est que de la substance farineuse toute pure, l'art peut extraire, par la fermentation, une partie des saveurs primitives qu'y a déposées la nature, telles que les sucrées, les vineuses, les acides, les huileuses même, comme le prouvent les divers états par où passe la bière, qui, comme on sait, se fabrique avec l'orge. Il n'est pas douteux que notre estomac ne décompose cette substance encore mieux que les meilleurs alambics. Je pense donc qu'elle a des analogies particulières avec nos solides et nos fluides, puisqu'elle est si répandue dans la puissance végétale.

Les besoins de l'homme varient avec les latitudes. Est-il dans les zones tempérées? je vois s'élever pour lui des blés et des plantes légumineuses de diverses espèces; des châtaigniers, des vignes, des pommiers, des oliviers, des noyers, etc., et dans les végétaux qui doivent le mettre à l'abri des éléments, des lins et des chanvres pour le vêtir, et des chênes et des hêtres qui lui présentent des toits inébranlables. Porte-t-il ses pas jusque dans les zones glaciales, où semble expirer la végétation? je vois la folle avoine border les fleuves du nord de l'Amérique, et les champignons et les mousses, dont quelques espèces sont comestibles, tapisser les rochers de la Finlande et de la Laponie. Des forêts de sapins résineux et pyramidaux, et de bouleaux inflammables, lui donnent des abris contre les neiges, et fournissent des aliments à son foyer. La nature vient encore à son secours, en lui présentant des chasses abondantes d'animaux revêtus d'épaisses fourrures, et des pêches de poissons innombrables, dont les saveurs sont souvent préférées à celles des meilleurs fruits ; mais son plus riche présent est sans doute le renne, qui lui fournit son lait comme la vache, son poil laineux comme la brebis, et sa force et sa vitesse comme le cheval.

Ce que la nature a fait en général pour l'homme, elle l'a fait en particulier pour les animaux. Chacun de leur genre, dans les quadrupèdes, oiseaux, reptiles, insectes et poissons, a une espèce de végétal réservée à ses besoins : de manière, toutefois, que l'homme a au moins, dans chaque genre, une espèce qui lui est assignée, et qui est le prototype de ce genre : tels sont le blé dans les graminées, le dattier dans les palmiers, et les autres végétaux qu'il cultive, et que, pour cette raison, on peut appeler domestiques. Il en est de même des animaux qui en portent le nom, et qui, par la supériorité de leurs qualités, paraissent être aussi les prototypes de leur genre : tels sont la poule dans les gallinacées, la vache dans les herbivores, le renne dans les cerfs, le chien dans les carnivores, etc. Mais ne sortons point ici des limites de l'harmonie végétale.

On peut conclure de tout ce que nous venons de dire, qu'il y a encore beaucoup de végétaux utiles qui nous sont inconnus ; car il s'en faut bien que chaque genre de végétaux nous fournisse, par toute la terre, une espèce en rapport immédiat avec nos besoins. En Europe, chaque génération semble en apporter quelques-uns de nouveaux, mais dont plusieurs n'ont que des usages relatifs. Nous usons, depuis trois siècles, du thé de la Chine, du café de l'Arabie, des sels de la canne à sucre de l'Inde, du cacao et de la vanille du Mexique ; du tabac et de la pomme de terre

de l'Amérique septentrionale, que nous avons
naturalisés : mais il en est d'autres, sans
doute, à découvrir dans notre propre climat.
Pourquoi, par exemple, les peuples du nord
de l'Europe ne trouveraient-ils pas dans le
genre si varié des pins qui couvrent leurs
terres, une espèce dont les pignons fussent
comestibles, ou qu'après diverses préparations ils pourraient appliquer à leur usage?
C'est ainsi que les Orientaux ont tiré parti de la
graine coriace et acerbe du café par la torré-
faction, et les peuples méridionaux de l'Europe, du fruit amer de l'olivier par des lessives.

Si, d'un côté, les divers genres des végétaux, et leurs espèces, ont des rapports déterminés avec l'homme et les animaux, de
l'autre, ils en ont avec le soleil, suivant les
latitudes où ils croissent. Un des plus apparents est celui de leurs fleurs. Les fleurs ont
des réverbères ou des pétales pour réfléchir
les rayons de l'astre du jour sur leurs parties
sexuelles, afin d'en accélérer la fécondation.
En général, celles-ci dans les zones froides,
sont adossées à des épis ou à des cônes perpendiculaires, solides et caverneux, qui re-

çoivent les rayons du soleil, depuis l'instant où il apparaît sur l'horizon jusqu'à celui où il se couche, et pendant tout l'été s'imbibent de sa chaleur, qu'ils réfléchissent sur les anthères, les stigmates et les ovaires de la fleur. Dans les zones tempérées, les réverbères ou pétales sont en général horizontaux et passagers : de sorte qu'ils ne réfléchissent là lumière du soleil que lorsqu'il est élevé sur l'horizon, et seulement un petit nombre de jours ; mais leurs reflets sont plus ou moins concentrés, suivant les sites qu'ils doivent occuper : tels sont ceux des radiées, qui sont en miroirs plans ; des rosacées, en portions sphériques ; des liliacées en ellipses. L'ordonnance de leurs fleurs suit les mêmes dispositions ; car il y en a d'agrégées en ombelles, en grappes, en sphères, en hémisphères et en corymbes. Dans la zone torride, les fleurs à grands pétales sont en moindre nombre, et n'éclosent guère qu'à l'ombre même des rameaux qui les portent, ou bien elles ont des courbes paraboliques et divergentes comme celles de la capucine du Pérou, ou elles sont papilionacées, et leurs parties sexuelles

sont recouvertes par une carène ; ce genre
produit les grains légumineux, et présente
des espèces très-nombreuses. Les épis des
graminées se subdivisent en une multitude
d'épilets divergents; de sorte qu'ils ont peu
de réflexion : tel est celui du riz. Celui du
maïs, au contraire, y est revêtu de plusieurs
pellicules. Enfin, le port même des arbres
les plus communs dans la zone glaciale et
dans la zone torride, paraît soumis aux mêmes
harmonies ; car les sapins de la première sont
perpendiculaires et pyramidaux, comme leurs
cônes, qu'ils exposent, par étages, à tous les
aspects du soleil, tandis que les palmiers de
la seconde ont des cimes étendues qui en
tempèrent les ardeurs, et ombragent leurs
fruits en grappes pendantes. La nature emploie aussi les différentes nuances des couleurs pour accroître ou affaiblir les réverbérations des pétales, suivant les sites, les climats et les saisons ; de manière que plusieurs
végétaux naturels au Nord et au Midi peuvent
croître dans les climats tempérés, et récipro-
quement. Mais nous avons parlé suffisam-
ment de ces rapports solaires et de leurs

compensations dans nos Études-de la Nature.

Puisque les formes et les couleurs des fleurs des végétaux sont en harmonie avec le soleil, et lui doivent leurs développements, je suis porté à croire que leurs fruits, et même leurs tiges entières, lui sont redevables de leurs vertus harmoniées avec les divers besoins des tempéraments de l'homme et des animaux. Puisque le cours annuel du soleil ajoute, chaque année, un cercle au tronc des arbres, et que ses rayons colorent de blanc, de jaune, d'orangé, de rouge, de pourpre et de bleu, le sein de leurs fleurs, suivant leurs genres, pourquoi ne transmettraient-ils pas les saveurs acides, sucrées, vineuses, huileuses, aromatisées, dans le sein des fruits, dont les fleurs ne sont que les berceaux? Tous les végétaux ont, sans doute, dans chaque genre, des caractères déterminés, qui se reproduisent par des sexes, et qui sont fixés d'une manière invariable par l'Auteur de la nature : mais leurs sexes mêmes pourraient fort bien n'être que des agents des influences du soleil, qui s'harmonient en sa-

veur dans leur ovaire, comme sa lumière
s'harmonie en couleur dans leurs pétales.
En effet, les qualités des plantes paraissent
plutôt solaires que terrestres. On n'en dou-
tera pas si on se souvient que leurs saveurs
sont bien plus développées dans la zone torride que dans les autres zones. C'est là que
se trouvent, par excellence et en plus grand
nombre, celles qui renferment des acides, du
sucre, des huiles, des épiceries, des parfums, comme nous le verrons ailleurs. Il y a
plus, c'est que toutes les qualités des plantes
en général sont si passagères, qu'elles s'évanouissent entièrement par leur décomposition. Leur analyse chimique ne présente que
des *caput mortuum* et des résultats semblables, soit qu'elles soient alimentaires, ou
vénéneuses. Le savant chimiste Homberg a
prouvé cette vérité par des expériences réité-
rées qu'il a faites sur un millier de nos végétaux. J'en conclus donc que leurs vertus, si
variées, et si actives tandis qu'elles existent,
ne sont que des émanations du soleil, fugitives comme la vie qu'il leur prête.

Cependant la puissance végétale se combine aussi avec les autres puissances. Pour nous former une idée de leurs divers rapports, nous en allons présenter l'ensemble ; nous entrerons ensuite dans de plus grands détails, et nous finirons, suivant notre plan général, par appliquer toutes ces puissances aux besoins des hommes, objets principaux de nos études.

La puissance végétale présente, comme chacune des autres puissances, treize harmonies. La première est céleste, ou soli-lunaire ; six sont physiques, et six sont morales. J'appelle la première soli-lunaire, parce que la lune influe sur elle conjointement avec le soleil. Dans les six physiques, trois sont élémentaires, l'aérienne, l'aquatique, la terrestre ; trois sont organisées, la végétale, l'animale et l'humaine. Dans les morales, il y en a pareillement trois élémentaires, la fraternelle, la conjugale, la maternelle ; et trois organisées ou sociales, la spécifiante, la générique et la sphérique.

Ces harmonies vont en progression de puissance, de manière que la seconde réunit en elle et accroît les facultés de la première ; la troisième, celles de la seconde ; ainsi de

7*

suite jusqu'à la sphérique, qui non-seulement se compose de celles des espèces et des genres, mais, par ses révolutions, tend sans cesse vers l'infini.

Ces harmonies sont si vieilles et si constantes, que les différents systèmes des botanistes reposent tous sur quelques-unes d'entre elles, comme nous le verrons; et s'ils sont restés imparfaits, c'est qu'ils ne les ont pas embrassées en entier.

Quelque étendu que soit l'ordre harmonique, nous espérons en donner une idée précise en fixant d'abord l'attention de nos lecteurs sur la plante qui produit le blé : elle est la plus facile à saisir par la simplicité de ses formes. Nous la regardons comme le prototype du genre des graminées, dont les espèces sont si nombreuses; et, sans contredit, de toutes les plantes, c'est celle qui nous intéresse davantage. Pourquoi, d'ailleurs, irions-nous chercher des preuves d'une Providence dans les cèdres du nord, ou dans les palmiers de la zone torride, quand l'ordre général de l'univers est à nos pieds, et peut se démontrer dans une paille ?

Le blé a des harmonies avec le soleil, par le peu d'élévation de sa plante, qui en est réchauffée dans toute sa circonférence, par ses feuilles linéaires et un peu concaves, qui en réfléchissent les rayons à son centre; par les reflets de la terre qui l'environne et qui renvoie sur lui la chaleur dont elle se pénètre. C'est un des avantages des sites humbles sur ceux qui sont élevés, de jouir des plus petites faveurs des éléments, et d'être à l'abri de leurs révolutions. Aussi les herbes poussent-elles plus tôt et plus vite que les arbres. Le blé a encore d'autres rapports avec l'astre du jour par l'élévation de sa tige, couronnée d'un épi mobile, caverneux, et à plusieurs faces, qu'il présente dans une attitude perpendiculaire aux rayons du soleil, afin qu'ils le réchauffent depuis l'aurore jusqu'au couchant. Les reflets de la chaleur y sont si sensibles, que, lorsqu'on observe une moisson en plein midi, il semble qu'il en sorte une flamme et que les épis soient lumineux. On peut trouver aussi des harmonies lunaires dans le nombre des nœuds qui divisent la paille du blé, Ils sont en nombre égal à celui des mois lunaires pendant lesquels elle a poussé, jusqu'à la formation de son épi ; mais nous parlerons, à l'harmonie des genres, de celle des végétaux avec l'astre des nuits.

Le blé a des harmonies aériennes, par ses trachées, qui, comme nous l'avons dit ailleurs, sont les poumons des plantes ; par ses feuilles linéaires et horizontales, qui ne donnent point de prise aux vents ; par sa tige conique, élastique et creuse, fortifiée de nœuds plus fréquents vers sa racine, où elle avait plus besoin de force que vers son épi. Chacun de ces nœuds est encore fortifié par une feuille, dont la partie inférieure lui sert de gaîne. Au moyen de ces dispositions, elle joue sans cesse avec les zéphyrs, qui lui font décrire les courbes les plus agréables, et elle résiste aux tempêtes qui renversent les chênes.

Les harmonies aquatiques du blé se manifestent dans ses feuilles, creusées en écope, qui conduisent l'eau des pluies vers ses racines, qui, de leur côté, pompent l'eau souterraine, dont les vapeurs forment les rosées. Ce dernier moyen suffit à sa nutrition. On en voit la preuve en Égypte, qui produit de si

belles moissons, et où il ne pleut presque
jamais; mais la terre est abreuvée par les
débordements du Nil. J'ai vu moi-même des
exemples remarquables de l'action des seules
rosées dans le sol toujours altéré des environs de Paris. J'y ai vu un été si sec, qu'il ne
tomba pas une goutte de pluie dans les mois
de mars, d'avril et de mai; cependant la
récolte du blé fut encore assez bonne. Sa
paille était courte, mais son grain était bien
nourri. Il a aussi des harmonies négatives
avec l'eau par les balles de son épi. Ces balles
sont ce que les botanistes appellent calices
dans les autres fleurs. Ce sont des espèces
d'étuis polis, minces et élastiques, qui paraissent destinés à plusieurs usages. Elles
sont disposées par sillons droits ou en spirales, qui réverbèrent les rayons du soleil
sur les fleurs. Elles enveloppent les grains,
et les empêchent d'être endommagés dans
leur croissance, par le choc mutuel de leurs
épis agités par les vents. Enfin, chacune
d'elles est surmontée souvent par une longue
aiguille molle, appelée barbe, qui paraît destinée, non à éloigner les oiseaux, comme dit

Cicéron, mais à diviser les gouttes de pluie, qui feraient couler les fleurs, comme il arrive presque toujours à celles du sommet, qui en sont les moins abritées. Ces balles, avec leurs barbes, sont des espèces d'aiguilles anti-hydrauliques. En effet on les emploie dans les emballages pour préserver les corps secs de l'humidité. Mais lorsqu'elles s'entr'ouvrent dans la maturité du grain, et que des pluies trop abondantes, réunies à de grands vents, comme celles des orages en été, viennent à tomber sur les campagnes, alors elles se remplissent d'eau ; la paille, surchargée par son épi, s'incline, et la moisson verse. Elle se relève toutefois, lorsqu'elle n'a pas été semée trop épaisse, ou que le champ n'a pas été trop fumé ; car alors les tiges, un peu fortes, étant inclinées, se servent mutuellement d'obstacles. J'ai remarqué, même dans les moissons versées, que les tiges isolées se maintenaient toujours debout. Ainsi, la nature a mis en rapport les proportions de cette faible plante avec la fureur des éléments.

Le blé a des harmonies avec la terre par ses racines, divisées par filaments, qui rompent leur nourriture. Elles ne sont ni longues ni nombreuses; mais elles y adhèrent si fortement, qu'on ne peut les enlever sans emporter une portion du sol, ni rompre la paille, à cause de sa dureté. Voilà, sans doute, les raisons qui obligent les laboureurs de scier ce végétal plutôt que de l'arracher. Ces rapports terrestres lui sont communs avec beaucoup d'autres végétaux; mais ce qu'il a de particulier, c'est qu'il n'y a aucune partie du globe où ne puisse croître quelqu'une de ses espèces, depuis le riz du Gange jusqu'à l'orge de la Finlande. Il est cosmopolite comme l'homme : aussi Homère, si heureux dans ses épithètes, appelle la terre ζείδωρος, ou porte-blé.

Telles sont les harmonies soli-lunaires, et les aériennes, aquatiques et terrestres du blé. Celles qu'il a avec les puissances organisées sont au nombre de trois, comme les élémentaires proprement dites : ce sont la végétale, l'animale et l'humaine.

Les harmonies végétales du blé sont celles que les différentes parties de sa plante ont entre elles, et qui en constituent les propor-

tions, l'ensemble, le port et les attitudes.
Les botanistes ne les ont encore guère étu-
diées ; cependant ce sont elles qui, du premier coup-d'œil, la font connaître aux paysans. Elles la distinguent de toutes les autres
graminées, et lui composent un caractère
propre. Telles sont, par exemple, les distances proportionnelles qui sont entre ses
nœuds, dont les tuyaux sont d'autant plus
courts qu'ils sont plus voisins de sa racine ;
les couleurs de ses feuilles, les formes de son
épi, la touffe de sa plante, qui produit plusieurs tiges. Le blé a encore des relations en
consonnance avec les individus de sa propre
espèce ; leur réunion forme des tapis du plus
beau vert, et de vastes moissons ondoyantes
sous le souffle des vents. Enfin, il en a en
contraste avec des plantes d'un autre genre,
telles que les convolvulus, les bluets, les
coquelicots ; mais sur-tout avec les légumineuses, comme nous le verrons dans les
harmonies morales.

Les harmonies animales du blé consistent
principalement dans la longueur de ses feuilles,
dans la souplesse et la tendreté de ses tiges,

qui invitent tous les animaux pâturants à le brouter, et même à y faire leur litière. Au milieu de ses tiges, plus nombreuses et plus rapprochées que les arbres d'une forêt, il offre des asiles assurés au lièvre peureux, qui y fait son gîte; il en donne aussi à plusieurs oiseaux, qui y déposent leurs nids, tels que la caille voyageuse, la perdrix domiciliée, l'alouette, etc. C'est là qu'ils trouvent des subsistances en tout temps, d'abord dans ses feuilles et dans leurs insectes, puis dans son grain farineux, dont la forme oblongue semble taillée pour leur bec.

Le blé a des rapports encore plus marqués et plus étendus avec les hommes. Ce sont eux seuls qui en ont couvert, par la culture, une grande partie du globe; et il est bien remarquable qu'il ne se ressème point de lui-même comme tant d'autres plantes. Que dis-je? des botanistes assurent qu'on ne le trouve nulle part dans son état naturel : comme si la Providence s'était reposée sur les hommes seuls du soin de le perpétuer. En effet, il leur fournit les moyens de satisfaire, par toute la terre, aux principaux besoins de la vie. Ils trouvent dans sa paille le premier aliment du feu, des lits, des toits, des liens, des nattes, des paniers, et des trajectiles même pour passer les fleuves, à cause de l'air renfermé dans ses chalumeaux. Sa farine leur donne, dans le pain, la plus substantielle et la plus durable des nourritures végétales. Ils en tirent une multitude de préparations agréables et de boissons cordiales, par les arts de la boulangerie, de la pâtisserie, de la brasserie et de la distillation. Ils peuvent nourrir, avec des aliments tirés du blé seul, tous les animaux domestiques, soutiens de leur vie; le porc, la poule, le canard, le pigeon, l'âne, la brebis, la chèvre, le cheval, la vache, le chat et le chien, qui, par une métamorphose merveilleuse, leur rendent en retour des œufs, du lait, du lard, de la laine, des services, des affections et de la reconnaissance. Le blé a non-seulement rassemblé autour des hommes des animaux de différents genres, mais il est devenu le premier lien des sociétés humaines, parce que sa culture et ses préparations exigent de grands travaux et des services mutuels. Or, comme aucune société ne peut subsister sans lois, c'est donc au blé qu'en est due l'origine. C'est par cette raison, sans doute, que les anciens ont appelé Cérès *législatrice*.

Telles sont les harmonies solaires et physiques, tant élémentaires qu'organisées, du blé. Elles existent pareillement dans les autres espèces et genres de végétaux; mais elles y éprouvent une infinité de modifications qui les diversifient. Nous tâcherons d'en donner un aperçu, aux harmonies spécifiantes et génériques. Bornons-nous ici aux harmonies morales du blé, afin de fixer notre attention sur un seul objet. Elles sont au nombre de six, comme les physiques. Trois sont élémentaires, comme elles : la fraternelle, la conjugale, la maternelle; et trois sont sociales ou agrégées : la spécifiante, la générique et la sphérique.

Avant d'en présenter le développement, nous nous permettrons quelques réflexions sur la différence des harmonies physiques aux morales. Les physiques appartiennent aux végétaux en particulier; et les morales, à la puissance en générale. Les physiques leur sont relatives et nécessaires ; elles varient d'espèce à espèce et de genre à genre ; les morales leur sont propres et essentielles : les physiques diffèrent dans chaque puissance, et les morales sont communes à toutes. Par exemple, une plante ne voit, n'entend et ne se meut point comme un animal ; mais elle a comme lui ses amours, sa postérité, sa tribu. On entrevoit déjà que les lois physiques sont d'un ordre inférieur aux lois morales, puisque celles-ci constituent les puissances, les propagent, les spécifient, les engendrent, et les assemblent toutes par des harmonies semblables. Les harmonies physiques semblent appartenir aux éléments, qui ne leur donnent que des développements passagers, tandis que les morales tirent du ciel leur origine et une constitution permanente, en rapport avec celle qui harmonie le soleil avec les corps planétaires. Ces caractères célestes se montrent sur-tout dans les puissances organisées, qui tirent sans cesse une vie nouvelle du soleil, et qui n'apparaissent sur la terre que pour l'accroître de leurs débris. Le soleil semble être le berceau de toutes leurs vies, tandis que la terre n'est que le tombeau de toutes leurs morts.

Mais laissons là ces harmonies, qui sont au-dessus de la conception humaine. Bornons-nous à celles du blé. La première de ses harmonies morales est la fraternelle; c'est celle qui a d'abord assemblé chaque individu dans les puissances organisées en deux parties égales, afin qu'elles puissent s'entr'aider. Elle se manifeste premièrement dans cette sphère vivante du soleil, divisible en une infinité de moitiés parfaitement égales. On peut l'entrevoir aussi dans l'harmonie de l'astre des jours et de celui des nuits, iné-gaux sans doute en grandeur et en puissance, mais qui apparaissent sur les horizons de la terre avec des diamètres égaux, et lui distri-buent tour-à-tour des influences fraternelles et sororales. Notre globe même présente quelques apparences de cette harmonie dans ses deux hémisphères, oriental et occiden-tal; mais l'ancien monde y est plus étendu que le nouveau, et leurs projections sont dif-férentes, quoique leurs parties principales soient semblables. Aucun minéral, d'ailleurs,

8*

ne présente de pareilles consonnances : elles n'appartiennent qu'aux êtres doués d'une vie organisée. Elles sont en évidence dans les feuilles, les fleurs, les anthères, les semences des végétaux, formés chacun de deux moitiés égales. Cet équilibre de parties doubles est encore plus général dans les animaux, dont tous les membres se correspondent exactement ; et il y est si nécessaire, que sans lui ils ne pourraient ni voler, ni marcher, ni manger. L'homme en présente le plus parfait modèle dans ses proportions. Imitateur par instinct, c'est-à-dire par sentiment, de tous les ouvrages de la nature, il a puisé dans cet équilibre l'idée de la symétrie, qui n'est que la correspondance fraternelle de deux moitiés égales. Elle apparaît dans les formes qu'il donne à ses meubles, à son habitation, à ses monuments. Il trouve par-tout des images de cette double consonnance répandue parmi les êtres organisés. La nature a suspendu d'abord la lampe de la vie à deux chaînes pour l'affermir, et ensuite à quatre pour la propager : ainsi elle a fait précéder l'harmonie conjugale par l'harmonie fraternelle.

Cette première consonnance est si évidente dans les végétaux même, que Linnæus en a fait un des principaux caractères de son système botanique, sous le nom grec d'ἀδελφιξις, qui signifie *fraternité*. Il ne la rapporte qu'à l'assemblage des anthères en un même corps; mais il ne lui a pas donné assez d'étendue. Elle établit d'abord l'organisation de toute espèce de végétal. Elle existe dans la feuille, la paille, l'épi, les anthères et les grains du blé, tous divisibles en deux moitiés consonnantes et égales, suivant leur direction verticale ou céleste : ce qui est très-remarquable, car ces parties ne présentent que des moitiés contrastantes, suivant leurs divisions horizontales ou terrestres. L'adelphie se manifeste également dans les rejetons de la touffe du blé, qui poussent des feuilles, des tiges, des épis semblables, et forment entre eux une famille dont les individus s'entre-supportent mutuellement.

Les harmonies conjugales du blé sont renfermées dans sa fleur. La fleur est l'organe de la fécondation de la plante en rapport avec le soleil; elle a souvent une corolle, ou

petite couronne, formée de feuilles appelées
pétales, qui réfléchissent les rayons sur ses
parties sexuelles. Elle a souvent aussi un
calice, ou enveloppe extérieure, pour la préserver du choc des vents, sur-tout dans les
végétaux dont les tiges sont longues et mobiles. Quant aux parties sexuelles, elles sont
au centre de la fleur, comme dans un foyer
de réverbère. Elles sont composées d'une
partie mâle et d'une partie femelle ; la partie
mâle s'appelle étamine. Elle est formée de
l'anthère, ainsi nommée du mot grec ἀνθηρὸς,
un des noms de l'Amour. Cette anthère est
un corps pour l'ordinaire oblong, divisé en
deux lobes, et porté en équilibre par un fort
filet, délié à son extrémité. Lorsque le soleil
a exercé sur lui son action, ses lobes se remplissent d'une poussière prolifique appelée
*pollen*. Le pollen, dont le nom vient de *pol-
lere*, pouvoir, féconde le pistil. Le pistil est
l'organe femelle de la fleur qui surmonte
l'ovaire : il se prolonge ordinairement en un
ou plusieurs styles ou filets, terminés par un
ou plusieurs stigmates. Le stigmate est une
petite ouverture qui reçoit le pollen, pour

féconder l'ovaire, et y former la semence au sein d'un réceptacle, appelé aussi placenta. On entrevoit déjà que les parties sexuelles des plantes ont une grande analogie avec celles des animaux, et que la génération doit s'y opérer par les mêmes lois. Ces sexes, qui sont séparés dans quelques végétaux, comme dans les animaux, sont réunis dans la plante du blé. Elle a des caractères qui lui sont communs avec toutes les graminées, dans ses anthères, qui sortent de sa fleur et y sont suspendues, afin sans doute qu'elles fussent plus exposées à l'action du soleil ; dans son calice, de deux parties, et dans sa corolle, divisée en deux valvules unies, enflées et creusées en courbes, concaves et réverbérantes ; mais elle en a qui lui sont propres, en ce qu'elle a quatre fleurs renfermées dans un seul calice. Cette configuration en forme d'épi, est la plus convenable aux fleurs des plantes des pays froids, parce que leurs pétales, quoique moins apparents, y sont solides et durables : aussi y est-elle la plus commune. Lorsque les blés sont en fleur, c'est alors qu'ils sont revêtus de toute leur

magnificence. Le coquelicot éblouissant, le
bluet azuré, la nielle pourprée, le liseron
couleur de chair, relèvent de l'éclat de leurs
fleurs l'aimable verdure des guérets. Les perdrix et les cailles y décèlent leurs doux asiles
par leurs chants amoureux; tandis que l'a-
louette, suspendue au-dessus de sa compagne
et de son nid, fait entendre les siens au
haut des airs. L'époque de la beauté, dans
tous les êtres organisés, est celle de leurs
amours.

Les harmonies maternelles du blé consistent dans les précautions avec lesquelles la
nature a recouvert son grain, et pourvu au
développement de son germe. Tantôt, suivant les espèces, son calice, qui lui tient lieu
de placenta, lui est adhérent, et le transporte au loin, comme une voile, par l'entre-
mise des vents; tantôt, par la barbe âpre qui
termine son calice, il s'accroche aux poils
des quadrupèdes et voyage avec eux. Il reste
aussi indigestible dans l'estomac de ceux qui
ne ruminent pas, et se ressème avec leurs
excréments. Enfin, sa forme carénée le rend
propre à flotter long-temps sur les eaux

comme il arrive, par les mauvaises administrations, à celui qui est jeté dans les rivières. Son grain est revêtu d'une peau épaisse, appelée son lorsqu'elle est séparée de sa farine. Il renferme, à une de ses extrémités, un germe revêtu d'une petite gaîne, qui, en se gonflant par la chaleur et l'humidité, s'entr'ouvre une ouverture ménagée au-dessus d'elle, perce la terre, et devient une feuille séminale, appelée cotylédon. Cette feuille séminale est son unique mamelle, qui s'alimente d'un côté de la farine du grain, et pousse de l'autre une radicule qui doit bientôt trouver des sucs plus abondants dans le sein de la terre. Malgré les attentions maternelles de la nature pour le ressemer, au moyen des vents, des eaux et des quadrupèdes, on assure qu'on ne le trouve nulle part indigène. Pour moi, je suis porté à croire que, par toute terre où il tombe, il prend racine; mais que, si elle manque d'engrais, il dégénère en quelque espèce de graminée, telle que l'ivraie. Ce qui me fait adopter cette opinion, c'est qu'il ne peut croître plusieurs années de suite dans le

même champ, si ce champ n'a été bien la-
bouré et bien fumé. Sa dégénération en ivraie
est regardée comme certaine par plusieurs
cultivateurs, et elle semble confirmée par
l'observation du célèbre naturaliste Bonnet.
Il rapporte, dans ses Recherches sur les
Feuilles, qu'il trouva un jour une plante de
froment d'une seule tige, qui portait, à son
extrémité, un épi médiocre de véritable froment, et sur un de ses nœuds, un second
tuyau terminé par un bel épi d'ivraie. A la vérité, Duhamel attribua la formation de cette
plante, mi-partie de blé et d'ivraie, à la confusion des poussières de leurs étamines ; mais,
d'un autre côté, Linnæus a confirmé la pos-
sibilité de la transformation des parties des
végétaux sur le même individu, en parties
d'espèces différentes, par l'exemple d'une
fleur en gueule de la linaire, qui se métamorphose en monopétale. Tout ce que nous
pouvons conclure de celle du blé en ivraie,
c'est que la nature a souvent associé la puissance de l'homme à celle des éléments, et
que la main du laboureur peut seule conserver au froment ses principaux caractères.

C'est à la maturité des blés, et aux approches de la faucille du moissonneur, qu'on voit émigrer une foule de petits êtres de leurs nids maternels. C'est alors que la nombreuse famille de la caille songe à fonder de nouvelles tribus dans des contrées éclairées par de nouveaux soleils, et que, comme le dit le bon La Fontaine, les petits de l'alouette,

> Se poussant, se culbutant,
> Délogent tous sans trompette.

Venons maintenant aux harmonies sociales de la puissance végétale : ce sont celles qui assemblent les familles des végétaux en espèces, en genres et en sphères. Nous les distinguerons donc en spécifiante, en générique et en sphérique.

L'harmonie spécifiante est la cause du plaisir que nous donne l'assemblage des végétaux de la même espèce. En voyant, par exemple, un champ de blé s'étendre par longs sillons, comme un beau tapis vert, nous éprouvons une sensation plus agréable que celle que nous donne sa tige ou sa simple

1. 9

touffe isolée. Ce plaisir s'accroît, si la plaine
est couverte d'espèces de blés différents,
comme d'épeautres, de blés barbus et non
barbus, de seigles, d'orges. Enfin il augmente encore, s'il s'y joint quelque vallon
couvert de diverses espèces de graminées.
Le vent vient-il à souffler? toute la campagne ressemble alors à une mer ondoyante de
verdure, dont les flots sont d'une infinité de
nuances. Leurs reflets fugitifs, leurs murmures lointains, font passer dans nos sens le
calme et le doux sommeil, ami du sentiment
confus de l'infini. La première cause de ces
sensations voluptueuses est l'ordre même
dans lequel ces graminées croissent. Il est
très-remarquable que le plaisir que nous
font éprouver les groupes si variés des végétaux, a lieu principalement lorsqu'ils sont
plantés sur le terrain, dans le même ordre
que leurs semences ont été arrangées dans
leur placenta. Ainsi, par exemple, un champ
de blé nous plaît, parce que ses plantes y
sont rangées par sillons, dans le même ordre
que ses grains dans leur épi; et une prairie,
au contraire, parce que ses diverses grami-

nées y sont éparses comme leurs semences
dans leurs panicules divergents. C'est par
cette même raison que le chêne, qui ne porte
que deux ou trois glands réunis ensemble,
ou même qu'un seul, nous fait plaisir à voir
dans ses groupes de deux ou trois arbres, ou
même tout-à-fait isolé. Nous avons alors,
pour ainsi dire, une sensation de la force de
cet arbre vigoureux, auquel la nature a donné
de pouvoir résister seul aux tempêtes. Au
contraire, nous aimons à voir les sapins pyramidaux et conifères s'appuyer mutuellement, par leurs bases, autour des sommets
des hautes montagnes, dans le même ordre
que leurs pignons sont disposés dans leurs
ôcônes. Nous voyons de même avec plaisir les
ceps de la vigne entourer de leurs pampres
les flancs d'une colline arrondie, et en former, pour ainsi dire, une seule grappe comme
ses grains. Cette loi harmonique s'étend à
tous les groupes des végétaux, dont les uns
nous plaisent, disposés en rond, d'autres en
longues avenues, d'autres épars çà et là. Le
plan de leur semis est dans leurs berceaux.
Cette loi embrasse aussi les individus de

toutes les puissances. Elle est la source,
ignorée jusqu'ici, de nos jouissances les plus
douces, dans l'architecture, la musique, la
peinture, la poésie, l'éloquence. Il n'y a
point de plaisir dans les arts dont la raison
ne soit dans la nature. Nous en parlerons en
détail aux harmonies fraternelles. Linnæus,
comme nous l'avons dit, les avait entrevues
dans l'assemblage des anthères sur un même
corps, auquel il a donné, par cette raison,
le nom d'adelphie. C'est un des caractères
principaux de son système botanique ; mais
il a oublié de l'étendre au végétal entier, à sa
famille, à sa tribu, à ses diverses espèces, et
aux genres même opposés. Quelle harmonie
entre eux, et dont la nature tire de si charmants accords ! Cependant, ce n'est pas seulement pour le plaisir des yeux, ni pour
donner aux végétaux des supports mutuels,
qu'elle les diversifie et les groupe fraternel-
lement. Elle a varié les blés suivant les diverses latitudes de la terre, pour donner par-
tout à l'homme le même aliment farineux.
Elle a diversifié leurs espèces, par rapport
aux éléments, en mettant le froment en Eu-

rope, le riz aquatique en Asie, le panis sec en Afrique, le maïs en Amérique. Elle a varié de même les espèces si nombreuses des graminées, par rapport aux divers besoins et espèces de quadrupèdes, d'oiseaux, d'insectes, et même de poissons. En effet, les graminées forment le genre de végétaux le plus étendu et le plus varié en espèces qu'il y ait sur la terre. On sent que, pour caractériser chacune d'elles en particulier, il faut la rapporter, d'une part, à une des harmonies de la nature, et de l'autre, à l'être sensible auquel elle est particulièrement destinée. Les botanistes ont fait des graminées plusieurs genres, divisés en espèces et en variétés; mais dans notre ordre harmonique, nous n'en formons que des espèces réunies en un seul genre. On en compte dans notre climat plus de trois cents, dont il y en a trente à quarante dans nos prairies. Les principales sont les gazons proprement dits, les phalaris, les queues-de-renard, les queues-de-chat, les chiendents, les brises ou chevelures-des-dames, les amourettes tremblantes, les paturins ou poa, les festuca, les bromes, les

9*

orges de murailles et de prairies, les roseaux
aux quenouilles garnies de laine, les cyno-
sures ou queues-de-chien, les curtis odorants ou herbes du printemps, les cinna, les
houques molles, auxquelles se joignent les
joncs des marais et les spartes des montagnes, les souchets, les glaïeuls. Mais ce ne
sont là que les graminées de nos contrées.
On y doit ajouter, sans doute, celles qui s'é-
tendent de la zone torride jusqu'aux pôles;
les bananiers, espèces de glaïeuls dont les
fruits, les tiges et les feuilles engaînées don-
nèrent à l'homme ses premiers aliments, des
parasols et des ceintures; les cannes à sucre,
les bambous de l'Inde orientale, les cannes
du Mississipi et celles de l'Amazone, dont les
sommets servent, dans les débordements,
d'asiles aux fourmis; les joncs papyracés des
bords du Nil, les gramen glauques et ram-
pants qui bordent les rivages des îles torridiennes; et une foule d'autres inconnues,
disposées le long des fleuves, dans l'intérieur
des terres et dans toute l'étendue des continents. J'aime à me figurer notre globe couvert des seules graminées, en déployer toutes

les espèces sur ses vastes amphithéâtres. Ici, les vents font ondoyer les poa dans les prairies, les amourettes tremblantes sur les flancs des montagnes, et les spartes sur leurs sommets arides. Chaque fleuve a ses roseaux, depuis ceux qui, couverts de neige une partie de l'année, s'élèvent à peine sur les bords silencieux de l'Irtis, jusqu'aux forêts toujours murmurantes des bambous du Gange, dont quelques espèces s'élèvent à plus de cent pieds de hauteur. La terre oppose à l'Océan fluide qui l'environne, un océan de végétaux mobiles, et des flots verts à des flots azurés. Ici, les tempêtes ne présentent point de naufrages. Les nids trouvent sous les tiges toujours flexibles, de doux asiles et des subsistances assurées. Peut-être le seul genre des graminées pourrait-il fournir aux besoins de tous les animaux. Mais la nature, dans sa magnificence, en variant à l'infini le pain qu'elle distribue à ses innombrables convives, ne se borne pas à ne servir qu'un seul aliment sur leur table commune. Elle a renfermé la farine dans les épis des graminées; mais elle a suspendu aux végétaux des autres genres,

les huiles, les sucres, les vins, les épiceries qui en devaient varier les assaisonnements.

La nature a donc formé plusieurs sortes de
farines dans les grains de blé et des autres
graminées, depuis ceux du froment jusqu'à
ceux des amourettes, destinés aux plus petits
oiseaux. L'homme aussi, à son imitation,
manipule, avec la seule farine de froment,
une multitude de pâtisseries, de vermicelles
et de gimblettes. Mais toutes ces modifications ne sont que des espèces d'un seul genre
dans la puissance végétale. Passons maintenant à ses genres proprement dits.

Les botanistes emploient le mot de genre
d'une manière très-vague et souvent contra-
dictoire. Ils l'attribuent à une famille, à une
classe, à une section, à une espèce même,
et lui donnent bien rarement sa signification
propre. Tâchons d'être plus exacts. Le mot
de genre vient d'engendrer : or, engendrer
dans un ordre de choses, signifie créer. Le
genre est donc un ordre nouveau, qui a des
caractères essentiellement distincts des autres
ordres dans la même puissance. Le genre

selon nous, se rapporte, d'une part, à une
des harmonies principales de la nature, et,
de l'autre, à un des premiers besoins de
l'homme. L'espèce n'est qu'une modification
du genre, et se rapporte aux besoins d'un
animal. Comme les harmonies générales de
la nature sont à-la-fois positives et négatives,
ou actives et passives, et qu'il en est de même
les besoins de l'homme, il en résulte que
les genres contrastent, deux à deux, dans la
même puissance, et que les espèces consonnent dans le même genre. On en peut conclure aussi qu'il y a vingt-six genres généraux, puisqu'il y a treize harmonies générales. Les espèces sont donc des consonnances, et les genres des contrastes. De la réunion de ces contrastes, deux à deux, résulte
la plus agréable des harmonies. Par exemple,
le genre qui contraste le plus avec celui des
graminées, est celui des légumineuses. En
considérant celui des graminées sous ses rapports principaux avec l'harmonie aérienne,
à laquelle il paraît appartenir, nous lui en
trouvons de positifs avec elle par ses feuilles
en linéaires ou rubans, qui échappent aux

vents; par ses fleurs peu apparentes, adossées à des épis; par ses tiges perpendiculaires, creuses, fortifiées de nœuds, et élastiques, qui se redressent sans cesse, malgré
les tempêtes qui les agitent et le poids des
quadrupèdes qui les foulent. Le genre des
légumineuses, au contraire, a des harmonies négatives avec les vents. Il rampe à
terre, ou il s'accroche par des vrilles aux
graminées elles-mêmes. Ses feuilles larges
sont pour l'ordinaire agrégées au nombre de
trois par des espèces de queues souples. Ses
tiges branchues sont pleines de moelle, ses
fleurs sont apparentes et papilionacées; mais
les parties sexuelles y sont abritées par une
carène. Elles sont supportées par des queues
recourbées, et élastiques comme des ressorts,
de manière qu'au moindre vent, elles se
tournent comme des girouettes et lui oppo-
sent leur calice. Elles sont groupées en forme
de grappes, et donnent, dans des capsules
qui les abritent, des semences en forme de
reins ou arrondies, telles que les haricots et
les pois. Le port des graminées est perpendiculaire, celui des légumineuses est horizon-

l; de manière que les premières passent aisément à travers les autres, ou les supportent,
ces dernières sont pourvues de mains. Pour
vous former une idée de leurs harmonies,
commençons par celles des blés. Les mêmes
campagnes qui sont couvertes de moissons,
sont aussi de haricots et de pois, qui, par
leur feuillage, leur verdure et leurs fleurs,
forment avec elles les plus agréables contrastes. L'harmonie de ces deux genres est encore
plus sensible dans les cultures des Sauvages
de l'Amérique septentrionale. Ils sèment leur
maïs en rond sur de petites mottes de terre,
au nombre de neuf grains. Ils y joignent autant de haricots, dont les tiges viennent s'attacher à celles du maïs, et forment toutes
ensemble un charmant bouquet, par les op-
positions de toutes leurs parties. Nous observerons ici que les haricots entrent, comme
aliments, en harmonie avec les blés, chez
tous les peuples. Ils forment avec le pain la
principale nourriture du nôtre. Les Chinois
en tirent une liqueur appelée soui, qu'ils emploient comme assaisonnement dans la plupart de leurs mets. Il semble que le goût des

animaux se rapproche en cela de celui des
hommes, à en juger par les cultures destinées à nos animaux domestiques. Si les prés
se couvrent pour eux de graminées, les
champs voisins produisent aussi pour eux des
vesces, des luzernes, des sainfoins. Celle des
prairies artificielles qui leur plaît le plus, est
celle qu'on nomme dragée, mélangée de pois
et d'avoine; que dis-je! nos prés sont semés
à-la-fois par la nature, de graminées et de
trèfles, et leurs douces harmonies s'étendent
jusque dans les clairières de l'île de Tinian
au sein de la vaste mer du Sud. L'amiral
Anson s'y crut transporté dans une ferme de
l'Angleterre, à la vue des pâturages semés de
ces deux végétaux, où paissaient de magnifiques et nombreux taureaux blancs, et qui
retentissaient du chant des coqs. Si les Espagnols en avaient transporté les bestiaux, il
est certain que les prairies n'avaient été entourées de bois et ensemencées que par la
nature. Pour moi, qui n'ai eu que çà et là des
aperçus de ses harmonies innombrables, dans
des contrées souvent dégradées par la main
de l'homme, j'ai vu, à l'Ile-de-France, des

agatis, petits arbres à fleurs légumineuses de couleur lilas, former, par leurs contrastes, des bosquets charmants avec les bambous, qui sont les plus grandes des graminées. C'est ainsi que, dans les Alpes, les ébéniers aux fleurs jaunes forment des berceaux ravissants autour des sapins conifères.

Maintenant, pour nous former une idée des genres de la puissance végétale, nous en choisirons les prototypes ou premiers modèles sous l'équateur : nous les rapporterons aux premiers besoins de l'homme, et nous en déterminerons les genres, en les rapportant successivement aux treize harmonies actives et passives.

Les premières de ces harmonies sont les quatre élémentaires, la solaire, l'aérienne, l'aquatique et la terrestre. Elles se manifestent dans la division générale des végétaux en arbres, en herbes, en algues ou plantes aquatiques, et en mousses. Quoique cette division ne soit pas adoptée par les naturalistes, c'est celle que nous présente la puissance végétale au premier coup-d'œil; et elle est saisie par tous les peuples. Elle s'étend

aux deux autres puissances organisées : dans
l'animale, aux quadrupèdes, aux oiseaux,
aux poissons et aux insectes ; et dans l'homme,
à ses quatre tempéraments, le bilieux, le
sanguin, le flegmatique et le mélancolique.
Ces quatre harmonies se correspondent dans
les trois puissances organisées. Le soleil,
comme nous l'allons voir, influe particulièrement sur les arbres, les quadrupèdes, et les
tempéraments bilieux ; l'air, sur les herbes,
les oiseaux, et les sanguins ; l'eau, sur les
algues, les poissons, et les flegmatiques ;
la terre, sur les mousses qui la tapissent, les
insectes innombrables qui s'y creusent des
retraites, et les mélancoliques qui y cherchent
aussi des asiles. On peut étendre cette division
élémentaire au genre humain en entier, qui,
comme un simple individu, nous présente
quatre tempéraments différents dans ses peuples méridionaux, montagnards ou septen-
trionaux, maritimes, et cultivateurs ou terrestres. Enfin, le globe lui-même est divisé
en quatre parties principales, dont chacune
est en rapport particulier avec un des éléments : l'Afrique brûlante avec le soleil ;

l'Europe, toujours mobile et inquiète, avec l'air tempétueux qui l'environne ; l'Amérique flegmatique, arrosée par les plus grands fleuves, avec les eaux ; l'Asie, grave et mélancolique, avec la terre, dont elle renferme la plus grande étendue dans sa circonférence.

Les peuples de ces quatre parties du monde ont des caractères analogues aux quatre divisions de la puissance animale. Les noirs de l'Afrique sont robustes comme les quadrupèdes ; les Européens, actifs, sont devenus les plus hardis des navigateurs, en tirant, comme l'oiseau, parti des vents ; les Américains voguent et nagent comme les poissons ; les Asiatiques, populeux comme les insectes, labourent la terre avec la même patience, et offrent, dans les Indiens et les Chinois, les plus habiles des cultivateurs. Mais ne sortons point ici des divisions de la puissance végétale.

En commençant par son harmonie solaire, nous verrons que les arbres sont en rapport immédiat avec le soleil, par les cercles concentriques de leurs troncs. Ces cercles sont toujours en nombre égal à celui des années que les arbres ont vécu, c'est-à-dire, à celui

des révolutions annuelles de l'astre du jour.
Ils sont vivaces, c'est-à-dire qu'ils vivent depuis une année jusqu'à plusieurs siècles. Enfin, leurs genres sont beaucoup plus nombreux
dans la zone torride, que dans les zones tempérées. J'ai rapporté quarante-deux échan-
tillons différents de ceux des forêts de l'Ile-
de-France, qui n'a guère plus de douze lieues
de diamètre ; tandis qu'on n'en compte que
seize ou dix-sept genres dans toutes les forêts
de la France.

Les genres des herbes, au contraire, sont
plus nombreux dans les zones tempérées, et
ceux des mousses dans les glaciales. La nature, qui met les fruits rafraîchissants, vineux, aromatiques, sur des arbres dans la
zone torride, tels que les calebasses, les melons du papayer, les épiceries, les fait croître
souvent sur des tiges humbles et rampantes
dans nos climats : tels sont ceux des cucurbitées, des sarriettes, des thyms, des basilics, et elle en répand les saveurs et les parfums jusque dans les mousses du Nord. Les
herbes mêmes de nos contrées produisent
des espèces qui atteignent à la grandeur des

arbres, au sein de la zone torride : tels sont le bambou de l'Inde, dans le genre des graminées; la mauve d'Afrique, dans celui des malvacées ; et le bananier, dans celui des glaïeuls. Il est possible que quelque espèce de mousse parvienne à une grandeur arborescente dans quelques parties de la zone torride, et qu'on l'y ait confondue avec celles des fougères, qui y sont si communes et si élevées; mais les mousses n'en appartiennent pas moins aux climats du Nord. J'en ai vu des variétés innombrables dans la Finlande, quoique je n'y aie pénétré tout au plus qu'au soixante-deuxième degré de latitude.

Si le soleil donne tant d'activité à la végétation dans la zone torride, et s'il imprime les cercles annuels de son cours dans le tronc de tous les arbres, par toute la terre; la lune, de son côté, paraît étendre son influence sur les herbes. J'ai remarqué dans les racines de celles de nos jardins des couches concentriques en nombre toujours égal à celui des mois lunaires qu'elles avaient mis à croître : c'est ce qu'on peut voir sur-tout dans celles des carottes, des betteraves, et

10*

dans les bulbes des ognons. Peut-être était-ce à cause de ces rapports lunaires, que les Égyptiens avaient consacré l'ognon à Isis, ou à la lune, qu'ils adoraient sous le nom de cette déesse. Ce qu'il y a de certain, c'est que ces racines ont pour l'ordinaire sept cercles concentriques, c'est-à-dire autant qu'ils ont été de mois à croître, depuis le commencement de mars où on les sème, jusqu'à la fin de septembre où on les recueille. Dans les pays où la végétation des herbes dure plus de sept mois, je suis porté à croire que leurs racines ont plus de couches, et que leur nombre égale celui des mois de l'année. C'est sans doute par cette raison que les ognons de l'Égypte sont remarquables par leur grosseur, ainsi que les racines de toutes les plantes bulbeuses de l'Afrique et des pays torridiens. Ces périodes lunaires sont remarquables aussi dans les nœuds des tiges de la plupart des graminées. Elles sont si sensibles dans les pousses de toutes les herbes en général, que je crois y trouver un caractère invariable pour les distinguer des arbres proprement dits, quoiqu'elles parviennent quelquefois à

leur hauteur dans les pays chauds. Le bambou des Indes pousse un rejeton tous les
mois, suivant Rumphius. François Pyrard
assure qu'aux Maldives, le cocotier produit
régulièrement, chaque mois, une grappe de
cocos, de manière qu'il en porte douze à-la-
fois, dont la première commence à poindre,
la deuxième sort de son étui, la troisième
bourgeonne, la quatrième fleurit, la cinquième noue, et la dernière est en maturité.
Le latanier ou palmier à éventail, qui croît
aussi sur les bords de la mer, donne chaque
mois une feuille nouvelle. Les palmiers, en
effet, comme le savent les naturalistes, n'ont
point de couches annuelles concentriques.
Leur tronc n'est point de vrai bois ; ce n'est
qu'une colonne de fibres, dont le milieu ne
renferme qu'une espèce de moelle. A la différence de celui des arbres proprement dits,
il sort de terre avec toute la grosseur qu'il
doit avoir ; ils n'ont de plus qu'un cotylédon,
et ce caractère leur est commun avec les seules graminées. Les palmiers ne sont donc que
de grandes herbes, en rapport, comme elles,
par leurs pousses, avec le cours de la lune ;

tandis que les arbres, même les plus petits, le sont avec celui du soleil, comme on le voit à leurs cercles annuels. On doit ranger aussi parmi les végétaux soumis immédiate- ment aux influences de l'astre des nuits, les mousses, dont la plupart ne végètent, ne fleurissent et ne grènent qu'en hiver, lorsque la lune est dans notre hémisphère. Peut-être en est-il de même des algues. Les naturalistes, qui attribuent un si grand empire à la lune, sur l'Océan, ne peuvent lui refuser quelque action sur les végétaux, et même sur les pois- sons qu'il nourrit. Ce qu'il y a de certain, c'est qu'elle agit sensiblement sur les quatre ordres de la puissance animale, et même sur l'humaine. Les quadrupèdes entrent en amour et mettent bas leurs petits à certaines pé- riodes lunaires ; il en est de même des pontes des oiseaux, dont les os, de plus, se renou- vellent périodiquement, comme le prouvent les couches intermittentes de rouge et de blanc de ceux des poulets qui mangent par intervalles de la garance. Des couches sem- blables se trouvent en rapport avec les mois lunaires dans plusieurs coquillages, entre autres dans l'écaille de l'huître : de manière que leur nombre marque celui des mois qu'elle a vécu. Ces mêmes rapports lunaires existent dans les générations des insectes, et enfin dans les mois des filles nubiles; mais nous en parlerons plus au long aux puissances animale et humaine.

Quoique les arbres soient en harmonie immédiate avec le soleil par les anneaux concentriques de leurs troncs, ils le sont aussi avec la lune par les feuillets de leur écorce et par ceux de leurs fruits. J'ai remarqué sept de ces feuillets dans l'écorce du bouleau, et même je crois les avoir entrevus dans chacun des cercles annuels des arbres. Je crois aussi les avoir distingués dans quelques fruits, surtout dans la pomme de reinette. Ils apparaissent lorsqu'on ouvre ce fruit obliquement, et plutôt quand on le mord que quand on le coupe. Voilà donc de nouveaux rapports lunaires dans les arbres mêmes; car on sait que le temps de leur végétation et de la maturité de leurs fruits ne dure tout au plus que sept mois dans nos climats.

Non-seulement tous les végétaux ont des

harmonies soli-lunaires, dans leurs racines, leurs tiges, leurs écorces et l'intérieur de leurs fruits ; mais ils en ont d'apparentes dans leurs pétales ou les feuilles de leurs fleurs. Ce sont ces pétales qui, comme des miroirs, réfléchissent les rayons du soleil et ceux de la lune sur les parties sexuelles de la fleur. Nous remarquerons d'abord que le plan de la plupart des fleurs est circulaire, et que leurs parties sexuelles sont au centre. Quelquefois leur disque est relevé en hémisphère ; et quand il est entouré de pétales plans et divergents, comme dans les radiées, il ne représente pas mal la forme d'un astre. Cette configuration sidérale est si marquée dans quelques espèces, que les botanistes les ont classées sous le nom d'aster ; mais elle est répandue dans la plupart des fleurs apparentes, qui toutes comme nous l'avons dit, affectent dans leur plans la forme circulaire, quoique leurs tiges et leurs feuilles en aient de très-différentes. Il ne faut pas douter que cette forme ne soit la plus favorable pour réverbérer les rayons du soleil vers un centre commun, et que la même main qui a façonné en lunes, en an seaux, et en d'autres courbes qui nous sont inconnues, les réverbères des planètes, pour réfléchir sur elles les rayons du soleil, n'ait varié pour une fin semblable les pétales des fleurs. Il est certain que c'est à cette réverbé- ration que les fleurs doivent l'éclat qui les fait paraître en quelque sorte lumineuses. Pour moi, quand je vois celles qui émaillent une prairie, et dont les formes et les cou- leurs sont si variées, je suis tenté de croire qu'elles ont quelque ressemblance avec les astres qui nous sont inconnus. Pourquoi la nature n'aurait-elle pas mis sur la terre, dans les fleurs, les images des objets qu'elle a pla- cés en réalité dans les cieux, puisqu'elle a mis dans l'homme, aussi passager qu'elles, le sentiment de l'Intelligence qui gouverne l'univers ?

Mais combien de vérités ne foule-t-il pas aux pieds comme les fleurs ! Il a marché sur elles-ci, depuis un grand nombre de siècles, sans les connaître. Presque tous les cultiva- teurs ignorent encore qu'elles ont des sexes. Que dis-je ? lorsque le botaniste Vaillant en introduisit la théorie dans l'école du Jardin

des Plantes, le célèbre Tournefort l'obligea
de la supprimer, et né voulut jamais la reconnaître, sans doute parce que, le premier,
il n'en avait pas fait la découverte. Les botanistes modernes rejettent, peut-être par
les mêmes raisons, les harmonies des pétales
avec le soleil, dont j'ai apporté tant de preuves
dans mes Études de la Nature. Ils les reconnaissent toutefois comme les caractères les
plus apparents des fleurs, qu'ils classent en
monopétales, en polypétales, et celles-ci en
radiées, en liliacées, en rosacées, en papilionacées, etc., mais sans intention et sans but.
Cependant tout leur démontre que la nature
n'a rien fait en vain.

Pour éviter l'obscurité de leurs systèmes,
nous nous guiderons sur le flambeau du
jour. Les pétales des fleurs sont disposés en
épis perpendiculaires, tels que celui du blé;
en radiées ou miroirs plans, comme dans la
marguerite; en portions sphériques, comme
dans la rose; en elliptiques, comme dans le
lis, ou paraboliques, comme dans la capucine : ce sont là leurs formes principales.
D'autres, en grand nombre, appartiennent

à des courbes inconnues et non encore cal-
culées; mais toutes sont engendrées de la
sphère. Il est remarquable que lorsque les pétales sont radiés et en miroirs plans, le disque de la fleur est en hémisphère pour rece-
voir leurs réverbérations : tels sont ceux de
la marguerite et de la camomille. Ils se renversent ou tombent quand la fécondation est
achevée. Ce disque est un peu concave dans
le tournesol; aussi arrive-t-il souvent que les
fleurons de son centre avortent et ne donnent
point de graine. Sa concavité vient peut-être
du changement de climat, car cette plante
est originaire de l'Amérique. Les réverbères
des rosacées ont un foyer commun, les liliacées en ont deux, les paraboliques renvoient
les rayons parallèlement, comme la vigne. Il
y a des fleurs en grappes, en ombellifères,
telles que celles de la carotte ; en hémi-
phères, en cercles et en demi-cercles, comme
celles de plusieurs sortes de trèfles; en rayons
divergents, telles que celles des choux et de
la plupart des cruciées. Si les fleurs ont des
rapports positifs avec le soleil, elles en ont
aussi de négatifs. Il y en a de labiées, qui ne

montrent que l'extrémité de leurs anthères,
et de papilionacées, qui les cachent au moyen
d'une carène; d'autres même ne fleurissent que
la nuit : telle est celle du jalap du Pérou ou
belle-de-nuit, celle de l'arbre triste de l'Inde,
qui s'ouvre dans les ténèbres et tombe au
point du jour ; du convolvulus nocturne,
également originaire de l'Inde. D'autres fleurissent renversées et à l'ombre de leurs feuilles, telles que celles de l'impériale et de beaucoup de fleurs torridiennes. Linnæus avait
déjà entrevu les rapports des pétales avec la
présence et l'absence du soleil. Il avait observé que plusieurs d'entre elles s'ouvraient
et se fermaient à différentes heures du jour,
telles que celles du pissenlit, dé la chicorée
sauvage, et que la plupart se fermaient à
l'entrée de la nuit : il en avait formé une
horloge botanique. Il n'avait qu'un pas de
plus à faire pour voir que leurs pétales
étaient de véritables réverbères en harmonie
avec le soleil, et dont la durée était en raison inverse de leur action sur leurs parties
sexuelles. Les rosacées, qui sont celles qui
ont le plus d'activité, parce qu'elles ren-

voient tous les rayons solaires vers un centre commun, sont aussi celles qui durent le moins. La rose ne dure qu'un jour, et sert souvent d'image aux philosophes pour exprimer la rapidité de nos plaisirs et de notre existence.

On voit donc qu'on peut diviser la puissance végétale, par rapport au soleil, en végétaux des zones torride, tempérées et glaciales, d'été et d'hiver, de jour et de nuit. Il en résulte un grand nombre de genres positifs et négatifs, dans les arbres, les herbes, les algues et les mousses.

J'ai déjà montré quelques-uns des rapports que le bananier avait avec tous les besoins et les divers tempéraments de l'homme. Ces rapports semblent se multiplier sous les yeux de l'observateur; et ce végétal offre un exemple si merveilleux de la prévoyance de la nature, qu'il serait inutile d'en présenter un autre. Sa tige peut avoir neuf à dix pieds d'élévation; elle est formée d'un paquet de feuilles tournées en cornets, qui sortent les unes des autres, et, en s'étendant au sommet du bananier, y forment un magnifique parasol. Ces feuilles, d'un beau vert satiné, ont environ un pied de large et six pieds de long; elles s'abaissent par leurs extrémités, et forment par leurs courbures un berceau charmant, impénétrable au soleil et à la pluie. Comme elles sont fort souples dans leur fraîcheur, les Indiens en font toutes sortes de vases pour mettre de l'eau et des aliments; ils en couvrent leurs cases, et ils tirent un paquet de fil de la tige, en la faisant sécher. Une seule de ces feuilles donne à un homme une ample ceinture; mais deux peuvent le couvrir de la tête aux pieds, par-devant et par-derrière. Un jour que je me promenais à l'Ile-de-France, près de la mer, parmi des rochers marqués de caractères rouges et noirs, je vis deux nègres tenant à la main, l'un une pioche, l'autre une bêche, qui portaient sur leurs épaules un bambou auquel était attaché un long paquet, enveloppé de deux feuilles de bananier. Je crus d'abord que c'était un grand poisson qu'ils venaient de pêcher; mais c'était le corps d'un de leurs infortunés compagnons d'esclavage, auquel ils allaient rendre les derniers devoirs dans ces lieux écartés. Ainsi le bananier seul donne à l'homme de quoi le nourrir, le loger, le meubler, l'habiller et l'ensevelir.

Ce n'est pas tout. Cette belle plante, qui ne produit son fruit, dans nos serres, qu'au bout de trois ans, comme je l'ai vu dans celles du Jardin des Plantes de Paris, le donne, sous la Ligne, dans le cours d'un an, après lequel la tige qui l'a porté se flétrit; mais elle est entourée d'une douzaine de rejetons de diverses grandeurs, qui en portent successivement : de sorte qu'il y en a en tout temps, et qu'il en paraît un nouveau tous les mois, comme les grappes lunaires du cocotier. Je parle ici des bananiers qui croissent sous la Ligne, et sur le bord des ruisseaux, leur élément naturel. Il y a plus, il y a une multitude d'espèces de bananiers de différentes grandeurs, depuis celle d'un enfant jusqu'au double de celle d'un homme; et de bananes, depuis la longueur du pouce jusqu'à celle du bras; de sorte qu'il y en a pour tous les âges. J'ai vu, à l'Ile-de-France, des bananiers nains, et d'autres gigantesques, originaires de Madagascar, dont

11*

les fruits, longs et courbés, s'appellent cornes de bœuf. Un homme peut les cueillir aisément en grimpant le long de leur tige, où
les queues de ses anciennes feuilles forment
des saillies, ou en faisant monter sa femme
sur ses épaules. Une seule de leurs bananes
peut le nourrir un repas, et une de leurs pattes
tout un jour. Il y a des bananes de saveurs
très-variées. Quoique je n'en aie mangé qu'à
l'Ile-de-France, qui, comme on sait, est à
l'extrémité de la zone torride australe, j'y en
ai goûté de l'espèce naine, qui avaient de
plus que les autres un goût très-agréable de
safran. L'espèce commune, appelée figue ba-
nane, est onctueuse, sucrée, farineuse, et
offre une saveur mélangée de celles de la
poire de bon-chrétien et de la pomme de
reinette. Elle est de la consistance du beurre
frais en hiver, de sorte qu'il n'est pas besoin
de dents pour y mordre, et qu'elle convient
également aux enfants du premier âge et aux
vieillards édentés. Elle ne porte point de semences apparentes ni de placenta : comme si
la nature avait voulu en ôter tout ce qui pouvait apporter le plus léger obstacle à l'aliment

de l'homme. C'est de toutes les fructifications la seule que je connaisse qui jouisse de cette prérogative. Elle en a encore quelques-unes non moins rares, c'est que quoiqu'elle ne soit revêtue que d'une peau, elle n'est jamais attaquée, avant sa maturité parfaite, par les insectes et par les oiseaux, et qu'en cueillant son régime un peu auparavant, il mûrit parfaitement dans la maison, et se conserve un mois dans toute sa bonté.

Les espèces de bananes sont très-variées en saveurs. Elles sont d'autant meilleures qu'elles croissent plus près de l'équateur, sous l'influence directe du soleil. Il y en a de délicieuses aux Moluques, dont les unes sont aromatisées d'ambre et de cannelle, d'autres de fleur d'orange. On trouve des bananiers dans toute la zone torride, en Afrique, en Asie et dans les deux Amériques, dans les îles de leurs mers, et jusque dans les plus reculées de la mer du Sud. Le rima, qui porte le fruit à pain dans l'île de Taïti, ne lui est pas comparable, quoique quelques philosophes modernes nous présentent cet arbre comme nouvellement découvert, et comme le don le plus précieux que la nature ait fait aux hommes. Il y a long-temps qu'il croît aux Moluques, et que d'anciens voyageurs en ont parlé. D'ailleurs, ses usages, relativement à l'homme, sont bien plus circonscrits. Il ne lui fournit ni logement, ni vêtements, ni meubles. Il lui faut d'abord six ou sept ans pour produire ses fruits, qu'il ne donne ensuite que huit mois, chaque année. Et s'il a présenté le premier modèle du pain dans sa pâte, qui, cuite au four, se change en mie et en croûte, le bananier donne la sienne tout assaisonnée de beurre, de sucre et d'aromates. Le rima porte des petits pains, et le bananier de la pâtisserie.

C'est donc avec raison que le voyageur Dampier, qui a fait le tour du monde avec tant d'intelligence, appelle le bananier le roi des végétaux, à l'exclusion du cocotier, que les marins honorent de ce titre, parce qu'ils ne jugent que de ce qui est à leur portée. Il observe qu'une infinité de familles, entre les deux tropiques, ne vivent que de bananes. Cet utile et agréable végétal a tant de rapports avec les premiers besoins de l'homme dans l'état d'innocence et d'inexpérience, que j'ai déjà fait remarquer qu'on l'appelle aux Indes le figuier d'Adam. Les Portugais superstitieux qui y abordèrent les premiers, crurent apercevoir, en coupant son fruit transversalement, le signe de la rédemption dans une croix que je n'y ai jamais vue. A la vérité, cette plante présente, dans ses feuilles larges et longues, les ceintures du premier homme, et figure assez bien, dans son régime hérissé de fruits, et terminé par un gros cône violet qui renferme les corolles de ses fleurs, le corps et la tête du serpent qui le tenta. Les bramines, au moyen de ses fruits salubres et de son délicieux ombrage, vivent au delà d'un siècle. Elle croît non-seulement dans toute la zone torride, mais plus de six degrés au dehors. Les Arabes lui donnent le nom de *musa*, que nos naturalistes ont adopté ; et comme ces peuples ont répandu en Europe les premiers éléments des sciences et des arts après les Romains, je suis tenté de croire que la déclinaison du nom de *musa*, qui commence le rudiment très-rude de nos enfants, a dû signifier, non une

muse dont ils ne peuvent avoir d'idée, mais
le bananier, dont les fruits leurs seraient si
agréables. Pour moi, en le considérant pour
la première fois avec toutes ses convenances,
je me dis : Voilà le vrai végétal de l'homme.

La nature ne s'est pas bornée à enrichir
une seule plante de tout ce qui pouvait con-
venir à nos besoins dans la zone torride. En
réunissant dans un seul fruit le beurre, le
sucre, le vin, la farine, elle a voulu nous
engager à en faire nous-mêmes les combinaisons, en mettant ces substances séparées et
pures dans des végétaux d'un autre genre.
Elle a créé pour cet effet le palmier, avec ses
espèces si diverses en productions. Le bananier, que je regarde comme du genre de
glaïeuls, ne réussit bien qu'au fond des vallées, sur le bord des ruisseaux, à l'abri des
grands vents, qui déchirent en lanières transversales ses tendres feuilles. Le palmier, au
contraire, avec ses feuilles lignées, croît dans
les lieux les plus exposés aux tempêtes, depuis le sommet des montagnes jusque sur le
bord des mers. Le bananier n'a que des variétés qui, par la ressemblance de leurs fruits,

ne conviennent qu'aux besoins d'une seule famille. Le palmier a des espèces qui, par la diversité de leurs productions, peuvent satisfaire à tous ceux d'une tribu.

Il est vrai qu'en considérant le bananier comme une espèce de glaïeul, on peut y joindre, dans le même climat, les balisiers, qui portent différentes sortes de grains, et dont les feuilles larges, tournées en cornets, sont engagées les unes dans les autres ; mais ils ne se développent point en parasol, et ils ne présentent point à l'homme des rapports immédiats avec ses besoins.

Tous les végétaux que je viens de nommer, sans en excepter les palmiers, malgré la magnificence de leur port, paraissent du genre des graminées, parce que leur semence, ou première pousse, n'a qu'un cotylédon, que leurs feuilles sont renfermées les unes dans les autres, et n'éprouvent, en croissant, qu'un simple développement, d'où il résulte que leur tige, à sa naissance, a le même diamètre à sa base que lorsqu'elle a atteint toute sa hauteur. D'ailleurs elle est sans écorce, et ne contient point de véritable bois.

Les troncs des palmiers ne sont que des paquets de fibres sans cercles concentriques, et dont le centre est plus tendre que la circonférence. C'est tout le contraire dans les arbres proprement dits. Leurs troncs augmentent de diamètre chaque année, et leurs accroissements y sont marqués intérieurement par des cercles; ils sont revêtus d'écorce; l'aubier de leur bois est à leur circonférence, et la partie la plus dure au centre. Les palmiers ne paraissent donc être que de grandes plantes du genre des graminées, et soumises comme elles aux influences de la lune, dans la pousse de leurs feuilles et de leurs fruits. Mais, si les arbres portent au dedans des anneaux en rapport avec les périodes annuelles du soleil, les palmiers en montrent de semblables au dehors. Les premiers se composent, chaque année, de colonnes concentriques; les seconds de tambours posés les uns sur les autres. Les arbres cachent les dates de leur âge, les palmiers les mettent en évidence. Chaque mois lunaire, ceux-ci poussent une feuille, comme le latanier, ou un régime de fruits, comme le cocotier, et leur tête entière s'élève d'un cran

Lorsque les nouvelles palmes se développent, les inférieures, qui sont les plus anciennes, tombent, et laissent sur le tronc des espèces de hoches raboteuses et annulaires, qui servent à-la-fois de marques chronologiques, et de degrés pour monter à son sommet. Le palmier est par excellence le végétal du soleil; c'est un gnomon qui marque les heures par son ombre, les mois lunaires par ses feuilles nouvelles, les années par les vieux cercles de sa tige. Ses espèces, dont les botanistes connaissent au moins quatre-vingts, qui ont chacune plusieurs variétés très-distinctes, sont répandues autour du globe, dans toute la zone torride, et même quelques-unes plus de six degrés au delà. Il y en a sans doute encore beaucoup d'inconnues. Enfin il n'est aucun végétal qui manifeste autant que lui les harmonies soli-lunaires.

Celles qu'il a avec l'homme ne sont pas moins nombreuses et remarquables. La circonférence des plus gros n'a pas plus d'amplitude que celle de ses bras. Lorsqu'il veut y grimper, il se fait, avec une des palmes tombées, une ceinture dont il s'entoure avec

1. 12

le tronc, et, en s'aidant des pieds et des mains, au moyen des anneaux qui lui servent d'appui, il s'élève jusqu'au sommet pour en tirer du vin, ou pour en cueillir les fruits. C'est ainsi qu'à l'Ile-de-France j'ai vu les noirs monter au sommet des cocotiers avec la plus grande facilité.

Il y a un grand nombre de rapports très marqués entre les fruits du palmier et plusieurs parties du corps humain. Le coco simple dépouillé de son caire, offre, avec ses trois trous, une parfaite ressemblance avec une tête de nègre. Celui des Maldives, qui est double, a une ressemblance encore plus frappante avec les parties antérieure et postérieure du corps d'une négresse à sa bifurcation. Comme les cocotiers sont assez connus, je chercherai quelques-uns de ces rapports humains dans le dattier. Ce magnifique végétal réunit en lui la plupart des avantages des autres palmiers, dont son espèce semble le prototype ; il porte dans ses fruits un aliment délicieux, et qui exhale les plus doux parfums. Sa tige toujours droite, en contraste avec celle du cocotier, souvent courbée par es vents, s'élève au moins à quarante pieds de hauteur. Son sommet, ou chapiteau, a environ six pieds, et est revêtu de longues branches feuillées, appelées palmes : elles ont plus de quinze pieds de long. Les feuilles qui les garnissent sont placées obliquement et alternativement, à-peu-près comme les barbes d'une plume. Elles ont une coudée de longueur et deux pouces de largeur ; elles sont pointues, ligneuses, et ressemblent à la lame d'un poignard, ou à la feuille d'un roseau. Les palmes qui les portent sont pour ordinaire au nombre de cent vingt, dont quatre-vingts sont inclinées et horizontales, et quarante perpendiculaires : de manière qu'elles forment, au sommet du palmier, une tête circulaire par son plan et conique par son élévation. Des aisselles des palmes supérieures, naissent de grosses enveloppes ou gaînes, appelées élatés, au nombre de huit ou neuf, très-fermes au dehors, et très-molles au dedans. Ces élatés s'entr'ouvrent, il sort de chacun d'eux une grappe, ou régime de fleurs, qui se changent en fruits, lorsqu'elles ont été fécondées par les fleurs du palmier mâle. Ces fruits, appelés dattes, sont de la forme de la bouche, disposés deux à deux sur des cordons en zigzag; chaque grappe en porte près de deux cents, qui sont verts dans leur croissance, et dorés dans leur maturité. Ils sont d'un goût délicieux dans leur fraîcheur, et ils se conservent un an dans leur sécheresse : mais quoique très-nourrissants alors et pectoraux, leur goût diffère autant des premiers, que le goût des figues sèches diffère de celui des figues fraîches. Toutes ces grappes, de la grandeur d'un homme, chargées de leurs beaux fruits couleur d'or, pendent comme des lustres autour de la cime du palmier, surmontées de ses belles palmes verdoyantes, qui forment au-dessus d'elles un dais magnifique. Enfin la nature prévoyante a fortifié les bases des feuilles et des grappes du palmier, souvent agité des vents, par trois ou quatre espèces d'enveloppes réseaux, fortes comme des brins de chanvre, et semblables à de grosses étoupes jaunes. Souvent des tourterelles font leurs nids dans les replis de ces enveloppes, comme dans ceux d'une draperie.

Je ne m'arrêterai pas ici aux productions du palmier, qui servent aux besoins journaliers d'une multitude de peuples. Les Arabes et les Indiens s'alimentent de ses fruits, emploient ses durs noyaux, après les avoir fait bouillir, à la nourriture de leurs chameaux ; font des vases avec ses élatés, des toiles avec sa bourre, la charpente de leurs maisons avec son tronc, et leurs toits avec ses feuilles. On peut lire les détails de ses usages, et de ceux du cocotier, dans les voyageurs, entre autres dans François Pyrard, qui n'a rien omis sur le palmier maritime ; mais je parlerai des proportions du dattier, dont personne n'a rien dit que je sache. Si le cocotier a servi de modèle à l'architecture navale, par la forme carénée de ses fruits, le dattier en a servi à son tour à l'architecture terrestre.

J'observerai d'abord que la largeur de la tête du dattier est égale à la hauteur de sa tige sous les feuilles. La chose est évidente ; car si vous prenez la largeur de sa tête, de l'extrémité d'une des palmes horizontales à celle qui lui est diamétralement opposée, vous aurez seize pieds pour chacune d'elles,

12*

et deux pieds pour l'épaisseur du tronc qui le
porte; ce qui fait en tout un diamètre de
trente - quatre pieds, égal à la hauteur de la
tige sous les feuilles. Le couronnement de
cette tige, formé par les palmes, a en élévation la moitié de son diamètre, c'est-à-dire
environ dix-sept pieds; car les palmes en ont
seize, et le chapiteau qui les porte en a six,
ce qui ferait vingt - deux. Mais comme les
palmes y sont rangées par étages, les inférieures, qui ont tout leur développement, ont
seules seize pieds; tandis que celles du sommet,
qui ne font que de se développer, en ont tout
au plus onze, qui, avec les six du chapiteau
qu'elles terminent, font, en tout, dix-sept
pieds d'élévation. Cette proportion est à-peu-
près la même dans le bananier, dont les
feuilles, de six pieds de longueur, couronnent une tige de douze pieds de hauteur.
Mais, comme elles partent du même centre,
elles ont un peu moins d'élévation à leur
sommet. Ils ont, l'un et l'autre, une hauteur qui est une fois et demie leur largeur.

J'ai remarqué que cette proportion du palmier était la plus agréable de toutes, soit

dans les berceaux et les avenues formés par des arbres, soit dans les salons. Elle produit, par son élévation, le sentiment de l'infini. C'est celle qu'affectait l'architecture gothique de nos temples, dont les voûtes élevées, supportées par des colonnes sveltes, présentaient, comme la cime des palmiers, une perspective aérienne et céleste qui nous remplit d'un sentiment religieux. L'architecture grecque, au contraire, malgré la régularité de ses ordres et la beauté de ses colonnes, offre souvent dans ses voûtes, un aspect lourd et terrestre, parce qu'elles ne sont pas assez élevées par rapport à leur largeur.

Enfin, les proportions du palmier se retrouvent dans l'homme même, qui réunit en lui les plus belles de la nature ; car ses bras étendus ont une longueur égale à sa hauteur, et sa tête ombragée d'une chevelure flottante imite en quelque sorte la cime ondoyante de ce bel arbre.

Si le palmier, dans son ensemble, présente la plus belle des proportions pour l'élévation et la largeur des voûtes, il offre également dans sa tige le plus beau modèle des colonnes qui doivent les supporter. Les Grecs, qui ont voulu s'approprier l'invention de tous les arts libéraux, ont prétendu qu'ils avaient imaginé les ordres toscan, dorique, ionique et corinthien ; qu'ils avaient pris les proportions de la colonne ionique et des volutes de son chapiteau d'après la taille et la coiffure d'une fille ionienne, et le chapiteau corinthien, d'après une plante d'acanthe sur laquelle on avait posé par hasard un panier. Mais, bien long-temps avant eux, la nature en avait offert les divers modèles, dans le palmier-dattier, aux peuples de l'Asie, comme on le voit encore dans les ruines de Persépolis à Chelmina, dont les colonnes ont des chapiteaux à feuilles de palmier. Quant aux volutes et proportions de la colonne ionique, il est certain qu'elles n'ont aucun rapport à la coiffure d'une fille, ni à sa taille, qui n'a jamais été tout d'une venue.

Je ne rejette point les harmonies des végétaux avec l'homme, et celles de l'homme avec les végétaux : au contraire, j'en recueille autant que je puis ; je suis même persuadé qu'il en existe un très-grand nombre que je ne connais pas ; mais je n'en veux admettre aucune qui soit douteuse. Il est possible qu'en comparant la hauteur d'une jeune fille avec la largeur de son visage, on trouve que dans l'enfance elle ait sept fois ce diamètre, huit fois dans l'adolescence, neuf fois dans la jeunesse, et dix fois dans l'âge mûr. Il est possible encore qu'on ait rapporté ces proportions à celles des différents ordres ; car, comme on sait, c'est le rapport de la hauteur de la colonne à sa largeur qui les constitue. Mais il est sans vraisemblance que des Grecs, nés au sein de la liberté et du goût, aient donné à une poutre verticale destinée à porter des fardeaux, les proportions d'une jeune fille ; qu'ils aient cru imiter sa taille en formant un cylindre, les plis de ses vêtements par des cannelures, et les contours de sa coiffure par des volutes. Il est évident, au contraire, que la tige du palmier a donné le premier modèle de la colonne, par son attitude perpendiculaire et l'égalité de ses diamètres ; celui des tambours cylindriques, dans l'ordre toscan rustiqué, par ses anneaux circulaires et annuels ; des cannelures du fût,

par les crevasses verticales de son écorce,
qui portent à sa racine l'eau des pluies qui
tombent sur ses feuilles ; des volutes du chapiteau ionique, par les premières sphères de
ses élatés ; du chapiteau corinthien, par le
feuillage de ses palmes ; des proportions de
divers ordres, par la hauteur de son tronc ;
différents âges ; enfin, de l'accouplemen
même des colonnes, par la manière dont le
palmiers se groupent naturellement.

La tige du dattier d'abord semble fait
pour porter un grand fardeau, à cause de s
large cime, sinon pesante par elle-même
qui le devient au moins par les secousses de
vents auxquelles elle est exposée. Elle ne s
plaît que le long des ruisseaux, dans les dé
serts orageux de l'Arabie, où les vents élè
vent des tempêtes de sable, qui ensevelisser
quelquefois des caravanes entières. Il en e
de même des autres espèces de palmiers, q
aiment tous les climats exposés au vent, te
que le cocotier qui croît sur les écueils dé
mer, le latanier sur ses rivages, et le pa
miste au sommet des montagnes. C'est sa
doute par cette raison que les tiges de tout

ces espèces, si différentes en productions, sont composées d'un paquet de fibres plus fortes à leur extérieur que dans leur intérieur, et que les feuilles dont elles sont couronnées sont, non-seulement ligneuses, mais élastiques et filamenteuses comme des cordes. Le dattier, ainsi que les autres espèces de palmiers, a, dès sa naissance, un diamètre qui ne change point, à quelque hauteur que sa tige s'élève; tandis que celui des troncs des arbres croît avec eux. Ce diamètre, invariable dans le dattier, a donc déjà un rapport très-marqué avec le diamètre ou module de la colonne, qui ne varie jamais, et qui sert à fixer les proportions de sa hauteur. La colonne a sept fois son diamètre dans l'ordre toscan, huit dans le dorique; neuf dans l'ionique, dix dans le corinthien. Ce sont, je le répète, les seuls rapports de sa hauteur à sa largeur qui constituent les différents ordres. C'est par cette raison que les habiles architectes les réduisent à quatre, et rejettent le composite, parce que ses proportions sont les mêmes que celles du corinthien. Quant à ce nombre de quatre, auquel ils fixent leurs ordres, ils

disent que la colonne paraît trop grosse au-
dessous de sept modules, et trop menue
au-dessus de dix; mais ils n'en donnent pas
la raison. Pour moi, je sens bien comme
eux, par rapport aux colonnes isolées; mais
comme je suis persuadé que la raison de nos
sentiments est toujours dans la nature, je
crois avoir indiqué celle des différentes proportions de la hauteur de la colonne à sa largeur, dans les quatre ordres, en les rapportant à celles de la hauteur de l'homme à la
largeur de sa tête, dans les quatre périodes
de son accroissement.

Au reste, nous les trouverons bien mar-
quées dans les développements mêmes du
dattier. En le supposant planté de semence
dans le terrain et le climat qui lui sont les
plus favorables, il n'a guère moins de deux
pieds de diamètre à sa naissance au sortir de
la terre. Il est d'abord près de sept ans à se
former dans le sein de sa mère, et à acquérir
deux à trois pieds de hauteur. Son tronc alors
paraît à peine, et ne porte guère qu'une
grosse touffe; mais il croît ensuite avec plus
de rapidité. A huit ans, il sort, pour ainsi

dire, de l'enfance : il peut avoir six pieds de haut, ou la hauteur d'un homme. Il prend successivement, huit pieds à neuf ans, dix pieds à dix ans, douze pieds à onze ans, quatorze pieds à douze, seize pieds à treize, dix-huit pieds à quatorze, époque à laquelle il laisse paraître ses premiers régimes, et où une jeune fille commence à être nubile ; vingt pieds à quinze ans, âge où il porte des fruits fécondés par le dattier mâle, et où une jeune fille a acquis ses plus belles proportions, et est propre au mariage. Homère a bien senti les convenances virginales et conjugales, lorsqu'il fait dire par Ulysse à la princesse Nausicaa qu'il aperçoit au bord de la mer : « L'enchantement que j'éprouve à votre aspect, n'est comparable qu'à celui que je ressentis en voyant, à Délos, ce jeune et magnifique palmier qui s'était élevé tout-à-coup auprès de l'autel d'Apollon. »

C'est à l'âge où le palmier se trouve dans la fleur de sa jeunesse, qu'il offre le plus beau modèle de la colonne. Alors ses belles palmes, toujours vertes, prennent chaque jour de l'accroissement, et, s'élevant vers les

cieux, malgré les tempêtes, elles deviennent
les symboles de la gloire et de l'immortalité.
C'est à cette élévation que les tourterelles,
rassurées, viennent déposer leurs nids dans
ses draperies, et que les architectes corin-
thiens fixèrent les hauteurs des colonnes dont
ils décorèrent les temples des dieux et de la
déesse des amours.

Des Italiens, en voyant une vigne chargée
de pampres et de raisins, former d'agréables
spirales autour du tronc nu du palmier, crurent imiter ses graces en tordant la colonne
elle-même ; mais ils ne produisirent qu'un
monstre sur le premier des autels de Rome : on
corrompit la nature en s'écartant de ses lois.

Le dattier continue d'élever sa tige, dans
sa simplicité majestueuse, jusqu'au delà de
quarante pieds de hauteur. Cette proportion
svelte présente dans ses accouplements de
nouvelles beautés à l'architecture gothique.
Perrault en avait entrevu les effets, lorsqu'en
accouplant deux à deux les colonnes du péristyle du Louvre, il leur donna un demi-mo-
dule de plus. Il sentit que chaque couple ne
faisant, pour ainsi dire, qu'un seul corps,

fallait ajouter à sa hauteur une partie de ce qu'il acquérait en largeur.

Quant à l'ordre le plus agréable dans lequel on doit grouper les colonnes, il est le même que celui dans lequel les dattiers croissent naturellement. En effet, les palmiers ont beaucoup d'agrément lorsqu'ils forment une longue perspective sur les bords d'un ruisseau sinueux comme leur régime, rangés deux à deux, l'un rentrant, l'autre saillant : il semble alors qu'on en voie une forêt. C'est le même point de vue que présente une double colonnade circulaire, ou un péristyle dans sa longueur. Cette série d'accouplements fraternels est un des grands charmes de celui du Louvre. Il a encore quelques rapports qui ajoutent à sa beauté : nous en parlerons aux harmonies fraternelles et conjugales.

Si le dattier donne à l'homme en société des fruits sucrés, onctueux et farineux, réunis à toutes les commodités et à la magnificence de l'ameublement et du logement, les autres espèces de palmiers les lui présentent en détail. Dans toutes les parties de la zone torride, le cocotier, qui croît sur tous les rivages de cette zone, renferme du lait et de l'huile dans ses gros cocos; et le palmiste, habitant des montagnes, un chou excellent dans son sommet. Le latanier lui présente des éventails sur ses rochers marins. Il a cela de particulier en Afrique, dont le dattier paraît originaire, qu'il donne aux noirs du vin, du vinaigre et du sucre dans sa sève. Dans les îles de l'Asie, le sagou contient dans son tronc épais une farine abondante, et l'arec un aromate dans ses noix. En Amérique, le palmier marécageux de l'Orénoque, pendant les débordements périodiques de ce grand fleuve, offre à ses habitants des fruits succulents, et des asiles dans son feuillage. Tous ensemble fournissent à des tribus entières des subsistances, des vêtements, des toits, des meubles, des outils de toutes les sortes, des tablettes pour écrire, des câbles, des voiles, des mâts, des bateaux pour voguer d'île en île. Il y a plus de soixante-dix espèces connues de palmiers, mais un grand nombre ne le sont pas. Quoique toutes ensemble elles ne forment, par des caractères qui leur sont communs, qu'un genre primi-

tif qui appartient à la zone torride, elles diffèrent tellement par leurs fleurs et leurs fruits,
qu'on peut les regarder comme des genres
secondaires, harmoniés, d'une part, avec les
différents besoins de l'homme en société dans
les divers sites torridiens, et de l'autre, ré-
partis, par leurs variétés, aux diverses tribus
d'animaux qui y sont répandus. En effet, il
y a des palmiers que j'appellerai solaires,
parce qu'ils croissent sous l'influence la plus
active du soleil, au sein des sables brûlants
de l'Afrique, tels que les dattiers. Il y a des
palmiers de montagnes, et en quelque sorte
aériens par la longueur de leurs flèches, qui
s'élèvent bien au-dessus des forêts, tels que
les palmistes, qui ont quelquefois plus de
cent pieds de hauteur. Il y en a d'aquatiques,
qui croissent dans les marais d'eau douce,
comme ceux de l'Orénoque; ou dans ceux de
la mer, comme les cocotiers; ou sur les rivages et jusque dans les rochers, comme les
lataniers et les vacoa. Entre les tropiques,
par-tout où il y a de l'eau, soit douce ou salée, soit apparente ou souterraine, soit stag-
nante ou courante, il y croît une espèce par-

ticulière de palmier assortie à quelque besoin
de l'homme pour ce site-là, et qui, dans
chacune de ses variétés, nourrit au moins
une espèce particulière de quadrupède, d'oiseau et d'insecte. C'est par cette raison que
la nature a donné aux animaux qui en sont
les habitants naturels, tels que les singes, de
fortes dents canines, et aux perroquets des
becs courbés et pointus, faits comme des tenailles, et capables de rompre les noix de
toutes les espèces de palmiers nucifères. Enfin, comme les tribus de ces animaux sont
infiniment variées, il ne faut pas douter
qu'elles ne soient en rapport avec celles des
palmiers : de sorte qu'on peut dire qu'il n'y
a pas une seule île dans l'Océan indien, qui
n'ait son palmier particulier, comme elle a
son singe et son perroquet.

La nature, non contente de suspendre
dans la zone torride, ses bienfaits à ces magnifiques végétaux, les a versés dans le sein
des humbles graminées avec non moins de
profusion. Elle a mis le sucre tout pur dans
la sève d'un roseau, et la farine dans les
gros épis encapuchonnés du maïs, et dans

peux du riz et du millet, qui sont divergents. Elle a étendu ensuite ces substances primitives dans les blés des zones tempérées, qui, par leurs diverses fermentations, donnent des aliments farineux et des boissons vineuses, spiritueuses et cordiales. L'orge croît jusqu'au sein de la zone glaciale. Ainsi, les plus mobiles des herbes sont les premiers supports de la vie humaine et de celle des animaux.

Non-seulement la nature a satisfait à tous les besoins des êtres sensibles avec des graminées, gladiolées, palmifères, arondinacées, jonchées; mais elle y a encore pourvu par des végétaux de divers genres, dont les prototypes humains sont aussi dans la zone torride. Nous mettons au premier rang les lianes : leurs tiges en spirales et armées de crochets s'harmonient parfaitement avec les troncs perpendiculaires et raboteux des palmiers ou des autres végétaux. Telles sont celles du betel avec l'arec, du poivrier avec la canne à sucre, de la vanille avec le cacaoyer, de la liane à eau avec le palmiste, et de la liane à vin, ou vigne, qui, dans nos climats se mariant avec l'orme, trouve des supports dans ses branches et des tonneaux dans son tronc.

D'autres genres de végétaux forment les arbres proprement dits, et, avec d'autres combinaisons, pourvoient à tous les besoins de l'homme, suivant les divers sites qu'il occupe. La terre est une vaste table où la nature sert à ses convives plusieurs services dans des palais de différentes architectures. Elle leur présente, sous l'équateur, des substances farineuses dans le fruit à pain du rima, et dans le pain d'épices du courbaril; des sucs rafraîchissants dans l'orange et le citron; des crèmes parfumées dans l'atte, le jacq et le durion; des melons dans la papaye; des confitures, des gelées et des conserves dans les litchis, les mangoustans, les ramgoustans, les mangues, les abricots de Saint-Domingue; des fondants dans les corossols et les pommes d'acajou; des onctueux échauffants dans les amandes du badanier; des stomachiques dans le café et le cacao; des cordiaux dans les épiceries du cannellier, du muscadier, du giroflier, et du ravinsara qui en réunit toutes les saveurs. De tous ces arbres, il n'y en a pas un qui se ressemble.

par ses feuilles, ses fleurs, ses fruits, sa verdure et son attitude. Dans ce magnifique banquet, les buffets et la vaisselle sont variés comme les mets : je n'en nomme cependant que la plus petite partie. Il n'y a pas moins de prodigalité dans l'habitation de l'homme ; c'est un palais garni de tous ses ameublemens. Il trouve des urnes de toutes les grandeurs suspendues au calebassier ; une citerne entière au sein des sables brûlants d'Afrique, dans le tronc caverneux du baobab ; un parasol capable de couvrir la plus nombreuse famille, dans la feuille du tallipot ; une laine blanche et légère, propre à ses vêtements et à son lit, dans les gousses du cotonnier ; des appartements entiers de verdure, avec leurs cabinets, leurs salons, leurs galeries, sous les arcades du figuier des banians ; une multitude de fruits agrestes dans ces arbres et dans leurs diverses espèces, pour captiver les animaux domestiques par des bienfaits qui ne lui coûtent rien ; et une foule d'arbres et d'arbrisseaux épineux, armés de pinçons, d'alênes, de lancettes, de hallebardes, pour servir de remparts à son habitation et en éloigner les animaux sauvages.

Ces mêmes prévoyances se présentent avec d'autres combinaisons, dans les arbres des zones tempérées. La nature les proportionne à nos besoins suivant le cours des saisons. Dans les chaleurs ardentes de l'été, les tribus nombreuses de cerisiers, de pruniers, d'abricotiers, de pêchers, nous donnent des fruits rafraîchissants et fondants ; et celles des mûriers et des figuiers, des aliments sucrés et pectoraux. Toutes ces productions sont fugitives comme les beaux jours : mais lorsque le soleil s'éloigne de nous avec elles, elles sont remplacées par d'autres, qui sont stationnaires, et qui suppléent à son absence par leurs sucs réchauffants et nourriciers. Les poiriers et les pommiers nous présentent, vers la fin de l'été, leurs fruits vineux. Quand l'automne voile de ses brouillards froids l'astre de la lumière et de la chaleur, les chênes verts et les châtaigniers se hâtent de nous donner leurs glands farineux et substantiels ; les pistachiers, les oliviers, les amandiers, les noisetiers, les noyers, leurs huiles savoureuses, et les vignes, dans le jus fermenté de leurs

rappes, les plus puissants des cordiaux. Les
piceries même apparaissent dans l'arbre de
Winster, au détroit de Magellan; si toutefois
n peut mettre dans la zone tempérée ce climat, désolé toute l'année par les vents, les
rumes et les neiges. Enfin, les frênes, les
tilleuls, les saules, les ormes, les hêtres,
les chênes, et une foule d'arbres de divers
genres, qui nous ont donné sous leurs charmants feuillages des abris contre les ardeurs
de l'été, nous fournissent, dans leurs rameaux
et leurs vastes flancs, des toits, des charpen-
tes, des foyers contre les rigueurs de l'hiver.
Souvent les dons que la nature a suspendus aux arbres, sont déposés sur de simples
herbes; soit que celles-ci soient des consonnances des genres arborescents, comme les
graminées le sont des palmiers, et que la nature les ait destinées à croître sur des sols qui
ont peu de profondeur; soit plutôt qu'elles
forment une seconde table de réserve, à l'a-
bri des injures des éléments. En effet, un
arbre est plusieurs années à donner ses premiers fruits, et quelquefois un âge d'homme
à parvenir à sa dernière hauteur, tandis que

l'herbe atteint à sa perfection dans le cours
d'une année. Si l'un et l'autre sont détruits
par des incendies ou des ouragans, il y a un
intervalle immense entre leur reproduction.
Il faut un siècle pour former une forêt, et
un seul printemps pour faire croître une prairie. C'est sans doute par cette raison que la
nature a quelquefois attaché sous terre, à de
simples racines, des fruits qu'elle avait suspendus aux rameaux les plus élevés dans la
région des tempêtes.

Quoique nous ayons observé que les espèces des herbes étaient plus nombreuses
que celles des arbres dans les zones tempérées, leurs prototypes croissent dans la zone
torride, où sont réunies toutes les richesses
de la puissance végétale, ainsi que celles des
autres puissances. On trouve des farineux sucrés dans la bulbe de la patate et de l'igname,
des épiceries dans les pates du gingembre,
des huiles dans les capsules souterraines de
la fausse pistache, remplies d'amandes très
savoureuses lorsqu'elles sont grillées. Ces
mêmes substances se montrent en évidence
dans les aromates des graines du cardamon,

t de l'anis, dans les semences farineuses et huileuses d'une multitude d'herbes à fleurs papilionacées et cruciées. Les teintures bleues se manifestent dans la couleur glauque de l'herbe de l'indigo ; on peut trouver encore des vases dans les cucurbitées, des retraites et des habitations dans quantité d'herbes sarmenteuses ; des haies et des remparts dans les épines des tribus nombreuses des nopals, des raquettes, des aloès, des cactus, qui forment des forêts dans le Mexique. Ce genre épineux de végétaux, aussi étendu que celui des palmiers, semble appartenir aux arbres par son élévation ; il s'élance à des hauteurs prodigieuses, et végète pendant des siècles. Mais comme il est dépourvu de branches, qu'il n'a que des fils et des pulpes dans ses tiges, et qu'il croît sur les sols les moins profonds, nous le plaçons au rang des herbes. Lui seul pourrait suffire aux principaux besoins de l'homme ; car il lui donne des espèces de figues dans les pommes de raquettes, un fruit délicieux dans l'ananas, qui semble être une espèce d'aloès, et des fils de pite très-forts dans les feuilles de l'aloès de la grande espèce. Ce genre est très-répandu dans l'Amérique.

Nous retrouverons quelques productions des arbres torridiens, dans les herbes annuelles et bisannuelles de nos climats. Le goût du fruit de l'arbre à pain se retrouve dans celui du cul d'artichaut; le melon du papayer et la courge du calebassier rampent sur les couches de nos jardins; la pulpe fondante et parfumée du corossol reparaît dans la fraise qui tapisse nos bois, et celle du litchi dans le framboisier. Les saveurs aromatiques des épiceries se font sentir dans nos piments, nos sarriettes, nos thyms, nos basilics. Mais qui pourrait nombrer les substances farineuses des pommes de terre, aphrodisiaques de la truffe, alcalines de l'ognon, sucrées et pulpeuses des carottes et des betteraves, huileuses du colza; et toutes les herbes qui servent à nos aliments, à nos vêtements et à notre industrie, comme les légumineuses, les chanvres, les lins, les garances, les chardons même épineux et les orties piquantes? Il semble que l'Abondance a épuisé une de ses cornes dans nos jardins et dans nos campagnes

Cependant, il ne faut pas s'imaginer que les contrées boréales soient dépourvues de végétaux. J'ai vu croître en Finlande, au delà du soixante et unième degré de latitude, plusieurs plantes légumineuses et potagères de nos climats, telles que les choux et les pois. J'y ai même vu cultiver le tabac, et le cerisier y porter des fruits. On y récolte l'avoine et l'orge. Il n'est pas douteux qu'un grand nombre de nos plantes annuelles pourraient y venir à l'abri et dans les reflets de ses roches. Nos climats s'enrichiraient à leur tour des végétaux qui leur sont indigènes, entre autres, du chou-rave d'Archangel, dont la pomme solide, colorée en dehors des plus vives teintures de la pourpre et du vermillon, renferme au dedans la saveur de l'artichaut. Plusieurs arbrisseaux et arbres même de nos montagnes y perfectionnent leurs qualités. Le genévrier aromatique y parvient à plus de douze pieds de hauteur : ses rameaux hérissés de feuilles piquantes, et ses grains noirs glacés d'azur, contrastent de la manière la plus agréable avec le sorbier au large feuillage et aux grappes écarlates. Tous deux con-

servent leurs fruits au sein des neiges, et
dans les plus grandes rigueurs de l'hiver; et
ils offrent à l'homme, par leur harmonie, le
premier, dans l'aromate de ses grains, le second, dans le jus de ses baies, une eau-de-
vie qui est un puissant et salutaire cordial.
Les bois y sont tapissés de fraisiers. On croit
y reconnaître le fruit de la vigne dans la baie
bleue et vineuse du mirtille, et celui du mûrier dans celle blanche et pourpre du kloukva,
qui rampe au pied des roches, au sein d'un
feuillage du plus beau vert. Si ces baies n'é-
galent pas en qualité celles dont elles imitent
les formes et les couleurs, elles les surpas-
sent en durée; car, lorsque l'hiver les a frap-
pées de froid et ensevelies sous les neiges,
elles s'y conservent jusqu'au printemps avec
toute leur fraîcheur.

Si nos arbres fruitiers semblent expirer
vers le Nord, ceux de ses forêts y prennent
une nouvelle vigueur. La puissance végétale
s'y montre à-la-fois dans une jeunesse toujours verdoyante, et dans la sombre majesté
de l'âge avancé. Toutes les tribus des peupliers, dont le vaste bouleau paraît le chef,

y contrastent avec celles des pins et des sapins, dont le cèdre est le prototype. Les premiers, à la cime étendue, au feuillage ondoyant, exhalent en été les parfums de la
rose, et fournissent des eaux sucrées, du papier, des chaussures, des vases, des tonneaux, des nacelles imperméables à l'humidité. Les seconds donnent en hiver des fruits
huileux, des flambeaux odorants dans leurs
branches résineuses, des matelas dans les
longues mousses qui en pendent jusqu'à
terre, et nous offrent des toits sous leurs
hautes pyramides. Si le palmier des zones
torrides a sa tête en parasol hémisphérique
pour donner de l'ombre, des palmes ligneuses
pour résister aux vents, une tige nue pour
donner passage à l'air si nécessaire dans les
pays chauds; le sapin, au contraire, a des
branches qui se relèvent par leurs extrémités,
et laissent tomber leurs folioles à droite et à
gauche, en forme de toit, pour faire glisser
la neige. Il porte les plus basses à deux fois
la hauteur de l'homme, pour lui faciliter le
passage dans les forêts; mais il les élève quelquefois à plus de cent pieds, et les neiges

14*

forment autour de sa circonférence, un rempart contre l'âpreté de l'atmosphère. Le sapin du nord est vert ainsi que le palmier du midi. Si le sapin avait une cime large et touffue comme le palmier, il serait accablé par le poids des neiges, qui y séjourneraient; si le palmier portait la sienne en pyramide de feuilles comme le sapin, il serait renversé par la violence des ouragans, si terribles dans la zone torride. Cependant il y a des arbres dans cette zone, dont la forme est pyramidale, tels que le badanier; et il en est dans la zone glaciale, dont la cime est hémisphérique, comme le pin nautique; mais les étages du badanier sont évidés et assez semblables à ceux d'un roi d'échecs, et la cime du pin est à jour, et n'est formée à sa base que de branches nues, disposées en parasol. Ainsi la nature a proportionné les feuillages et le port des arbres aux contrées où ils devaient croître.

Nous avons vu que les peuples du Midi avaient trouvé les proportions et les ornements de leur architecture dans les palmiers; ceux du Nord en pourraient trouver une plus convenable à leur climat, dans les sapins ; elle ne manquerait pas d'agréments. Si le tronc du palmier a fourni aux premiers de hautes colonnes d'un diamètre égal, celui du sapin en donnerait aux seconds d'un diamètre qui irait toujours en diminuant de bas en haut, et augmenterait leur élévation par la perspective. Si les architectes grecs ont orné de palmes le chapiteau corinthien, s'ils y ont ajouté quelquefois les toiles en réseau de leurs bases, et les nids qu'y forment les colombes ; les architectes du Nord pourraient couronner de même leur colonne le sapin de ses propres rameaux, les garnir de leurs mousses naturelles, et y figurer les écureuils qui les habitent, avec leurs queues élevées en forme de plumet sur leurs têtes. Si la colombe est le plus aimable des oiseaux, l'écureuil est le plus agréable des quadrupèdes.

Le Nord aurait donc un ordre d'architecture à lui, puisque c'est le rapport de la hauteur de la colonne à sa largeur qui le constitue. C'est par cette raison que les habiles gens rejettent l'ordre composite, parce que sa colonne a les mêmes proportions que le corinthien.

L'ordre septentrional, au contraire, varierait
celles de sa colonne dans chacun de ses diamètres, suivant l'angle déterminé par la nature
dans la diminution du tronc des sapins : j'en
ignore la valeur, qui, ce me semble, est
facile à connaître, si, comme je le crois, il
est invariable. J'appellerais cet ordre conique
ou pyramidal, comme on pourrait appeler
cylindriques les quatre ordres grecs, d'après
les formes de leurs colonnes; mais j'aime
mieux trouver les choses que d'en chercher
les noms, car la nature est très-abondante,
et la langue stérile.

Au lieu de disposer ces colonnes en longs
péristyles, comme celles des Grecs, sans
doute d'après l'ordre où sont rangées les
dattes sur les grappes du palmier; je les
grouperais en rotondes coniques, dans le
même ordre où les semences du sapin sont
rangées dans leur cône. Pour cet effet, je
donnerais une élévation progressive aux colonnes du centre de la rotonde; ce qui en
augmenterait l'étendue en perspective, par
celles de la circonférence, qui seraient plus
courtes et d'un moindre diamètre. Si le pé-

...ristyle est favorable à la fraîcheur dans les pays chauds, parce qu'il offre une libre circulation, la rotonde conique ne l'est pas moins à la chaleur dans les pays froids, parce qu'elle la concentre au dedans, et qu'elle arrête le cours du vent au dehors. L'intérieur et l'extérieur de sa voûte figureraient les mailles et la forme ovoïde, si agréable, de la pomme de pin. Les neiges y trouveraient une pente facile, et ne s'y arrêteraient pas, comme sur les toits plats de Pétersbourg, où l'on a adopté l'architecture méridionale, si peu convenable aux pays froids.

Les Grecs avaient entrevu les beautés qui pouvaient résulter des proportions et des productions du sapin, puisqu'ils les avaient ajoutées à la colonne imitée du palmier. Ils diminuaient le diamètre de celle-ci aux deux tiers de sa hauteur, afin d'accroître sans doute son élévation en perspective. Ils employaient fréquemment la pomme de pin pour ornement dans leur architecture, et sur-tout sur les tombeaux; ils donnaient même à leurs rotondes la forme elliptique ou de cône, si agréable. Les Égyptiens adoptèrent la forme

entière du sapin dans leurs pyramides et leurs
obélisques. Quant aux Chinois, depuis long-
temps ils donnent à leurs riches pavillons de
troncs de sapin pour colonnes, et à leurs toits
la forme d'un de ses rameaux, relevés aux
extrémités. Dans leurs jardins, ils ornent
l'entrée de leurs grottes, de cet arbre majestueux, dont la verdure est éternelle; et ils le
regardent comme le symbole de l'immortalité.

C'est sous les ombrages de ce bel arbre,
dans son atmosphère odorante et aux doux
murmures de ses rameaux, que j'ai passé,
dans la solitaire Finlande, des moments
paisibles, souvent regrettés. Mes yeux se pro-
menaient avec délices sur les sommets arrondis de ces collines de granit pourpré, entourées de ceintures de mousses du plus beau
vert, et émaillées de champignons de toutes
les couleurs. Ces productions spontanées fournissent des mets exquis à ses habitants, dont
rien n'égale l'innocence et l'hospitalité. Elles
s'étendent vers le nord, bien au delà de la région des sapins. Les mousses croissent sur les
rochers les plus arides, et nulle part on n'en
trouve en si grande abondance et d'espèces

si variées, que dans les contrées les plus septentrionales. J'entrais jusqu'aux genoux dans
celles qui tapissent le sol des forêts de la
Russie; tandis que je n'ai trouvé que des
lianes rampantes sur celui des bois de l'Ile-
de-France. Il y a en Laponie plusieurs espèces
de mousses comestibles, farineuses, sucrées,
parfumées. La nature a mis dans ces climats un
animal à cornes ramifiées, qui en tourne les
substances aux principaux besoins de l'homme.
Le renne moussivore offre au Lapon, dans
ses quatre mamelles, un lait plus épais que
celui de la vache; dans sa toison, une four-
rure plus chaude que celle de la brebis; et
dans sa course, un service plus rapide que celui
du cheval. Il y a, de plus, dans les lacs de la
Laponie, une multitude d'oiseaux aquatiques
et de poissons. J'ai vu dans ceux de la Finlande, qui en font partie, des quantités prodigieuses de canards et d'oies sauvages. Au
printemps, l'air est rempli de ces oiseaux,
ainsi que de bécasses et de cygnes qui vont
faire leurs nids dans ces parages, et qui re-
tournent, aux approches de l'hiver, vers des
climats plus méridionaux.

Que dis-je! au delà de ces rivages, où
toute végétation terrestre disparaît, des algues
innombrables et de toutes sortes de formes
sortent du fond des mers. Ces plantes péla-
giennes peuvent, sans doute, fournir quelques subsistances à l'homme. Les Japonais
savent tirer des aliments de celles de leurs
îles. C'est dans les mers voisines des pôles,
que des navigateurs ont pêché le fucus gi-
ganteus, qui a plus de deux cents pieds de
longueur. Les rivages du Groënland, du
Spitzberg et de la Nouvelle-Zemble, sont
tapissés d'herbes marines, où viennent s'é-
chouer, comme sur des litières, les chevaux
et les lions marins, semblables, par la mollesse et l'abondance de leur graisse, à des
outres pleines d'huile. C'est dans les flancs
de ces amphibies, que les Lapons et les Sa-
moïèdes puisent les provisions de leurs lam-
pes et de leurs foyers. Il en est parmi eux
d'assez hardis pour aller les chercher au
sein des mers et des glaces marines. C'est là
qu'un simple pêcheur, dans un petit canot
qu'il peut porter sur ses épaules, ose harponner l'énorme baleine, longue comme un

vaisseau de guerre. En vain, dans sa douleur, elle bouleverse la mer de sa large queue
et de ses grands ailerons ; en vain elle se
réfugie dans les rochers flottants de glaces,
qu'elle rougit de son sang : il vogue à sa suite,
attaché à elle par une simple ligne ; et lorsqu'elle a perdu ses forces, il la remorque
après lui, et l'amène sur le rivage, aux ap-
plaudissements de tous ses compatriotes. Ils
trouvent des aliments dans sa chair, des huiles délicieuses à leur palais dans sa graisse,
la matière de leurs foyers dans ses crotons,
des vêtements dans ses intestins, la charpente
de leurs canots dans ses fanons, et celle de
leurs toits dans ses grands os. Le harponneur
lapon, plus audacieux que tous les héros de
l'antiquité, seul, au sein du plus terrible des
climats et des éléments, d'un coup de trait
perce un colosse formidable, et procure l'a-
bondance à toute sa tribu.

Mais c'est la nature seule qui est digne de
nos louanges et de notre admiration. C'est
elle qui a fait vivre le plus grand des animaux
aux lieux où expire la puissance végétale, et
qui a renfermé sous le cuir de la baleine tout

ce qui était nécessaire aux besoins de l'homme,
afin qu'il n'y eût pas sur le globe un point où
un être intelligent et sensible ne pût jouir de
ses harmonies. Le Groënlandais, arraché par
l'avare et dur navigateur à son climat qui
nous paraît affreux, devenu un objet de curiosité à la cour des rois, soupire, sous leurs
lambris dorés, après les campagnes de neige,
les montagnes de glace et les aurores boréales de sa patrie : et s'il entend par hasard les
cris d'un nourrisson dans les bras de sa mère,
il lève vers le ciel des yeux baignés de larmes,
au souvenir de sa compagne fidèle et de ses
chers enfants, qui l'appellent en vain sur les
rivages brumeux et retentissants de son île
fortunée.

Ce ne sont donc pas seulement les harmonies
physiques qui nous attachent à la vie ; les morales nous y lient bien davantage, en nous
élevant vers les cieux. Ce sont elles qui donnent tant de charmes aux jouissances physiques, en se confondant avec elles. Elles or-
donnent et elles assemblent toutes les harmonies des diverses puissances ; et leur effet est
si sensible, que les botanistes, qui n'ont

point aperçu les rapports élémentaires, animaux et humains de la puissance végétale, en ont caractérisé les genres par des rapports moraux, comme nous l'allons voir.

Nous avons vu que l'harmonie fraternelle se manifestait dans chaque végétal par ses feuilles, ses fleurs, et ses semences, divisées pour l'ordinaire en deux parties égales, afin qu'elles pussent s'entr'aider. Elle reparaît encore dans les agrégations de ses rejetons ou de ses plants, dont elle forme des touffes ou des bocages. Enfin elle se montre dans ses espèces diverses, qui ne sont que des consonnances et, pour ainsi dire, des fraternités du même genre. Mais les genres aussi s'unissent entre eux par leurs contrastes mêmes ; et c'est leur harmonie qui donne tant de charmes aux paysages. Dans la zone torride, un grand nombre d'arbres ont leur tronc perpendiculaire, et dépouillé de branches à leur partie inférieure et presque jusqu'à leur sommet, afin de n'être pas trop en prise aux ouragans. D'un autre côté, il y a une très-grande variété de lianes grimpantes, qui revêtissent de leurs feuillages les tiges nues des arbres. Les unes et les autres forment les plus charmants contrastes ; car, feuilles, fleurs, fruits, attitudes, n'ont rien qui se ressemble. Je suis porté à croire que chaque genre d'arbre a son genre de lianes. Nous avons déjà dit qu'aux Indes, la plante sarmenteuse du betel tournait en spirale autour du palmier-arec ; mais ce qu'il y a de particulier, c'est que la feuille du betel et la noix de l'arec produisent, par leur mélange, une saveur très-agréable aux Indiens. Ils en font un mâchicatoire dont ils usent sans cesse. Il en est de même de la canne à sucre et de la liane du poivre, qu'ils groupent souvent ensemble, et dont ils aiment également mêler les saveurs. Les Indiens occidentaux retrouvent ces harmonies dans le cacaotier et la vanille.

Mais la terre est couverte de genres de végétaux fraternisants. En Italie, la vigne et l'orme ; dans nos campagnes, les blés et les légumineuses ; dans nos prairies, les graminées et les trèfles ; sur les bords de nos rivières, les saules argentés et les aunes au vert sombre ; au sein des ondes, les roseaux perpendiculaires et les nymphæa aux feuilles horizontales ; dans nos forêts, les chênes et les châtaigniers ; dans celles du nord, les sapins pyramidaux et les bouleaux à la large cime; sur les rochers de la Finlande, les champignons et les mousses ; enfin sur ceux même du stérile Spitzberg, le cochlearia vert et l'oseille rouge; et une infinité d'autres, forment, jusqu'au fond des mers, par la fraternité de leurs genres, la plus agréable et sans doute la plus utile des harmonies végétales.

Linnæus l'avait entrevue, lorsqu'il a donné le nom d'adelphie ou de fraternité à l'assemblage des anthères dans les fleurs ; mais il aurait dû l'étendre à celui des fleurs mêmes, des familles, des espèces et des genres, puisqu'elle y est encore plus apparente. Il n'a fait qu'une application particulière d'une loi générale. Ce que j'en dis n'est pas pour diminuer son mérite. La gloire d'une découverte appartient plus à celui qui aperçoit en mer la première pointe d'une île inconnue, qu'à celui qui en achève le tour. Pour moi, j'en côtoie seulement çà et là quelques rivages.

L'harmonie conjugale des genres est en-

15*

core plus caractérisée que l'harmonie fraternelle, dans la puissance végétale, et n'en a
pas moins été long-temps méconnue. On sait
aujourd'hui qu'elle divise les végétaux, ainsi
que les animaux, en deux grands genres, mas-
culin et féminin, réunis à la vérité pour la
plupart dans le même individu, et souvent
dans la même fleur. Les pommiers, les
pêchers, les pruniers, les vignes, les légumineuses, les graminées, et beaucoup
d'autres, offrent dans leurs fleurs la réunion
parfaite des deux sexes. Les cucurbitées, les
noisetiers, les châtaigniers, etc., en présentent la division sur les rameaux du même individu; enfin les palmiers-dattiers, les lataniers, les papayers, et dans nos climats les
pistachiers, les ormes, les chanvres, les lych-
nis, en montrent la séparation totale sur des
tiges isolées, et souvent fort éloignées les
unes des autres. Il est aisé de sentir pourquoi
la nature a réuni les deux sexes d'un végétal
dans sa fleur. On voit que, n'étant pas susceptibles de déplacement, et privés d'ailleurs d'intelligence, ils ne pouvaient ni se chercher ni se
rapprocher. Quant aux sexes qui sont séparés

sur les branches du même végétal, ou qui sont même tout-à-fait isolés, j'avoue que j'en ignore la raison. Elle existe sans doute, et elle doit être très-curieuse à découvrir. L'exception d'une loi générale est souvent, dans la nature, le fondement d'une loi nouvelle. Quoi qu'il en soit, la fécondation des plantes qui se conjuguent de loin, n'est pas moins assurée que celle des sexes qui se conjuguent au sein des mêmes pétales. Ce sont les courants de l'air qui en sont les intermédiaires, comme ceux des eaux le sont du frai des poissons : ils portent le pollen des mâles aux stigmates des femelles, et en fécondent les ovaires. Au défaut des zéphyrs, plus inconstants que les ondes, les insectes ailés, et sur-tout les mouches garnies de poils, se chargent de cette poussière fécondante en picorant les glandes nectarées des fleurs mâles, et vont la déposer au loin, au sein des fleurs femelles. Souvent l'abeille sans sexe est involontairement la médiatrice de leurs amours. Au reste, malgré tant d'intrigues, les caractères conjugaux des genres sont inaltérables. On voit quelquefois des

spèces métisses résulter d'espèces différentes.
On cultive dans nos jardins l'abricot-pêche
et la prune-abricotée ; mais jamais on n'a vu
dans nos forêts le chêne, voisin du châtai-
gnier, porter des marrons ; ni l'orme, le
soutien de la vigne, des raisins. Linnæus
a senti toute l'étendue de l'harmonie conjugale des végétaux, et il en a tiré les caractères principaux de son système botanique
divisé en vingt-quatre classes. Il détermine
les treize premières par le nombre des étamines, ou parties mâles, qu'il appelle *andrie*
du mot grec ἀνήρ, ἀνδρὸς, qui signifie mari.
Telle est la classe de la monandrie, ou de
fleurs qui n'ont qu'un mari ; celle de la dian-
drie, ou de deux maris ; de la triandrie, ou
de trois maris, etc., ainsi jusqu'à la trei-
zième, qu'il appelle polyandrie, parce que
ses fleurs renferment un grand nombre d'étamines. Il rapporte ensuite ses quatorzième et
quinzième classes à la dynamie ou puissance
génératrice, qui appartient aussi à l'harmonie
conjugale, à moins qu'on ne veuille l'attribuer à l'harmonie maternelle, qui en est le
résultat. Les seizième, dix-septième et dix-

huitième sont comprises dans l'adelphie, ou fraternité ; mais comme il n'applique cette harmonie qu'à l'agrégation des étamines, ou des maris, on sent qu'elle est encore du ressort de la conjugale. Il en est de même de la dix-neuvième classe, qu'il nomme syngénésie, qui veut dire *cum gigno*, j'engendre avec, parce que les parties mâles sont jointes ensemble ; ainsi que de la vingtième, qu'il appelle gynandrie, de γυνὴ, femme, et d'ἀνδρὸς, mari, de la réunion des parties mâles aux femelles. Il donne à la vingt et unième et à la vingt-deuxième le nom commun d'*œcie*, de οἰκία, maison ; et il les divise en monœcie et en diœcie, parce que les mâles y sont sur un seul et même pied dans la première, et sur des pieds différents dans la seconde. Il fait de la vingt-troisième une polygamie, de πολλὺς, plusieurs, et de γάμος, noces, parce que les mâles et les femelles y sont réunis dans les mêmes fleurs. Enfin la vingt-quatrième classe est la cryptogamie, de κρύπτω, je cache, et γάμος, les noces, parce que la génération s'y fait d'une manière cachée. On voit donc que Linnæus a rapporté toutes ses classes, sans exception, à l'harmonie conjugale et à ses diverses modifications.

L'harmonie maternelle des genres se retrouve dans les fruits ou les semences. Elle caractérise la prévoyance de la nature pour leur conservation, leur transport et leur développement. Ils sont revêtus de balles, comme les grains des graminées; de capsules, comme ceux des légumineuses; de cuir, comme les pepins; de coques pierreuses, comme les noyaux; d'étoupes solides ou cuirs, comme les cocos; de brou et de coques ligneuses, comme les noix; de cuirs ou d'enveloppes épineuses, comme les châtaignes, etc. Les uns sont armés d'aigrettes, ou de volants, pour traverser les airs et se resemer sur toutes les hauteurs, depuis celle d'une taupinière jusqu'à celle du mont Liban; telles sont les semences du pissenlit et du cèdre. D'autres sont renfermés dans des espèces de bateaux, pour voguer et se replanter le long des ruisseaux, des rivières, et des rivages de la mer, tels que la noisette, la noix et le coco. Quelques fruits, au lieu d'avoir leurs formes carénées, les ont arrondies, afin de

éloigner, en roulant, de la tige maternelle,
de pouvoir se reproduire sans obstacle :
elles sont les pommes, les oranges, etc. ;
mais la plupart de ces rapports sont en quelque sorte élémentaires, quoique établis par
une Providence très-attentive à la reproduction de ses ouvrages. Il en est encore de plus
maternels, ce sont les cotylédons. Le cotylédon est la feuille nourricière de l'embryon ;
c'est la mamelle de la jeune plante. Elle ne
reste point attachée au sein maternel, comme
dans les animaux : elle accompagne le fœtus,
émigre avec lui. Les graminées et les palmiers n'ont qu'un cotylédon dans leurs semences, qui, pour cette raison, s'appellent
monocotylédones ; celles des légumineuses
en ont deux, et se nomment dicotylédones ;
d'autres en ont plusieurs, et sont appelées
polycotylédones ; d'autres n'en ont point du
tout, et sont dites acotylédones : telles sont
celles des mousses, des champignons et de
tous les cryptogames. Peut-être devrait-on
ranger dans ce dernier genre les aloès vivi-
pares, et les rapporter à celui des champignons ; comme les palmiers monocotylédons

aux graminées. Quoi qu'il en soit, ces caractères maternels des cotylédons ont fourni aux
célèbres botanistes Ray, Haller et de Jussieu
la première et principale division de leurs
systèmes. Tournefort en a tiré d'autres des
fruits mêmes. On peut concevoir encore
d'autres harmonies maternelles dans la protection que des genres robustes donnent à de
genres faibles, qui, par leurs disproportions,
ne peuvent se rapporter aux fraternelles ni
aux conjugales. Telles sont celles des buissons épineux avec les violettes qui croissent
à leur abri, comme si elles craignaient d'être
foulées aux pieds. Telles sont encore celles
des grands arbres avec les herbes, sur-tout
avec celles appelées improprement parasites.
J'ai remarqué, dans mes Études, que chaque
arbre avait son espèce particulière de cham-
pignon. Celui de l'aune, arbre des fleuves,
ressemble à un coquillage ; les vieux troncs
des peupliers portent souvent des touffes de
scolopendre ; ceux des pommiers, le gui
aux perles argentées. Chaque arbre a aussi
sa mousse. Le chêne donne souvent des supports au chèvre-feuille, au lierre et à plusieurs

autres plantes rampantes. Ce sont ces harmonies maternelles du genre le plus fort au plus
faible, et du plus élevé au plus humble, qui
répandent tant de charmes dans nos antiques
forêts.

L'harmonie spécifiante des genres est celle
qui produit des genres secondaires, qui diffèrent des espèces proprement dites : ainsi,
par exemple, le genre primitif des graminées
donne les genres secondaires des joncs, des
glaïeuls, des roseaux, des palmiers. Ceux-ci,
à leur tour, produisent des espèces diverses,
telles que les joncs de montagnes creusés en
gouttières, et ceux des marais, qui sont
pleins ; les glaïeuls, les iris, les balisiers, les
bananiers, les roseaux, les typha, les bambous, les palmiers, les dattiers, les cocotiers, etc. Les espèces donnent des variétés
primitives et secondaires. Chacun de ces
genres, chacune de ces espèces et de ces
variétés, peut se classer de la manière la plus
exacte, en fixant d'abord son prototype à un
des besoins de l'homme, et ses dérivés à
ceux des animaux, et en les rapportant ensuite à chacune des harmonies, physique et

morale. C'est ainsi que Linnæus rapporte au genre des pruniers, non-seulement les pruniers proprement dits, mais les pêchers, les abricotiers, et je crois même aussi, les cerisiers. Ce qu'il y a de certain, c'est que Jean-Jacques m'a fait observer, au bas des feuilles de tous les fruits à noyau, deux petits tubercules, qui les caractérisent ; ils diffèrent cependant essentiellement les uns des autres par leurs couleurs, leurs formes, leurs parfums, leurs saveurs, leurs qualités. On ne peut en établir les différences que par les moyens harmoniques que j'ai indiqués. Au reste, il n'y a point de genre primitif qui n'ait ses dérivés en grand nombre, et qui ne les étende dans tous les sites, depuis la Ligne jusqu'aux pôles, pour les besoins de l'homme et de tous les animaux. Je conçois donc, comme je l'ai déjà dit, que le seul genre des graminées suffirait pour revêtir magnifiquement tous les théâtres de la végétation sur le globe, et y offrir des aliments, des boissons, des vêtements, des litières, des toits, des foyers, des pelouses et des bocages.

L'harmonie générique des genres dans l

puissance végétale, est celle qui résulte des contrastes de ses genres primitifs. Nous avons vu que le mot de genre vient d'engendrer. Le genre est donc une création primitive, qui renferme une génération d'espèces harmoniées aux divers besoins des animaux, et dont le prototype se rapporte à un des besoins principaux de l'homme. L'homme étant lui-même un être harmonique, ses besoins viennent d'excès ou de défaut dans chacun de ses tempéraments. Ainsi, par exemple, dans les pays méridionaux, tantôt le sang est trop échauffé, tantôt il ne l'est pas assez : la nature a placé, d'une part, les fruits rafraîchissants et acides, comme les oranges et les citrons, et, d'une autre part, les échauffants, comme les sucrés et les aromatiques. On compose de leurs jus différents, des sorbets délicieux. Les végétaux qui les produisent contrastent, comme leurs qualités, en feuillages, en fleurs, en fruits et en attitudes. Nous avons entrevu ces harmonies dans les palmiers et les lianes, les bouleaux et les sapins, les graminées et les légumineuses, et jusque dans les mousses et les champignons du

Nord. Il y en a un grand nombre d'autres
qui n'ont pas été observées, quoiqu'elles
soient sous nos yeux. On peut assurer que
toutes les fois que nous éprouvons un sentiment extraordinaire de plaisir, à la vue d'une
touffe de plantes diverses ou d'un bosquet
d'arbres différents, il y a harmonie de genres.
On en peut conclure que la même harmonie
qui est dans leurs formes opposées, existe aussi
dans leurs productions, de manière qu'il résulte de leur union, ou un aliment salutaire, ou
un parfum agréable, ou une riche teinture. C'est
ainsi que le cochléaria aux feuilles arrondies
en cuiller, et l'oseille rouge aux feuilles pointues, qui croissent ensemble sur les rivages
brumeux du Spitzberg, fournissent aux marins, par leur mélange, le plus puissant des
antiscorbutiques. Quelle jeune fille n'a pris
plaisir, au printemps, à former un bouquet
de primevères éclatantes et de sombres violettes qui croissent, le long des bois, dans les
mêmes touffes? Leurs doux parfums s'harmonient comme leurs couleurs et leurs formes. C'est sans doute avec des fleurs contrastantes que Glycère composait ces charmantes

guirlandes qui immortalisèrent les tableaux de son amant. Ces harmonies de genres se rencontrent fréquemment dans nos prairies, où se confondent les amourettes ondoyantes avec les trèfles empourprés, les paquerettes, les orchis, les scabieuses au bleu mourant, et les adonis, ainsi appelés peut-être, parce que leurs petites fleurs ovales, fugitives, et d'un rouge vif, sont semblables aux gouttes de sang que versa sur l'herbe le beau favori de Vénus. Le bluet et le coquelicot produisent ensemble une teinte pourpre dans le jaune doré de nos moissons. Ces harmonies se montrent de toutes parts sur les lisières des forêts et autour de leurs clairières, dans les rubus et les épines blanches, les cornouillers et les genêts dorés, et dans une multitude de buissons qui entremêlent leurs rameaux. Elles décorent les ravins, les précipices, les bords des eaux, les rochers, et toutes ces aspérités de la terre. Mais elles s'élèvent vers les cieux avec les hautes tiges harmoniées des frênes et des ormes, des pommiers sauvages et des châtaigniers, des peupliers et des sapins, des hêtres et des chênes. Rien

16*

n'égale la paix, la grace et la magnificence
de ces retraites. On n'y entend que les doux
murmures des vents, et les chants des oiseaux. Ici, de vastes pelouses invitent aux
danses les bergères; là, de longues galeries,
de sombres portiques appellent aux douces
rêveries les amants, les poëtes et les philosophes. Ici et là, des temples majestueux de
verdure, élevés par les siècles sur des troncs
couverts de mousse, dominent au-dessus de
la forêt. Chaque arbre a son expression, et
chaque groupe son concert. Des sentiments
confus d'amour et de respect, de gaieté et de
protection, de volupté et de mélancolie re-
ligieuse, semblent sortir de leurs flancs, et se
succèdent tour-à-tour dans le cœur de tout
être qui a aimé et souffert. Ces harmonies
varient avec celles du soleil : elles sont autres
à son aurore, à son midi, à son couchant.
Elles diffèrent encore plus aux clartés silencieuses de la lune. Elles se manifestent cependant au sein même des nuits les plus obs-
cures, lorsque les feuillages des arbres se
confondent avec les constellations, et que
leurs rameaux semblent porter des étoiles.

Mais ce ne sont là que les harmonies d'un coin de terre, aperçues par un seul homme. Chaque site a les siennes qui lui sont propres, et les sites eux-mêmes sont variés comme elles dans toute la sphéricité du globe.

L'harmonie sphérique des genres, dans la puissance végétale, s'étend depuis l'équateur jusqu'aux pôles, et depuis le sommet des plus hautes montagnes jusqu'au fond des mers. Ce sont les harmonies de tous les genres, de toutes les espèces et de toutes les variétés. Aucun œil humain n'en a vu l'ensemble; mais quelques voyageurs en ont entrevu des portions, et nous en ont donné des esquisses pleines d'intérêt. Le marin Dampier, et son compatriote Cook qui a marché sur ses traces, nous en ont présenté quelques-unes de ravissantes, quoique prises au hasard sur les simples rivages de quelques îles désertes. Elles font le charme de leurs relations. Ces harmonies sont répandues dans l'intérieur de tous les continents, lorsqu'elles n'ont pas été altérées par la main des hommes. Pagès a vu dans celui du Mexique, et au sein de ses forêts solitaires, des arbres monstrueux, tout

couverts de longues mousses grises, appelées
barbes d'Espagnol, qui descendaient depuis
le sommet de leurs branches jusqu'à terre.
Ils ressemblaient à de grandes tours couvertes de crêpes, et ils étaient groupés sur le
bord des fleuves, qui en reflétaient les images
vénérables. D'un autre côté, il a trouvé
dans des lieux secs et arides de ces mêmes
contrées, des cierges qui s'élevaient comme
des obélisques de fleurs et d'épines, à plus de
trente pieds de hauteur. Le paysage en était
couvert en entier. Pagès dit que l'aspect si nouveau de ces forêts le comblait d'admiration et
de plaisir, et le dédommageait, dans un instant,
de toutes les fatigues de son voyage. Il l'avait
entrepris seul et presque sans moyens, dans
l'intention de connaître l'homme dans l'état
de nature. Il y rencontra, en effet, des familles d'Indiens logées entre les troncs de ces
gros arbres qu'ils abattaient par le moyen du
feu. Elles fuyaient le joug des Espagnols, et
recueillaient de la cochenille sur les cactus.
Leur vie était pleine d'innocence et de bonne
foi, et elles exercèrent la plus généreuse hospitalité à l'égard de cet Européen, qui devait leur

être suspect à bien des titres. Pour moi, j'ai vu aussi des végétaux dont les genres opposés étaient groupés par la seule nature, et je n'ai pas été moins sensible à leurs magiques effets. J'ai vu des portions de forêts de la Finlande et de l'Ile-de-France avec toutes leurs beautés virginales ; et je ne sais à laquelle des deux harmonies, de celle du Nord ou de celle du Midi, j'aurais donné la préférence. La partie de la Finlande que j'ai visitée, lorsque j'étais ingénieur au service de Russie, est celle qui est au nord de Wibourg, et qui est connue sous les noms de Lapland, de Carélie et de Savolax. Elle est comprise entre le 60ᵉ degré et le 61ᵉ et 1/2 de latitude nord ; tandis que l'Ile-de-France est vers le 22ᵉ degré de latitude sud. Il y a environ deux mille cent lieues de différence en latitude ; et puis dire n'avoir pas vu dans leurs végétaux indigènes deux brins d'herbes semblables. Tout y diffère, jusqu'aux pierres et au sol du pays. En Finlande, ce sont, comme je l'ai dit ailleurs, des collines ovales de granit, dont les têtes chauves sont entourées de ceintures de mousses et de champignons, et dont les vallons sont remplis de bouleaux et de sapins. Ces genres de végétaux formaient, par leurs contrastes parfaits, les plus charmantes harmonies. On les retrouvait dans les chemins mêmes de démarcation qui séparent la Suède de la Finlande russe ; car ces routes sont si peu fréquentées, et les arbres du Nord y croissent si vite, que nous fûmes obligés, pour les parcourir, de quitter nos voitures et d'envoyer en quelques endroits faire des abattis, afin d'y passer à cheval. Ainsi, non seulement la nature a ordonné les harmonies végétales, mais elle s'occupe sans cesse à les entretenir, malgré les travaux des hommes. Elle réunit, par elles, les contrées qu'ils cherchent en vain à se partager. Nous apercevions souvent, entre les troncs sombres des sapins et blancs des bouleaux, un lac avec ses îles ; ou bien nous entendions de loin les bruyantes cataractes, dont les eaux se précipitaient du nord au sud, comme toutes celles de ce pays, qui élève ses divers plans vers le pôle. L'Ile-de-France m'a offert des aspects tout différents. J'en ai fait le tour à pied, le long de la mer. Je marchais par un

entier frayé, au milieu d'une prairie d'un
vert glauque, formée d'un chiendent maritime, dont les tiges rampantes, semblables à
des paquets de ficelle, sont terminées par
des houppes de feuilles dures et piquantes.
Cette herbe, très-propre à résister à la violence et à l'âpreté des vents de mer, forme
une grande lisière autour de l'île, où elle
n'est interrompue que par des bocages de
tataniers, qui y donnent de l'ombre, et présentent la même résistance aux tempêtes.
Les forêts de l'intérieur de l'île ne croissent
pas à plus d'un quart de lieue du rivage. Souvent je les côtoyais, et j'y distinguais des
groupes de benjoins et de tatamaques, de
bois de fouge et de bois d'olive, de bois de
ronde et d'ébéniers, et d'une multitude d'autres arbres dont les noms m'étaient inconnus.
Les palmistes élevaient au milieu d'eux leurs
longues flèches, surmontées de leurs panaches toujours mobiles, tandis que des lianes
grosses et longues comme des câbles, tapis-
saient leurs lisières de vastes courtines de feuillages, et s'enlaçant avec leurs troncs, les défen-
daient contre la fureur des ouragans. Des ri-

vières qui descendaient en torrents des montagnes à travers ces bois, y ouvraient çà et là de
profondes avenues d'eaux mugissantes sous
de magnifiques arcades de verdure. Elles ali-
mentaient des végétaux jusqu'à leur embouchure, souvent obstruée par des mangliers
qu'agitaient les flots de la mer, tandis que des
veloutiers voisins contrastaient avec eux au
sein aride des roches. Plus d'une fois, assis
au pied d'un arbre dans ces vastes forêts, je
me suis livré aux plus douces méditations, à
la vue de leurs rameaux couverts de fruits
bercés par les brises marines, et peuplés de
singes et d'oiseaux de toutes les couleurs. Ce
murmures forestiers, ces cris et ces chants de
joie et de reconnaissance, me disaient d'une
manière bien intelligible : Il y a ici un Dieu
prévoyant.

~~~~~~~~~~~~~~~~~~~~~~~~~~~~~~~~~~~~~~~~~~~~~~~~~~~~~~~~~

# HARMONIES VÉGÉTALES

## DU SOLEIL ET DE LA LUNE.

Si les rayons du soleil et de la lune sont réfractés par l'air, reflétés par les eaux, réfléchis par la terre; s'ils sont réverbérés même par les simples murs des jardins et des maisons, de manière que l'atmosphère des villes n'est sensiblement réchauffée; il n'est pas douteux que leur chaleur ne doive s'accroître considérablement par les feuilles des végétaux, disposées par plans innombrables dans les herbes et dans les arbres. J'ai observé, en effet, que lorsque notre hémisphère se couvre de ces réverbères végétaux, au mois d'avril, l'accroissement de la chaleur est beaucoup plus rapide que dans les mois qui le précèdent et dans ceux qui le suivent. Cet adoucissement subit de température a fait donner à ce mois le nom d'avril,

du mot latin *aperire*, ouvrir, et le surnom
de doux, à cause de sa chaleur, qui le rend
singulièrement remarquable au sortir de l'hiver. Il la doit à ce nombre infini de feuilles
réverbérantes qui sortent toutes à-la-fois de
leurs bourgeons, et qui réfléchissent les
rayons du soleil par leurs plans. Nous avons
remarqué, dans nos Études, que les arbres du
Nord, tels que les sapins, avaient leurs tiges
pyramidales et leurs feuilles vernissées, pour
augmenter cette réverbération, et que la plupart des arbres à tête horizontale de la zone
torride les avaient ternes en dessous pour
l'affaiblir.

J'attribue à l'effet des premières une partie
de la chaleur des étés du Nord; je l'ai trouvée
si considérable en traversant les forêts de la
Russie, de Moscou à Pétersbourg, que je ne
doute pas qu'elle ne surpasse celle de la zone
torride, que j'ai traversée deux fois. Je ne suis
point surpris qu'un physicien anglais ait prétendu prouver, par les observations du ther-
momètre, que la somme de la chaleur était la
même sous l'équateur et sous les cercles polaires. Elle est, sans contredit, plus grande

au Nord en été, si l'on compare la température d'un lieu pris dans une forêt de sapins,
à celle d'un lieu pris en pleine mer sous l'é-
quateur, parce que les plans réverbérants des
feuilles lustrées des sapins ont une bien plus
grande étendue que la surface de l'Océan,
dans un horizon de la même grandeur. Il serait très-curieux de calculer la somme et la
différence ; on pourrait en conclure celle de
leur température. On sait que ce fut par le
simple effet de miroirs plans dirigés vers un
seul point, qu'Archimède brûla les vaisseaux
des Romains les uns après les autres. Certainement on ne peut attribuer les chaleurs ex-
cessives de Pétersbourg, en été, à la simple
action du soleil, qui n'est pas plus de vingt
heures sur l'horizon. Il faut donc y ajouter
quelque cause réverbérante, et on la trouvera
dans les feuilles lustrées de ses forêts.

Il n'est pas douteux que les reflets de la
terre n'augmentent la chaleur du soleil. Une
île est plus chaude que la mer qui l'environne ;
celle qui est montueuse l'est plus que celle
qui est unie, et celle qui est boisée que celle
qui est nue. Il semble que la lumière sorte

des végétaux éclairés du soleil en plein midi. Alors les sommités des épis d'un champ et des graminées d'une prairie paraissent toutes lumineuses ; la végétation des plantes s'accroît par leurs reflets. Un épi de blé mûrit plus tôt dans une moisson qu'isolé, et les barbeaux fleurissent plus vite parmi les blés, qu'en bordure dans les jardins.

Mais ces effets de la réverbération sont sur-tout sensibles dans les fleurs. Ce sont des réverbères qui renvoient les rayons solaires de toutes parts. Elles paraissent proportionnellement plus grandes que le reste du végétal qui les porte. Voyez un rhododendron ou un rosier fleuri, vous croiriez qu'une flamme est attachée à chacune de leurs fleurs ; une lumière sensible s'en fait apercevoir au loin. Il est impossible qu'il ne sorte pas aussi quelque chaleur des fleurs. Façonnées en miroir plans, concaves, paraboliques, et quelquefois vernissées, comme celles de nos bassinets, elles produisent encore plus fortement que les simples feuilles, les effets des murs et des ados de nos jardins.

Il est possible qu'il y ait des fleurs en

tièrement patronnées sur le soleil. Nous en trouvons dans les orchis, qui imitent la forme d'une abeille, d'autres des figures humaines, et sont, pour cet effet, appelées personnées. Pourquoi n'y en aurait-il pas qui, dans leur intérieur, contiendraient une topographie de l'astre du jour, qui a sur elles tant d'influence ? Les asters sont rayonnants comme des astres, dont ils portent le nom. La marguerite, comme nous l'avons vu, imite dans son disque entouré de pétales et couvert de fleurons, un des hémisphères de la terre avec son équateur et ses genres de végétaux disposés en spirale. Il est possible qu'une fleur renferme dans son sein le plan même du soleil, que nous refusent nos télescopes. Pourquoi n'y en aurait-il pas où seraient figurés les premiers linéaments de cet astre, lorsqu'il y en a tant qui nous représentent des figures d'insectes, d'oiseaux, et de têtes d'animaux et d'hommes ? C'est aux botanistes qu'appartient le soin de ces recherches curieuses, quoique plusieurs fois ils aient foulé aux pieds les vérités les plus communes, sans les apercevoir.

17*

Nous avons vu, aux harmonies du soleil
avec les végétaux, qu'ils en tiraient presque
toutes leurs qualités; que les fleurs de quelques-uns, exposées tout le jour à la lumière,
devenaient phosphoriques la nuit, telles que
celles de la capucine bisannuelle; que c'était
au soleil d'une part, et à l'homme de l'autre,
que leurs genres étaient ordonnés; que leurs
fruits lui devaient en grande partie leurs couleurs et leurs saveurs; que leurs bois étaient
des espèces d'éponges qui s'imbibaient de ses
rayons pendant l'été, et nous les rendaient
en feu, l'hiver, dans nos foyers; que c'était
à ces mêmes rayons qu'étaient dues leurs
lueurs phosphoriques, lorsqu'ils se décomposent d'eux-mêmes; et qu'enfin ils portaient
des marques évidentes des influences du soleil, par les couches annuelles dont ils se revêtent chaque année. Nous ne récapitulons
ici ces harmonies passives, que pour réunir
toutes celles de la puissance végétale avec le
soleil. Nous en agirons de même pour celles
qu'elle a avec les autres puissances.

Les végétaux ont aussi, comme nous l'a-
vons vu ailleurs, des rapports très-marqués

avec la lune. J'ai parlé des cercles concentriques des racines de quelques plantes, qui expriment le nombre de leurs mois lunaires, comme ceux des arbres celui de leurs années solaires. Je vais ajouter ici une observation que j'ai faite depuis peu sur les harmonies luni-solaires des arbres mêmes.

J'ai remarqué dans un morceau de planche de bois d'orme, bien poli, douze rangées de fibres parallèles dans chacun des faisceaux qui composaient la coupe longitudinale des couches annuelles de son tronc. Sept ou huit de ces rangées de fibres étaient d'une largeur très-sensible du côté de l'intérieur de l'arbre, et les quatre ou cinq du côté de l'extérieur l'étaient à peine. J'en ai conclu que ces douze rangs marquaient les douze lunes de chaque année dans la couche annuelle solaire du tronc; que les sept ou huit intérieurs, les plus sensibles, avaient été produits par les lunes du printemps, de l'été et de l'automne, pendant lesquelles la végétation a beaucoup d'activité; et que les quatre ou cinq rangs extérieurs, à peine sensibles du faisceau, étaient l'ouvrage des lunes inertes de l'hiver.

Cette observation est certaine. Je ne doute pas qu'on ne la vérifie, non-seulement sur le bois d'orme coupé dans sa longueur, mais aussi sur les fibres de beaucoup d'autres espèces de bois. Elle prouve évidemment que les influences lunaires de chaque mois s'harmonient avec les influences solaires de chaque année, et qu'elles ne sont pas moins sensibles dans les troncs des arbres, que dans les racines et les bulbes de plusieurs plantes que j'ai alléguées en preuve. Telles sont celles des ognons, des carottes, des betteraves, etc., composées de couches qui sont toujours en nombre égal à celui des mois lunaires pendant lesquels ces végétaux ont vécu. Il serait à souhaiter que de semblables observations se fissent sur des bois de la zone torride, où la végétation est en activité toute l'année. Peut-être trouverait-on dans les couches annuelles de quelques genres les douze rangées lunaires de fibres, bien distinctes. Peut-être seraient-elles confondues dans d'autres. Les couches annuelles ne paraissent presque point dans le bois d'ébène, dont l'aubier est tout blanc et le cœur tout noir. J'en ai vu une espèce à l'Ile-de-France, dont le blanc et le noir sont mêlés, non par cercles, mais par plaques irrégulières. Cependant les cercles annuels, avec leurs fibres mensales, sont très-marqués dans les bois d'acajou et de rose.

Au reste, les feuilles et les fleurs de la plupart des végétaux reflètent les rayons de la lune comme ceux du soleil. C'est même particulièrement sous leur influence, que la belle-de-nuit et le convolvulus nocturne des Indes ouvrent leurs pétales, qu'ils ferment pendant le jour. J'ai éprouvé, une nuit, un effet enchanteur de ces reflets lunaires des végétaux. Quelques dames et quelques jeunes gens de mes amis, firent un jour avec moi la partie d'aller voir le tombeau de Jean-Jacques à Ermenonville : c'était au mois de mai. Nous prîmes la voiture publique de Soissons, et nous la quittâmes à dix lieues et demie de Paris, une lieue au-dessus de Dammartin. On nous dit que de là à Ermenonville, il n'y avait pas trois quarts de lieue. Le soleil allait se coucher lorsque nous mîmes pied à terre au milieu des champs. Nous nous ache-

minâmes, par le sentier des guérets, sur la
gauche de la grande route, vers le couchant.
Nous marchâmes plus d'une heure et demie
dans une vaste campagne, sans rencontrer
personne. Il faisait nuit obscure, et nous
nous serions infailliblement égarés, si, par
bonheur, nous n'eussions aperçu une lumière
au fond d'un petit vallon. C'était la lampe
qui éclairait la chaumière d'un paysan. Il n'y
avait que sa femme, qui distribuait du lait à
cinq ou six petits enfants de grand appétit.
Comme nous mourions de faim et de soif,
nous la priâmes de nous faire participer au
souper de sa famille. Nos jeunes dames pa-
risiennes se régalèrent avec elle de gros pain
de lait, et même de sucre dont il y avait un
assez ample provision. Nous leur tînmes
bonne compagnie. Après avoir bien reposé
notre ame et notre corps par ce festin champêtre, nous prîmes congé de notre hôtesse,
aussi contente de notre visite que nous étion
satisfaits de sa réception. Elle nous donna
pour guide l'aîné de ses garçons, qui, après
une demi-heure de marche, nous conduisit
à travers des marais, dans les bois d'Erm

...onville. La lune, vers son plein, était déjà fort élevée sur l'horizon, et brillait de l'éclat le plus pur dans un ciel sans nuages. Elle répandait les flots de sa lumière sur les chênes et les hêtres qui bordaient les clairières de la forêt, et faisait apparaître leurs troncs comme des colonnes d'un péristyle. Les sentiers sinueux où nous marchions en silence, traversaient des bosquets fleuris de lilas, de troènes, d'ébéniers, tout brillants d'une lueur bleuâtre et céleste. Nos jeunes dames, vêtues de blanc, qui nous devançaient, paraissaient et disparaissaient tour-à-tour à travers ces massifs de fleurs, et ressemblaient aux ombres fortunées des Champs Élysées. Mais bientôt émues elles-mêmes par ces scènes religieuses de lumière et d'ombre, et sur-tout par le sentiment du tombeau de Jean-Jacques, elles se mirent à chanter une romance. Leurs voix douces se mêlant aux chants lointains des rossignols, me firent sentir que s'il y avait des harmonies entre la lumière de l'astre des nuits et les forêts, il y en avait encore de plus touchantes entre la vie et la mort, entre la philosophie et les amours.

# HARMONIES VÉGÉTALES

# DE L'AIR.

Si la puissance végétale augmente la chaleur
du soleil en la réverbérant, comme on n'en
peut douter, elle doit étendre aussi son influence sur les couleurs de l'atmosphère, en
y réfléchissant sa verdure. Je suis porté à
attribuer à la couleur verte des végétaux qui
couvrent, en été, une grande partie de notre
hémisphère, cette belle teinte d'émeraude
que l'on aperçoit quelquefois, dans cette saison, au firmament, vers le coucher du soleil.
Elle est rare dans nos climats; mais elle est
fréquente entre les tropiques, où l'été dure
toute l'année. Je sais bien qu'on peut rendre
raison de ce phénomène par la simple réfrac-
tion des rayons du soleil dans l'atmosphère,
ce prisme sphérique de notre globe. Mais,
outre qu'on peut objecter que la couleur

verte ne se voit point en hiver dans notre
ciel, c'est que je puis apporter à l'appui de
mon opinion, d'autres faits qui semblent
prouver que la couleur même azurée de l'atmosphère n'est qu'une réflexion de celle de
l'Océan. En effet, les glaces flottantes qui
descendent tous les ans du pôle nord, s'annoncent, avant de paraître sur l'horizon,
par une lueur blanche qui éclaire le ciel jour
et nuit, et qui n'est qu'un reflet des neiges
cristallisées qui les composent. Cette lueur
paraît semblable à celle de l'aurore boréale,
dont le foyer est au milieu des glaces mêmes
de notre pôle, mais dont la couleur blanche
est mélangée de jaune, de rouge et de vert,
parce qu'elle participe des couleurs du sol
ferrugineux et de la verdure des forêts de
sapins qui couvrent notre zone glaciale. La
cause de cette variation de couleurs dans
notre aurore boréale est d'autant plus vraisemblable, que l'aurore australe, comme l'a
observé le capitaine Cook, en diffère en ce
que sa couleur blanche n'est jamais mélangée que de teintes bleues, qui n'ont lieu,
selon moi, que parce que les glaces du pôle

1.　　　　　　　　　　　　18

austral, sans continent et sans végétaux, sont
entourées de toutes parts de l'Océan, qui est
bleu. Ne voyons-nous pas que la lune, que
nous supposons couverte en grande partie de
glaciers très-élevés, nous renvoie, en lumière d'un blanc bleuâtre, les rayons du soleil, qui sont dorés dans notre atmosphère
ferrugineuse ? N'est-ce pas par la réverbération d'un sol composé de fer, que la planète
de Mars nous réfléchit en tout temps une lumière rouge ? N'est-il pas plus naturel d'attribuer ces couleurs constantes aux réverbérations du sol, des mers, et des végétaux de
ces planètes, qu'aux réfractions variables des
rayons du soleil dans leurs atmosphères,
dont les couleurs devraient changer à toute
heure, suivant leurs différents aspects avec
cet astre? Comme Mars apparaît constamment rouge à la terre, il est possible que la
terre apparaisse à Mars comme une pierre
brillante des couleurs de l'opale au pôle nord,
de celles de l'aigue-marine au pôle sud, et
tour-à-tour de celles du saphir et de l'émeraude dans le reste de sa circonférence. Mais
sans sortir de notre atmosphère, je crois que

la terre y renvoie la couleur bleue de son océan avec des reflets de la couleur verte de ses végétaux, en tout temps dans la zone torride, et en été seulement dans nos climats, par la même raison que ses deux pôles y réfléchissent des aurores boréales différentes, qui participent des couleurs de la terre ou des mers qui les avoisinent.

Peut-être même, notre atmosphère réfléchit-elle quelquefois les formes des paysages, qui annoncent les îles aux navigateurs bien long-temps avant qu'ils puissent y aborder. Il est remarquable qu'elles ne se montrent, comme les reflets de verdure, qu'à l'horizon et du côté du soleil couchant. Je citerai, à ce sujet, un homme de l'Ile-de-France qui apercevait dans le ciel les images des vaisseaux qui étaient en pleine mer; le célèbre Vernet, qui m'a attesté avoir vu une fois dans les nuages les tours et les remparts d'une ville située à sept lieues de lui; et le phénomène du détroit de Sicile, connu sous le nom de Fée-Morgane. Les nuages et les vapeurs de l'atmosphère peuvent fort bien réfléchir les formes et les couleurs des objets terrestres, puisqu'ils réfléchissent dans les parélies l'image du soleil, au point de la rendre ardente comme le soleil lui-même. Enfin les eaux de la terre répètent les couleurs et les formes des nuages de l'atmosphère : pourquoi les vapeurs de l'atmosphère, à leur tour, ne pourraient-elles pas réfléchir le bleu de la mer, la verdure et le jaune de la terre, ainsi que les couleurs chatoyantes des glaces polaires ?

Au reste, je ne donne mon opinion que comme mon opinion. L'histoire de la nature est un édifice à peine commencé; ne craignons pas d'y poser quelques pierres d'attente : nos neveux s'en serviront pour l'agrandir, ou les supprimeront comme superflues. Si mon autorité est nulle dans l'avenir, peu importera que je me sois trompé sur ce point : mon ouvrage rentrera dans l'obscurité d'où il était sorti. Mais s'il est un jour de quelque considération, mon erreur en physique sera plus utile à la morale, qu'une vérité d'ailleurs indifférente au bonheur des hommes. On en conclura avec raison qu'il faut être en garde contre les écrivains même accrédités.

Si les couleurs atmosphériques reçoivent des modifications de la puissance végétale, la nature même de l'atmosphère n'en éprouve pas de moins sensibles. Les forêts servent d'abord de remparts contre les vents, dont elles détournent quelquefois le cours. Des bois plantés ou abattus peuvent changer la température d'une grande contrée ; mais lorsqu'au printemps tous les végétaux se couvrent de feuilles, que les herbes des prairies et les blés des guérets imitent les flots de la mer par leurs ondulations ; lorsqu'un océan de verdure, si je puis dire, se répand sur une grande partie de notre hémisphère, et que les vents chargés de ses émanations les portent jusqu'au sein de l'océan aquatique, alors les qualités de l'atmosphère même se revêtent de nouveaux caractères. L'air méphitique des marais se trouve converti en air pur, comme l'ont prouvé des expériences utiles et curieuses. L'air pur se remplit de qualités balsamiques, qui produisent d'heureuses révolutions dans tous les êtres sensibles qui le respirent. C'est alors que l'air seul des campagnes, et sur-tout celui des montagnes,

18*

guérit les maladies chroniques, et fortifie
tous les convalescents; c'est alors que tous
les animaux s'enflamment des feux de l'amour. J'attribue les ardeurs de cette passion
qui les embrase la plupart au printemps,
bien plus aux influences végétales dont l'air
est pénétré, qu'à l'action même du soleil.
L'augmentation de la simple chaleur ne suffit
pas pour les faire naître. Les oiseaux naturellement amoureux, tels que les serins et
les tourterelles, passent l'hiver dans des poêles
très-chauds sans s'accoupler et sans faire leurs
nids. Mais quand le soleil a rallumé les feux
de la végétation, que les fleurs et les feuillages odorants exhalent de toutes parts leurs
parfums : c'est alors que les premières étincelles de la vie sont disséminées dans les airs,
que tous les êtres les respirent avec volupté,
et qu'elles allument les feux de l'amour dans
tous les cœurs. C'est aussi à l'époque où la
plupart des plantes abandonnent aux vents
les dépouilles de leurs tiges, que la plupart
des animaux périssent, ou vont chercher un
air végétal et de nouvelles amours dans l'autre hémisphère, où le soleil rallume les feux

de la végétation. Ils naissent, aiment et meu-
rent avec les plantes auxquelles ils sont ordonnés. Les carnivores seuls font exception à
cette loi, car ils s'accouplent en hiver dans la
saison où périssent tant de frugivores, comme
si la décomposition de ceux-ci produisait
dans leur sang des émanations appropriées à
leur nature. C'est peut-être par cette raison
que l'homme, qui vit de végétaux comme
les uns, et de chair comme les autres, est
seul soumis, dans tout le cours de l'année,
à l'empire de l'amour et à celui de la mort.

Nous avons vu, aux harmonies aériennes
des végétaux, qu'ils étaient en rapport avec
l'air par leurs trachées, par la souplesse ou la
roideur de leurs tiges, par des racines, des
ailerons, des griffes, et même par des lianes
accessoires qui les maintenaient contre les
tempêtes. Nous avons observé aussi, dans le
développement de la puissance végétale, qu'un
grand nombre de ses genres étaient ordonnés
particulièrement à l'air par la légèreté de leurs
semences, ou par les volants qui les accompagnent, afin de les ressemer au loin. Enfin,
nous avons remarqué que non-seulement les

végétaux changeaient l'air méphitique en air
pur, mais qu'ils le transformaient en leur
propre substance, comme le démontre leur
décomposition par la fermentation ou par le
feu. On ne peut donc nier qu'ils ne tirent de
l'air leur principale nourriture. Souvent j'ai
vu des arbres dont les racines serpentaient
dans de stériles rochers, porter jusqu'aux
nues leur cime touffue et verdoyante. C'est
sans doute pour recueillir leurs aliments dans
l'atmosphère, que les forêts y élèvent divers
étages de feuilles, qui, comme autant de
langues et de poumons, y pompent des sucs
nourriciers en abondance. Je tirerai de cette
observation une conséquence que je crois importante à notre économie rurale, c'est que
les arbres tirant de l'air plus de nourriture
que de la terre, un arpent de forêt doit rapporter beaucoup plus de bois au bout d'un
siècle, que ses coupes réglées n'en produisent
tous les dix ou vingt-cinq ans. Si on peut juger des grands effets par de petites expériences, je rapporterai ici celle que j'ai faite
moi-même à Essone sur un vieux peuplier
de l'espèce de ceux que les paysans appellent

peupliers du pays, dont les jeunes branches, souples comme l'osier, servent aux mêmes usages, et rendent, par cela même, cet arbre bien préférable aux fragiles peupliers d'Italie. Cet arbre, planté sur le bord de la rivière, il y a sans doute plus d'un siècle, avait été têté, dès sa jeunesse, comme un saule, et produisait, tous les ans, un moyen fagot de menues branches de six à sept pieds de hauteur. Lorsque je fus devenu son propriétaire, je résolus de lui rendre sa crue naturelle, en sacrifiant chaque année tous ses rejetons, à l'exception de celui du milieu. En trois ans, ce rejeton unique est devenu une tige de cinq pouces de diamètre par le bas, et de quinze pieds de hauteur, toute garnie de longues branches plus fortes et plus nombreuses, à elles seules, que toutes celles que le tronc aurait fournies dans le même espace de temps. Ainsi sa tige continuait de s'élever avec la même vigueur, et si le peuplier entier croissait dans les mêmes proportions depuis sa plantation, il est hors de doute que non-seulement ses branches produiraient à-la-fois plus de fagots que toutes les petites coupes qu'on a faites

annuellement sur sa tête, mais que le tronc
lui-même donnerait dix fois plus de bois ;
car cet arbre vient à quatre-vingts et cent
pieds de hauteur. Les végétaux tirant par
leurs feuilles leur principale nourriture de
l'air, plus ils s'élèvent, plus ils profitent.
C'est donc une très-mauvaise économie de
couper les forêts en taillis ; un pareil système
nous prive des étages multipliés de bois que
nous donneraient les arbres parvenus à leur
hauteur naturelle, et les réduit à une simple
coupe de buissons. Si on mettait bout à bout
celles qui se font tous les dix ans dans nos
taillis, pourraient-elles être comparables à
celles des troncs des arbres de haute futaie
au bout d'un siècle ? Je ne parle pas des autres
avantages des forêts, des sous-bois qui croissent sous leurs ombrages, des abris qu'elles
donnent contre les vents, et de la fraîcheur
qu'elles conservent aux terres et aux ruisseaux.

———

# HARMONIES VÉGÉTALES

# DE L'EAU.

Nous avons parlé, aux harmonies aquatiques des végétaux, de leurs feuilles, qui font
office de poumons et de langues pour aspi-
rer et recueillir les eaux aériennes ; des formes
carénées d'un grand nombre de leurs fruits,
pour se ressemer au loin, en voguant sur les
eaux rapides ; de leurs racines, qui leur servent de suçoirs pour pomper les eaux souterraines. Nous verrons comme l'eau, changée
en sève, se transforme ensuite, par la médiation du soleil et de l'air, en feuilles, en fleurs,
en fruits, en écorce, et en bois solide. Nous
avons démontré comment l'ordre harmonique avait distribué les végétaux en une multitude de genres, dont un grand nombre appartient particulièrement aux eaux, tels que
les peupliers et les saules ; aux neiges, tels
que les sapins et les cèdres ; aux eaux en éva-

poration, comme les champignons et les mousses ; aux eaux pluviales, tels que les pins et les chênes ; aux eaux de la mer, tels que les littoraux maritimes et les plantes sous-marines, comme les algues et les madrépores même, si toutefois ceux-ci sont des végétaux.

La puissance végétale, après avoir reçu des eaux une partie de ses développements, étend à son tour sur elles son influence. Elle les change d'abord en bois, qui, par sa décomposition, devient ensuite terre végétale. C'est à l'accroissement progressif de cette terre, qu'il faut attribuer la diminution successive des eaux sur toute la surface du globe ; c'est dans les vallées et dans leurs couches profondes qu'il faut chercher les anciens fleuves qui les remplissaient autrefois. Ils sont maintenant ensevelis dans leur humus. Semblables aux habitants de l'antique Égypte, qui ne présentent plus que des momies immobiles, pénétrées d'aromates, les grands fleuves et les bras de mer qui ont sillonné le globe, gisent maintenant, transformés en terre végétale, au fond des vallons qu'ils o...

creusés, et au pied des rochers qu'ils ont escarpés. On n'y voit plus d'eaux vivantes ; on
n'y voit que des ruisseaux vagabonds, semblables à ces hordes d'Arabes, errantes aujourd'hui en petit nombre sur les tombeaux
des nations populeuses qui élevèrent les pyramides.

La puissance végétale s'accroît de jour en
jour aux dépens de l'Océan ; elle en végéta-
se le bassin. Elle a formé, par ses débris,
les sables mouvants et les grands bancs de
vase qui sont à l'embouchure des fleuves et
au sein des mers, tels que les hauts-fonds
du golfe du Mexique, le banc de Terre-Neuve,
et celui des Aiguilles près du cap de Bonne-
Espérance. J'ai navigué dans la Manche, la
Méditerranée, la mer Baltique, l'océan Atlantique et l'océan Indien, et j'ai remarqué
que la plupart des sondes que l'on y prenait
aux attérages, même hors de la vue de terre,
amenaient du fond une vase onctueuse et
verdâtre, qui devait évidemment son origine
aux végétaux. Ce sont leurs dissolutions sul-
fureuses et bitumineuses qui, se dégageant
du fond des eaux, des parties ignées du soleil

I 1.                                         19

et des molécules de l'air qui les ont formées,
dans l'origine, entretiennent sur les rivages
les tremblements de terre et les feux des vol-
cans. Que dis-je ! cet humus maritime se
couvre à son tour d'une infinité de plantes
dont la plupart sont inconnues à nos botanistes. A certaines saisons, elles se détachent
du fond des mers en si grande quantité, que
toutes les grèves en sont jonchées. J'en ai
vu l'océan Atlantique couvert pendant plus
de quatre-vingts lieues, entre l'Amérique et
l'Afrique. Il y en a de plus septentrionales
qui fournissent des fourrages aux bestiaux
des habitants de l'Islande et des Orcades ;
quelques-uns fournissent aussi des sels de
soude, et toutes, un excellent engrais aux
terres. Ainsi, l'Océan a ses prairies sous-marines ; et ce sont les tempêtes qui les fauchent
pour les besoins de l'homme.

Mais il est inutile d'aller chercher au fond
des eaux, des preuves de l'accroissement annuel de leur lit par les intermèdes des puissances végétale et aquatique. Il y en a d'évidentes dans nos continents. L'Égypte s'agran-
dit chaque jour par les alluvions du Nil.

q a plage d'Aigues-Mortes, par celles du Rhône. Les marais de la Hollande, du Labrador, et les vastes embouchures de l'Orénoque et de l'Amazone sont encombrés des débris de différents genres de végétaux destinés à ces atterrissements. Que dis-je ! une île peut naître d'une noix. Cook et Forster ont vu, au sein de la vaste mer du Sud, des îles naissantes s'élever au-dessus de son niveau par de simples cocos échoués sur des écueils de madrépores. Ces cocos y avaient produit des palmiers, qui, par la chute de leurs feuilles et de leurs fruits, couvraient chaque année leur sol aride d'une couche légère d'humus.

On pourrait, par le seul moyen de la puissance végétale, rendre, d'une part, aux sommets nus de nos montagnes l'humus dont ils sont dépouillés, et les anciennes sources de leurs fleuves, et d'autre part, assécher et assainir les marais de leurs embouchures. Les arbres montagnards, tels que les sapins, les mélèzes, les cèdres, et tous ceux du genre des pins, sont très-propres à attirer et à recueillir, par leurs folioles réunies en pinceau, les vapeurs de l'atmosphère des mon-

tagnes, et à en couvrir le sol par leurs débris.
D'un autre côté, les arbres aquatiques, tels
que les saules, les aunes, les peupliers, sont
par leurs racines autant de machines hydrau-
liques. Ils pomperaient sans bruit l'eau des
marais, en changeraient le méphitisme en
air pur, et par leurs dépouilles annuelles en
transformeraient le sol ingrat en terre féconde. Bien des arbres pourraient servir à-la-
fois à ces deux usages. On a trouvé que l'éva-
poration du feuillage d'un grand chêne mon-
tait à des milliers de tonneaux par an : son
aspiration dans les montagnes doit être égale
à son expiration dans les vallées.

Si l'eau était toujours dans son état naturel de glace, elle serait un obstacle perpé-
tuel à la puissance végétale; mais elle en est
le plus grand véhicule dans l'état de fluidité
qu'elle doit à la chaleur du soleil. En vapeurs
elle gonfle les semences et les fait germer;
en gouttes de pluie, elle coule depuis les
feuilles des végétaux jusqu'à leurs racines
qui s'en imbibent; en nappes, elle en ré-
flète les images dans son sein; en ruisseaux
et en fleuves, elle voiture leurs fruits, et les

transporte sur les rivages lointains ; enfin, en océan, elle les fait circuler par ses courants, et les ressème jusqu'aux extrémités du monde. Les courants de l'océan Indien charrient des cocos et une multitude d'autres semences, jusque sur les écueils de la mer du Sud. C'est d'après l'émigration annuelle de ces fruits, que j'ai posé les premiers fondements de la théorie du mouvement des mers. C'est à leur exemple, que j'ai invité les navigateurs à hasarder quelques projectiles pour étendre les communications du genre humain par tout le globe. Je puis encore citer ces deux bouteilles, dont la première, jetée par un Anglais dans la baie de Cadix, fut pêchée sur les côtes de Normandie, avec une lettre adressée à Londres ; et dont la seconde, mise à la mer à cent vingt lieues de la côte d'Espagne, a atterri sur le cap Prior avec une lettre à mon adresse. J'ai appris qu'une troisième bouteille avait été jetée, il y a plusieurs années, à deux cents lieues au nord de l'Ile-de-France, et qu'elle avait abordé dans cette île. Le billet qu'elle renfermait y est déposé dans les archives de l'Intendance.

19*

Mais pourquoi ne nous servirions-nous pas
des courants réguliers de l'océan Atlantique,
qui descendent alternativement des pôles,
pour transporter, jusque sur nos rivages dépouillés de bois, les arbres des forêts qui se
perdent dans le nord de l'Europe et de l'A-
mérique? Pourquoi n'exécuterions-nous pas
en grand ce que nous faisons tous les jours
en petit? Le Rhin, la Néva, la Seine, sont
chargés tous les ans de grands trains de bois,
que les courants de ces fleuves voiturent depuis leurs sources jusqu'à leurs embouchures.
J'ai vu en Hollande, sur un de ces trains,
composé de bois de charpente, des maisons
entières avec leurs familles. Pourquoi n'en
hasarderions-nous pas de semblables sur l'o-
céan Atlantique, dans le milieu de l'été, lorsque cet océan descend du nord comme un
fleuve paisible et majestueux? On a envoyé
autrefois des charpentiers couper à grands
frais le bois de teinture de la baie de Campêche, et le préparer pour le commerce.
Des pêcheurs vont tous les ans, à travers
mille périls, harponner la baleine jusque
dans les glaces du Nord. Que dis-je! il y a

quelques années, on a vu un vaisseau anglais aller faire un chargement de glace sur le banc de Terre-Neuve, parce que cet objet de luxe, en été, était rare à Londres. Ne serait-il pas bien plus utile et plus aisé de couper, dans le nord de l'Amérique, tant d'arbres qui pourrissent en vain dans ses forêts ? On peut y tailler les troncs des sapins et des chênes tout entiers, avec leurs écorces brutes, les lier en trains avec les branches longues et souples des bouleaux, et les abandonner au cours des fleuves jusqu'à la mer, dont les courants les amèneraient sur nos rivages. Il ne faudrait que quelques chaloupes à voiles pour les remorquer. Ces trains mobiles sont peut-être plus propres à résister aux agitations des flots, qu'un assemblage solide de charpente. Les Russes en font des ponts flottants très-durables sur les cataractes des fleuves. J'ai traversé, sur un pont semblable, celle de Nislot, aussi agitée qu'une mer en tourmente. Ainsi nous pourrions voir les arbres de l'Amérique remonter la Seine, et nous apporter, du Nord et du sein des eaux, la matière du feu.

# HARMONIES VÉGÉTALES

# DE LA TERRE.

Si la puissance végétale réfléchit et augmente la chaleur du soleil; si elle végétalise l'atmosphère et les eaux, elle n'a pas moins d'influence sur le globe solide de la terre, dont elle étend la circonférence d'année en année. Nous avons vu, aux harmonies terrestres des végétaux, qu'ils étaient pourvus de racines de diverses configurations, dont les unes divisées en filets, étaient propres à pénétrer dans les sables; d'autres, en longs cordons et en pivots, à s'enfoncer dans les terres solides; d'autres, en forme de ventouses et de plaques, à se coller aux roches et à en tirer leur nourriture. Nous avons observé aussi que les végétaux étaient ordonnés en genres et en espèces aux divers sites du globe, les uns

ux monts Éoliens, d'autres aux montagnes
ttorales, fluviatiles ou maritimes, d'autres
ux plaines ; que leurs semences étaient pro-
ortionnées à ces différents sites, les unes
tant fort légères ou garnies de volants, pour
élever sur les hauteurs ; d'autres de formes
arénées, pour voguer dans le lit des fleu-
es et des mers, et aborder sur leurs ri-
ages ; d'autres enfin arrondies, pour rou-
er sur une surface, et se ressemer loin de
a tige qui les a produites. Nous avons vu
nfin que la puissance végétale, par ses dé-
ris, étendait de jour en jour des couches
'humus, depuis les sommets des plus hau-
es montagnes jusqu'au fond du bassin des
ers.

Nous retrouvons ces couches dans l'inté-
ieur du globe, à plus de deux cents pieds de
a surface. Les lits de tourbe et les couches
e charbon de terre s'enfoncent dans sa pro-
ondeur. Ce ne sont cependant que des tritus
e plantes ou des débris d'anciennes forêts,
ecouverts de fossiles. Il y a en Hollande de
es terres végétales souterraines, qui ne sont
omposées que de plantes des Indes ; on y

distingue encore les feuillages des palmiers.
Telle est celle qui s'étend depuis les environs
d'Amsterdam jusqu'à ceux de Maestricht, et
dans le voisinage de laquelle on a trouvé des
oursins de mer et des mâchoires de croco-
diles, incrustés dans la pierre. Quelle révolution subite du globe les a ensevelies dans le
sein de la terre? N'est-ce pas, comme nous
l'avons vu, le mouvement en spirale de l'O-
céan, qui en laboure la surface? Les débris
fossiles de la puissance animale sont incom-
parablement plus nombreux que ceux de la
végétale, comme on peut le voir à la profondeur des carrières de pierre calcaire et de
marbre, formées par les coquillages et les
madrépores broyés par les mers et amalga-
més par les siècles. Ce sont des pièces toujours croissantes de ce grand sarcophage du
globe, qui s'accroît chaque année des squelettes de ses habitants.

Mais si la mort est permanente sur la terre,
la vie, comme un fleuve, descend perpé-
tuellement des cieux. Aristote avait défini la
matière brute, celle qui est formée par juxta-
position, et la matière organisée, celle qui

est assemblée par intussusception. Quoique
la première définition puisse s'appliquer aux
cylindres qui revêtent chaque année les troncs
organisés des arbres, il n'en est pas moins
vrai que la seconde ne convient qu'aux corps
vivants. Par exemple, il semble qu'une ame
végétale, descendue du ciel, s'introduise dans
sa semence contenue dans l'ovaire, la développe ensuite, et l'accroisse de dedans en
dehors, jusqu'à ce que, parvenue au dernier terme de sa grandeur et de sa durée,
elle retourne aux lieux d'où elle est partie. Si notre ame raisonnable pouvait voir
le ciel intellectuel, peut-être verrions-nous
les formes animées et les premiers patrons
des végétaux en descendre parmi les rosées, les pluies et les orages qui doivent les
revêtir, et qui tombent du ciel physique.
Quoi qu'il en soit, il est bien certain que
chaque plante laisse sur le globe une dé-
pouille solide et permanente, et que c'est de
la somme totale de ces débris de végétaux,
que le globe augmente annuellement sa circonférence. Si on pouvait percer sous la
ligne un trou jusqu'au noyau de granit qui

paraît former son intérieur, on trouvera
son enveloppe composée de couchés fossiles
végétales et animales, disposées comme les
couches annuelles qui entourent le tronc des
arbres.

Les couches d'humus doivent croître plu
vite dans les zones torridiennes, où la végé
tation dure toute l'année, que dans les tem
pérées, où elle n'a d'action que pendant si
mois. Elles s'étendent sur la surface de l
zone torride terrestre, au moyen de ses fleu
ves, dont la plupart, débordés et repoussé
par la mer dans la saison pluvieuse, couvren
la terre et l'exhaussent par leurs alluvions
tels sont l'Amazone, l'Orénoque, le Nil, l
Sénégal, le Zaïre, et la plupart de ceux de
contrées tórridiennes de l'Asie et de l'Afri
que. D'un autre côté, la zone torride aqua
tique remplit chaque jour son bassin de ma
drépores, espèce de végétaux pierreux ani
malisés. Les zones torrides du globe croissen
d'année en année, en solidité et en élévation
L'équilibre se maintient entre elles et avec
les autres zones, au moyen des zones glacia
les. L'hémisphère boréal chargé du plus gran

poids des continents, s'incline cinq ou six
jours de plus vers le soleil, de manière que
son été est plus long que son hiver. Il est
probable qu'il resterait stationnaire dans cette
position, si l'hémisphère austral, surchargé
à son tour d'une plus grande coupole de glace
par l'absence prolongée du soleil, n'obéissait
à ce levier mobile, et ne se rapprochait de
l'astre du jour. Des deux mouvements ver-
satile et alternatif des zones glaciales, se
forme, chaque année, le mouvement des
saisons, et, sans doute, celui qui change,
avec les siècles, les pôles de la terre, pour
étendre de plus en plus la puissance végétale.

Il est évident que notre globe a été formé
d'abord pour porter des végétaux. Si sa surface était trop compacte, les tendres racines
des herbes ne pourraient la percer ; et si elle
était trop légère, les gros troncs des arbres
n'y auraient point de solidité. Si elle était
tout unie, comme auraient dû l'engendrer
les seules lois de la rotation, les vents y
souffleraient trop fort, les eaux la couvri-
raient en entier ; et en supposant qu'une zone

1.                                    20

sèche s'élevât au-dessus d'elle par la forc
centrifuge, les végétaux n'y trouveraient n
ados ni abri. Si, d'un autre côté, notre terr
n'était pas ronde; si, par exemple, elle étai
carrée, elle aurait beaucoup d'endroits qu
le soleil n'éclairerait jamais; si, étant ronde
elle ne tournait pas sur elle-même chaqu
jour, un de ses hémisphères serait toujour
plongé dans la lumière, et l'autre dans le
ténèbres; si elle ne circulait pas obliquemer
autour du soleil, chaque année, les végétau
auraient toujours la même saison dans cha
que hémisphère; enfin, si ses pôles ne va
riaient pas avec les siècles, l'Océan, obstru
à la longue par les débris des végétaux, s
trouverait de niveau avec les continents.
est à présumer que les terres planétaires qu
nous apercevons dans les cieux, sont sou
mises à des harmonies semblables. La puis
sance végétale doit s'étendre dans tous ce
mondes, comme la puissance solaire. Ell
doit, de siècle en siècle, en accroître le
sphères et en varier les pôles. Elle est u
arbre de vie, dont les racines sont dans l
soleil, les tiges dans les planètes, les bran

...ches dans leurs satellites, et dont les plus ...etits rameaux s'étendent jusqu'aux comètes ...nvisibles qui parcourent les extrémités du ...ystème de l'astre du jour.

# HARMONIES VÉGÉTALES

## DES VÉGÉTAUX.

Nous avons vu que chacune des puissances élémentaires s'harmoniait avec elle-même et avec les autres : l'air est en équilibre de température et de niveau avec l'air, l'eau avec l'eau. Toutes les parties de la terre se supportent comme celles d'une voûte, en pesant toutes ensemble vers un centre commun. Chacun des trois éléments parcourt la sphère des douze harmonies physiques et morales par des contrastes et des consonnances, d'où résultent les genres et les espèces diverses des vents, des mers et des montagnes. Il en est de même de la puissance végétale.

La plus importante de ses harmonies est, sans contredit, la conjugale. Elle ne divis

pas les végétaux, comme les animaux, en
deux grandes moitiés de mâles et de femelles;
mais elle réunit, dans la plupart des végétaux, la faculté reproductive, de manière
qu'elle est inhérente à leur tronc même. Nous
avons considéré ailleurs les fibres de la tige
d'un végétal comme autant de plantes particulières réunies sous la même écorce. Nous
sommes portés à croire que ces fibres sont
mâles et femelles dans les végétaux qui ont
les deux sexes, et que de leur union résulte
la faculté qu'ils ont de se reproduire par des
boutures. Ce qui nous porte à adopter cette
opinion, c'est que cette faculté n'existe pas
toujours dans les végétaux dont les sexes
sont séparés, comme les palmiers-dattiers;
car, si on en coupe la tête, le tronc périt,
sans pousser même de rejeton. Notre idée
paraîtra tout-à-fait vraisemblable, si l'on
considère que les animaux dont les sexes sont
séparés, ne peuvent se régénérer par boutures; leurs parties divisées perdent la vie sur-
le-champ, tandis que les hermaphrodites la
conservent, tels que les vers de terre ou lom-
brics, dont les tronçons, comme les végé-

20*

taux bisexes, deviennent des êtres parfaits,
et se reproduisent, suivant les expériences
de Deleuze et de Bonnet. Il semble donc que
la flamme de la vie et de l'amour soit attachée à la réunion de la fibre mâle et femelle,
comme la flamme d'une lampe à sa mèche,
composée de fil et de coton. Les végétaux e
les animaux hermaphrodites nous en montrent la preuve. Cette harmonie existe mo-
mentanément dans la réunion de ceux don
les sexes sont séparés, non-seulement pendant leur vie, mais même après leur mort.

L'Ancien Testament dit que David, devenu
vieux, couchait avec une jeune fille, uniquement pour se ranimer ; et Plutarque rapporte
qu'à Rome les brûleurs de corps dans les funérailles, mettaient un corps de femme su
dix ou douze d'hommes, pour les mieux faire
flamber.

Il y a électricité entre la fibre mâle et la
fibre femelle, dans toutes les puissances de
la nature. C'est sans doute parce que l'une
et l'autre sont réunies dans la plupart des
végétaux, qu'ils se reproduisent non-seulement par leurs semences, mais par leurs tiges,

leurs branches et même leurs feuilles. Par cette fécondité conjugale, active dans toutes ses parties, ils forment entre eux un immense réseau, qui enveloppe le globe, et s'étend des espèces aux espèces et des genres aux genres. Qui n'a pas senti, à la vue d'une forêt ou d'une simple prairie, qu'il existait d'autres lois que celles de la végétation ? Ici, le chèvre-feuille rampant embrasse de ses guirlandes de fleurs le tronc rond et raboteux du chêne, et là, une vigne a reçu des mains pour se joindre aussi d'une union sororale à l'ormeau rameux. Les herbes mêmes des prairies offrent entre elles des accords ravissants ; leurs fleurs, variées de tant de couleurs, sont des couches conjugales. Leurs semences aigrettées, qui volent dans les airs, résultent de l'harmonie maternelle. Leurs familles s'emparent des sites les plus âpres, et se réunissent en tribus et en légions, pour se supporter mutuellement contre les vents. Les espèces des végétaux consonnent avec leurs espèces, et leurs genres contrastent avec leurs genres. La nature nous montre les plantes par vastes amphithéâtres, et la botanique dans des pots. Mais une graminée n'a pas les harmonies d'une prairie, ni un arbre isolé celles d'une forêt. C'est dans l'ensemble des végétaux que sont répandus les sentiments de grace, de majesté, d'immensité que nous font naître les paysages. Qui n'a étudié les plantes que brin à brin, ne connaît pas plus la puissance végétale, que celui qui n'aurait observé qu'un homme isolé, ne connaîtrait les rapports des familles, des tribus, des nations, du genre humain.

L'homme seul, sans aucun besoin physique, est touché des harmonies mutuelles des végétaux. L'insecte aux yeux microscopiques cherche sa pâture sur cette feuille, qui lui semble une vaste prairie; le bœuf aux grands yeux mugit de plaisir à la vue du pâturage ondoyant, qui ne lui apparaît que comme une seule feuille : l'un et l'autre ne sont mus que par leur appétit; ils n'admirent dans les plantes, ni les canaux séveux qui ravissent d'étonnement les naturalistes, ni les bouquets qui font palpiter le sein des bergères; mais l'homme est sensible à toutes leurs harmonies, et ce sentiment se développe en lui avec

le fil de ses jours. Enfant à la mamelle, il
sourit à la vue des fleurs ; dès qu'il peut marcher, il aime à courir sur le pré qui en est
émaillé ; dans l'adolescence, il assortit pour
sa maîtresse le jasmin et la rose ; dans la jeunesse, il groupe pour elle en berceaux les
cytiseniers, les lilas : ce sentiment harmonique
augmente en lui avec les années et la fortune.
Est-il riche, et joint-il à ses richesses les lumières que lui ont acquises les Vaillant, les
Jussieu et les Linnæus ? il lui faut chaque jour
des espèces et des genres nouveaux. Il voudrait mettre toutes les fleurs de l'Asie dans
son jardin, et toutes les forêts de l'Amérique
dans son parc. Mais les plaisirs que donne la
botanique aux savants riches, n'approchent
pas de ceux que donne la nature aux ignorants pauvres, mais sensibles.

Le piéton qui part dès le point du jour,
admire le paysage que l'aurore développe
peu-à-peu devant lui. Ses regards se reposent
tour-à-tour avec délices sur des prairies tout
étincelantes de gouttes de rosée, sur des forêts agitées par les vents, sur des rochers
moussus, et jusque sur les arbres ébranchés

des grandes routes, qui apparaissent de loin comme des géants ou des tours. Souvent son chemin l'intéresse plus que le lieu où il doit arriver, et le paysage plus que les habitants. Ce sont ces réminiscences végétales qui nous rendent si chers les jours rapides de notre enfance, et certains sites de cette terre que nous parcourons comme des voyageurs. Nous en transportons par-tout les ressouvenirs avec les images. Des prairies toutes jaunes de bassinets, bordées de pommiers couverts de fleurs blanches et roses, me rappellent les printemps et les prairies de la Normandie; des algues brunes, vertes, pourprées, suspendues à des rochers de marne tout blancs, les falaises du pays de Caux; des aloès et des caroubiers, les collines blanches et stériles de l'île de Malte; des bouleaux au feuillage léger, entremêlés de sombres sapins, les forêts silencieuses et paisibles de la Finlande; des palmistes et des bambous murmurants, l'Ile-de-France et ses Noirs gémissants dans l'esclavage; enfin, à la vue d'un fraisier dans un pot sur une fenêtre, je me rappelle l'époque fortunée où, persécuté par

es hommes, je me réfugiai dans les bras
maternels de la nature.

Ce charme des harmonies végétales s'étend
à tous les temps, à tous les lieux, à tous les
âges. Il inspira dans des jardins les premières
leçons de la philosophie à Pythagore, à Platon, à Épicure. Il accompagne les hommes
jusque dans le sein de la mort : beaucoup de
mourants ne s'entretiennent que des voyages
qu'ils veulent faire à la campagne ; des ames
cruelles même en sont émues : Danton, complice des massacres du 2 septembre, s'écriait
en soupirant dans son cachot : Ah ! si je pouvais voir un arbre ! Malheureux ! puisque ce
sentiment naturel subsistait encore dans ton
cœur, tu n'étais donc pas tout-à-fait dépravé !

Si le globe de la terre offre dans chacun de
ses horizons plusieurs paysages, il est probable que les autres planètes en ont aussi qui
leur sont particuliers, et dont les végétaux
diffèrent plus des nôtres, que ceux du nouveau Monde ne diffèrent des végétaux de
l'ancien. Chaque planète, tournant sans cesse
sur elle-même, doit présenter dans sa circonférence de nouvelles modifications de la

puissance végétale, éclairées par des aurores, des printemps, des étés, de quelques
jours, de quelques mois, de plusieurs années : toutes les harmonies de la végétation
doivent s'y montrer à-la-fois et successivement. Elles se présentent toutes ensemble
avec leurs disques, leurs lunes et leurs anneaux émaillés de fleurs et de verdure
comme des pierreries étincelantes de mille et
mille couleurs. Toutes circulent autour du
soleil, formant une harmonie céleste et éternelle pour ses heureux habitants. Tantôt disséminées dans les cieux, elles composent
une couronne autour de l'astre du jour et de
la vie ; tantôt rangées à la file les unes des
autres, elles représentent une longue guirlande dont il est le chef ; vous diriez d'un
cœur de nymphes parées d'habits toujours
divers, qui célèbrent une fête éternelle autour d'un frère, d'un époux et d'un père. Mais
que dire des végétaux qui décorent le globe
même du soleil ? Aucun œil sur la terre ne
les a jamais vus, et aucune langue humaine
ne pourrait en exprimer la magnificence.

# HARMONIES VÉGÉTALES

# DES ANIMAUX.

Nous avons donné, au commencement de ces Harmonies, un aperçu des rapports que les végétaux avaient avec les animaux par la variété de leurs espèces, dont les genres prototypes étaient destinés particulièrement à l'homme. Nous allons présenter ici les relations que les animaux ont avec les végétaux par les organes de la vue, de l'ouïe, de l'odorat, du marcher, du goût et des sécrétions. Nous parlerons, aux harmonies animales des végétaux, de la souplesse et de l'élasticité des herbes, qui fournissent tant de litière aux animaux ; des cimes feuillées et des rameaux des arbres, qui leur présentent de toutes parts des toits et des abris. En général, les

1. 21

petits végétaux sont ordonnés aux quadrupèdes, et les grands aux oiseaux, par une
harmonie qui lie les extrêmes dans la nature.
Les harmonies végétales des animaux, dont
nous allons parler, devraient être rapportées
à la puissance animale, et les animales des
végétaux à la puissance végétale, dont nous
nous occupons ici : mais ces deux puissances
se croisent, afin de se maintenir et de se for-
tifier l'une par l'autre. Sans la végétale, les
animaux ne subsisteraient pas ; sans l'animale, les végétaux s'étoufferaient par leur
propagation même. Elle composent, pour
ainsi dire, dans leur réunion, une riche
étoffe, dont la végétale est la chaîne, et l'animale la trame. Je n'en présente ici que l'envers avec ses fils, afin de montrer l'industrie
de leur tissu : j'espère en montrer plus tard
le dessus dans toute sa fraîcheur.

Les végétaux ont beaucoup de rapports qui
paraissent étrangers à leur végétation. Ils
portent, en général, bien plus de graines
qu'il ne leur en faut pour les reproduire. Un
grand nombre de semences sont entourées de
pulpes superflues à leur germination. Les

graminées ont une mollesse qui les rend in-
capables de résister long-temps aux vents,
et sur-tout aux hivers. Elles seraient plus
fortes et plus durables, si elles étaient ligneuses. Pourquoi une herbe n'est-elle pas de
bois comme un petit arbre ? Pourquoi, parmi
les genres des arbres, y en a-t-il sur le même
sol qui restent toujours faibles et humbles,
comme ceux des arbrisseaux et des buissons,
tandis que d'autres s'élèvent à des hauteurs
prodigieuses ? Pourquoi enfin y en a-t-il qui
sont hérissés d'épines ? La nature, qui ne fait
rien en vain, semble ici s'écarter de sa
sagesse, et se livrer à des caprices et à
des excès; mais ces superfluités sont des
prévoyances et des pierres d'attente dans
l'édifice de sa puissance. Les végétaux sont
destinés aux animaux, auxquels il fallait
des aliments, des litières, des toits et des
forteresses.

C'est pour leur faire apercevoir de loin les
fruits des végétaux dans leur maturité, que la
nature les fait contraster alors de couleur
avec les feuilles qui les ombragent. Chaque
espèce de végétal même a ses teintes, qui in-

vitent l'espèce d'animal à laquelle elle est
destinée, à s'en rapprocher, et qui forment
avec elle des contrastes du plus grand agrément. Ainsi, le merle noir vole en sifflant
vers la cerise pourprée; et le taureau, semblable à un rocher, mugit de joie et hâte son
pas pesant, à la vue des prairies en fleur.
C'est pour saisir de loin ces convenances végétales, que les animaux ont des yeux, dont
la portée s'étend à de grandes distances par
la médiation de la lumière de l'astre du jour.

Les nuits mêmes sont favorables à leurs
recherches, par le moyen des vents. Les sons
que plusieurs fruits mûrs rendent dans leur
chute, sont en harmonie avec l'ouïe des animaux. En Amérique, les siliques brunes et
résonnantes du canneficier, appellent, par
leur cliquetis, les oiseaux qui ne peuvent les
voir de loin. Au sein même de l'obscurité la
plus profonde, le fruit noir du genipa, qui fait
en tombant le bruit d'un coup de pistolet,
invite à la pâture les crabes, qui ne voyagent
que de nuit; et dans nos forêts, la chute des
faînes et des glands fait accourir les sangliers
sous les hêtres et sous les chênes.

Mais c'est principalement par les odeurs que les plantes attirent les animaux. C'est pour eux qu'elles étendent leurs émanations à des distances prodigieuses, et c'est par l'organe de l'odorat qu'ils distinguent l'aliment qui leur est propre. Tout animal flaire ce qu'il veut manger : la théorie de sa botanique est dans son odorat. Ce sens exquis est l'avant-coureur du goût; aussi la nature l'a-t-elle placé immédiatement au-dessus. Il est remarquable que la vue, l'ouïe, l'odorat, et le goût, sont distribués dans la tête, dans le même ordre que les éléments sur le globe; c'est-à-dire, la lumière, l'air, les vapeurs aquatiques, et la terre, et que ces sens forment, comme les éléments auxquels ils correspondent, une progression descendante en étendue, et ascendante en jouissances. La vue s'étend le plus loin, mais le goût jouit de plus près. La vue ne saisit que la surface des corps, le goût en pénètre l'intimité, annoncée par l'odorat. Nous observerons cependant que la nature, qui a compensé toutes choses, n'a donné qu'un odorat très-faible aux oiseaux, qu'elle a doués d'ailleurs d'une vue perçante, et de la facilité

21*

de s'élever sur les arbres, afin de voir de loin.
Au contraire, elle a donné aux quadrupèdes
qui vivent à terre et dans les herbes, une vue
assez bornée, mais elle y a joint un odorat
très-subtil. Un oiseau granivore ne juge guère
de ses aliments que par leur forme et leur
couleur. Une poule ne flaire pas son grain,
mais s'il lui est étranger, elle l'éparpille avec
son bec et ses pates, et le considère de
tous côtés avant de l'avaler : c'est peut-être
par cette raison qu'elle ne mange pas pendant la nuit. Le cheval, au contraire, se
repaît dans l'obscurité comme à la lumière ;
mais lorsqu'on lui présente son avoine, il ne
manque pas de la flairer ; et si l'odeur lui en
déplaît, il s'en abstient. Le chat, dont l'odorat est bien plus subtil, comme celui de tous
les animaux carnassiers, parce qu'ils ne cherchent leur proie que la nuit, ne reçoit pas
même la nourriture immédiatement de la
main de son maître ; il semble qu'il craigne
de confondre les odeurs de l'une et de l'autre ;
il faut la lui mettre à terre, afin qu'il puisse
l'odorer à part, et juger de ses convenances
avec son estomac.

Mais c'est le goût qui assure à l'animal que son aliment est analogue à ses humeurs. Par le plaisir qu'il excite dans ses papilles nerveuses, il en fait jaillir une liqueur savonneuse, appelée salive, qui est le plus puissant des digestifs. Avant d'entrer dans quelque analyse à ce sujet, nous observerons que c'est pour ce sens si varié dans les animaux, que les végétaux ont des saveurs innombrables, auxquelles sont attachées, si je puis le dire, toutes les modulations de la vie. La plupart des plantes ne se distinguent que par des nuances de verdure qui souvent se confondent à nos yeux ; mais elles diffèrent toutes par des odeurs, et sur-tout par des saveurs très - variées qui déterminent leurs vertus. Il est bien étonnant que la botanique n'ait employé jusqu'ici que la vue pour en étudier les caractères apparents, souvent variables et incertains, tandis que le goût en distingue une infinité qui en constituent la nature. Un docteur, avec la meilleure loupe, ne voit qu'une espèce de prune dans tous les pruniers du monde, mais un enfant, fût-il aveugle, en différencie toutes les espèces avec son palais.

D'ailleurs, c'est au sens du goût que tous
les sens élémentaires aboutissent. Si ceux de
la vue, de l'ouïe, de l'odorat, annoncent
aux animaux leurs aliments, celui du mouvement les y transporte. Le marcher des quadrupèdes n'est pas seulement ordonné à la
terre, mais aux herbes qui y croissent. C'est
pour les pâturer qu'ils ont non-seulement
de longues jambes, mais aussi de longs cous,
afin qu'ils puissent incliner leur bouche jusqu'à elles. Le voler des oiseaux frugivores
n'est pas seulement destiné à leur faire traverser les airs, mais à les conduire à l'arbre
dont ils mangent les fruits. Ils ont pour cet
effet des pates courtes, armées de trois doigts
en avant et d'un en arrière pour en saisir
les branches. Ceux qui cherchent leur nourriture à terre et ne perchent pas, n'ont
point de doigts en arrière : telles sont les
autruches. Les insectes ont des moyens de
progression et d'adhésion encore plus ingénieux, à cause de leur légèreté, qui les ex-
pose à être enlevés par les vents. La fourmi,
avec ses six pates armées de crochets, monte
au sommet des plus hauts cyprès pour en

...hanger les graines. La chenille rampante ...rimpe, avec douze anneaux garnis de griffés, ...ur le tronc des arbres, et se fixe avec des fils ...ur leurs feuilles mobiles. Le lourd limaçon ...arvient au même but avec la glu de sa membrane musculeuse et ondoyante. La saute-elle voyageuse franchit les herbes des prairies par le ressort de ses deux longues jambes ; mais la cochenille, faible et sédentaire, migre, au sortir de l'œuf, d'un nopal à autre, au moyen des fils que les araignées y tendent comme des ponts de communication ; puis elle se fixe, pour toute sa vie, sur sa feuille épaisse, où elle enfonce sa trompe agile. C'est sans doute pour la mettre en sûreté contre les oiseaux, que la nature a couvert ce végétal de pointes déliées, fines comme des aiguilles. Une herbe n'est pas moins inaccessible aux oiseaux par ses épines, qu'un cèdre aux quadrupèdes par sa hauteur. Enfin, le nager même des poissons est coordonné à leurs aliments, c'est-à-dire à des végétaux ou à leurs dissolutions, même dans les ichthyophages. C'est pour en recueillir les débris aux embouchures des fleuves, que

tant de poissons y abondent : les uns allongé
pour passer entre les détroits des rochers,
tels que les merlans, les congres, les murè
nes ; les autres aplatis pour barboter dan
les vases ou les sables, comme les plies, le
limandes, les carrelets, les flétans. D'au
tres, comme les baleines armées d'une larg
queue, remontent en hiver jusqu'aux extré
mités de la mer du Nord, et pâturent au fon
de ses baies, où les courants du sud déposen
les alluvions des mers du Midi. Là, elles r
posent leur vaste corps sur de grandes pra
ries de glaïeuls, couvertes d'insectes mari
qu'elles brisent dans leurs fanons. Elles y br
vent le choc des glaces flottantes de l'été, a
moyen du lard épais dont une nourritu
abondante les a matelassées.

Il était bien juste que la nature donnât
chaque genre d'animal des moyens de pr
gression divers, puisqu'elle avait placé l
aliments de chacun d'eux sur différents sit
et à différents étages. Ils sont répandus a
sommet des montagnes et au fond des vallée
dans l'épaisseur de la terre et dans la profo
deur des mers, sur des racines, des mousse

s herbes et des arbres. Il y a plus, chaque
gétal nourrit dans chacune de ses parties
s animaux de genres différents. Il alimente
sa sève les animaux microscopiques ; de
feuilles, les pucerons et les gallinsectes ;
ses fleurs, les mouches et les papillons ;
ses semences, les oiseaux ; de ses tiges,
quadrupèdes ; de ses débris, les vers-ta-
res et les fourmis ; de ses décompositions,
poissons. Si nous joignons à ces animaux
givores les carnivores, qui vivent de ceux-
et dont les genres sont peut-être aussi
mbreux en insectes, en oiseaux, en qua-
upèdes et en poissons, nous trouverons
e la plus petite plante est le centre d'une
hère vivante d'animaux, dont chaque rayon
urrit des genres différents. Ainsi, la plus
tite mousse peut fort bien nourrir un in-
te dans son sein, un quadrupède par ses
régations, et un cétacée par ses décompo-
ions. Telle est sans doute celle dont le
ne se paît dans le Nord. Elle donne un
le au taon terrible qui le persécute : mais,
écipité par les vents au sein des mers, il y
vient peut-être lui-même la proie de la

baleine. Comme chaque harmonie d'un élé
ment avec le soleil a ordonné sur chaque si
de la terre plusieurs genres et plusieurs e
pèces de végétaux, chaque harmonie d'u
végétal avec le soleil a ordonné à son tou
plusieurs genres et plusieurs espèces d'an
maux, qui, par conséquent, sont beaucou
plus nombreux que les premiers. Il y a ci
ou six mille espèces de mouches en Franc
et il n'y a pas deux mille espèces de vég
taux.

Il n'est aucun animal qui manque d'o
ganes nécessaires à son genre de vie, ou q
en ait de superflus. Les oiseaux aquatique
qui barbotent dans les vases des rivières po
y chercher des racines ou des vers, ont
bec large et aplati, tels que les canards, l
cies, les cygnes. Les frugivores, qui vive
de fruits mous, comme les sansonnets et l
merles, ont un bec long et pointu. Il
court, à large base, un peu voûté, et tra
chant sur les côtés pour casser les grain
dans les granivores, tels que les serins et
chardonnerets. Il est aigu et courbé com
les mordants d'une tenaille, dans les oisea

qui vivent de semences renfermées dans des coques très-dures, tels que les perroquets. Il est très-remarquable que le nombre cinq, qui forme la première division proprement dite du cercle, et en ramène la circonférence à un centre, se trouve employé dans les cinq pétales des fleurs en rose, si communes, parce qu'elles réunissent le plus de rayons de soleil à leur foyer; et dans la division de la main de l'homme en cinq doigts, comme la plus propre à rassembler, à contenir et à saisir un objet; il est, dis-je, très-remarquable que ce même nombre cinq se retrouve dans l'organe du toucher des oiseaux. A la vérité, ceux qui ne perchent pas n'ont que trois doigts à chaque pate, et ceux qui perchent en ont quatre; mais les uns et les autres saisissant pour l'ordinaire leur nourriture avec la pate et le bec, on peut dire que leur bec est le cinquième doigt, en le considérant comme divisé en deux dans les oiseaux à trois doigts, et comme unique dans ceux qui en ont quatre. Ce rapprochement est d'autant plus sensible, que le bec des oiseaux est une matière cornée comme celle des ergots

de leurs doigts ; qu'il est de la même teinte
dans les mêmes proportions de forme et d
longueur. Les uns et les autres sont croch
dans les oiseaux de proie, épatés dans l
oies, longs dans les bécasses, et courts da
les moineaux. Les doigts des oiseaux forme
donc une véritable main, et leur bec en
en quelque sorte le pouce. La même divisi
se rencontre aussi dans les crabes si vorace
le P. Du Tertre en compare avec justesse
huit pates et les deux pinces à deux ma
ambulantes, adossées l'une à l'autre.
animaux herbivores quadrupèdes ont
lèvres épaisses, pour saisir l'herbe et l'ar
cher, et un double rang de dents pour
broyer. D'autres, tels que le bœuf et la c
vre, n'ont qu'un seul rang de dents pour
hacher ; mais ils ont un double estomac p
ruminer et remâcher des herbes mal broy
Qui pourrait nombrer et décrire les orgà
du goût dans les insectes ? Les uns ont
tarières, comme le ver de bois qui en p
le nom ; d'autres, des mâchoires quadrup
qui agissent à-la-fois de droite et de gauc
et de haut en bas, comme celles de la sa

elle herbivore. Ils ont des râpés, des rabots, des pompes, des dissolvants, des ventouses, des ciseaux, des gouges, des limes, des burins, etc., etc., qui leur servent à extraire leur nourriture de toutes les parties des végétaux. Qu'on ne nous vante plus l'ingénieux Dédale, qui inventa la scie pour réduire en planches les troncs noueux des arbres; les insectes, avec de plus faibles outils, les réduisent en poudre.

Enfin les animaux rendent, par leurs excréments sulfurés, la fécondité aux plantes dont ils se nourrissent ; souvent ils en ressèment les graines avec eux. Si le buisson donne à l'oiseau un asile fortifié dans ses rameaux épineux, et des vivres dans ses baies pierreuses, l'oiseau, à son tour, ressème les semences indigestibles du buisson. Ainsi la nature entretient les harmonies de ses puissances les unes par les autres.

Nous observerons que les chemins sont bordés de plantes qui conviennent tellement à la plupart de nos animaux domestiques, qu'on s'en sert pour les élever, les engraisser et les guérir. La renouée, qui étend ses cor-

dons noueux le long des sentiers les plu
battus, et croît, pour ainsi dire, sous le
pieds des passants, plaît singulièrement au
porcs, qui cherchent volontiers leur vie l
long des voies publiques : ils préfèrent cett
herbe succulente aux graminées, et mêm
au blé. C'est à cause de cette préférence
que les paysans appellent la renouée l'herl
au porc. Au reste, les bœufs en mangent av
plaisir, et j'en ai vu faire de bons et ver
pâturages sur des coteaux secs et aride
L'ortie, qui croît si vigoureusement le lor
des murs des métairies, plaît aux poul
d'Inde au point que, lorsqu'elle est haché
elle est la meilleure nourriture que l'on puis
donner à leurs poussins. L'anserina pote
tilla, si aimée des canards et des oies, tapis
de ses fleurs jaunes les bords des mares,
ces oiseaux se plaisent à barboter. Le cha
don, qui vient dans les terrains les plus r
gligés, fait les délices de l'âne solitai
L'herbe au chat, qui croît d'elle-même da
nos jardins, attire, la nuit, autour d'ell
par son odeur forte de menthe, les chats
voisinage; ils se roulent dessus, la caress

t en mangent avec un plaisir extrême. Le
chiendent, ainsi appelé parce que le chien le
mange pour se purger, croît par-tout ; mais
ce végétal cosmopolite sert encore à des animaux aussi utiles à l'homme : les chèvres le
routent avec délices, et leur toison en devient plus belle. Ce n'est point à l'air d'An-
gora qu'il faut attribuer la finesse, la longueur et l'éclat des poils de chèvre dont les
Turcs font leurs magnifiques camelots, ainsi
que l'ont dit quelques naturalistes, ni à ses
rochers, qui n'existent point, quoique j'y en
aie supposé moi-même, dans mes Études de
la Nature ; mais au chiendent long et soyeux
que produisent uniquement ses vastes plaines.
C'est au voyageur Busbecq que je dois cette
observation ; et il faut en croire cet aimable
philosophe, auquel l'Europe est redevable
du lilas, qu'il apporta d'Orient.

Les plantes cosmopolites croissent en général le long des grands chemins. Ce sont
des espèces d'hospices que la nature y a établis pour les animaux domestiques voyageurs.
Il y a apparence qu'ils en ressèment eux-
mêmes les graines indigestibles à leurs esto-

macs ; mais, d'un autre côté, ils les empêchent, en les broutant, de se propager avec
trop d'abondance. La fleur femelle ouvre ses
pétales à l'insecte, qui la féconde par les
poussières d'une fleur mâle ; l'herbe se met
en touffe pour la bouche du quadrupède, qui
en ressème les grains dans ses excréments ;
l'arbre ensemencé par l'oiseau se divise en
rameaux pour lui offrir des asiles : mais l'insecte, à son tour, dépose un ver rongeur
dans le sein de la fleur ; le quadrupède, en
tondant les prés, les empêche de grener, et
ouvre des voûtes dans les forêts, en broutant
leurs branches inférieures ; enfin l'oiseau es-
sémine les arbres en mangeant leurs fruits.
Les puissances végétale et animale se mettent
en équilibre par des flux et des reflux : j'en
citerai ici un exemple frappant. Tous les
gens de lettres connaissent la charmante description de l'île de Tinian, faite par le cha-
pelain de l'amiral Anson. Cet écrivain élégant
et exact nous a représenté les forêts de cette
île entremêlées de grandes clairières où paissaient de nombreux troupeaux de bœufs tout
blancs ; elles étaient arrosées de ruisseaux

ui, descendant des montagnes lointaines, allaient se rendre à la mer après avoir arrosé es plaines couvertes d'une multitude de coqs et de pigeons, qui remplissaient l'air de leurs chants et de leurs roucoulements. Il nous représente cette île solitaire comme une riche métairie au sein de la mer du Sud. Des voyageurs modernes dignes de foi, entre autres le capitaine Marchand, traitent aujourd'hui cette description de fabuleuse ; ils n'ont trouvé à Tinian qu'une forêt impénétrable et des marais fangeux, sans troupeaux et sans volatiles. Ces voyageurs, anglais et français, ont également raison. Lorsque Anson aborda à Tinian, cette île était peuplée de bœufs sauvages, qui broutaient les branches inférieures des arbres, leurs plants naissants, les tiges des herbes, et entretenaient dans ses forêts des avenues, des pelouses et des clairières. Les navigateurs, et sur-tout les Espagnols des îles voisines, ont détruit ces animaux par des chasses qui étaient déjà fréquentes du temps d'Anson. Alors les arbres ont poussé de toutes parts; les herbes ont grené, et leurs débris, non pâturés, ont

obstrué les ruisseaux ; les belles clairières et
les pelouses ont disparu. Ainsi les animaux
pâturants répriment le luxe de la puissance
végétale ; ils sont les premiers jardiniers de
la terre, qu'ils fécondent et qu'ils embellis
sent sans le savoir : mais leurs harmonie
végétales ne sont pas encore comparables à
celles de l'homme.

# HARMONIES VÉGÉTALES

# DE L'HOMME.

Nous avons montré, dans le premier aperçu de la puissance végétale, que les genres des végétaux avaient été ordonnés aux quatre tempéraments de l'homme, et à ses principaux besoins dans les différentes latitudes de la terre, en raison inverse des influences du soleil. Nous allons développer ici, dans un plus grand détail, les harmonies végétales de l'homme, auxquelles nous joindrons les harmonies humaines des végétaux, afin de les réunir toutes dans le même tableau. Nous les présenterons successivement aux puissances élémentaires et organisées, suivant notre ordre harmonique; et nous verrons se développer les rapports actifs et passifs des végétaux avec tous les sens de l'homme, et surtout avec la nutrition, qui leur est particuliè-

rement ordonnée. Nous les verrons en proportion avec sa taille, son marcher, son repos, son berceau et son tombeau. Il nous
suffira, aux harmonies humaines proprement
dites, de récapituler ses rapports généraux
avec les puissances de la nature, pour nous
donner la plus juste idée de son ensemble,
dont ces paragraphes ne sont que des études
particulières.

Qui n'est pas ému des harmonies que les
végétaux forment avec les éléments par rapport à nous? En commençant par celles de
la lumière, quels charmants effets l'aurore
ne produit-elle pas sur les fleurs des prairies
et dans les feuillages des forêts! Elles ressemblent alors à d'immenses voûtes de verdure
supportées par des colonnes de bronze antique. Lorsque le soleil, au milieu de sa carrière, embrase les campagnes de ses feux
verticaux, les arbres nous offrent de magnifiques parasols. Il est très-remarquable que
de toutes les couleurs, la verte est la plus
amie de la vue. C'est une couleur harmonique, formée de la couleur jaune de la terre
et de la bleue du ciel : aussi la nature en

couvert les plaines, les vallons, les montagnes et les végétaux, qui prêtent leurs ombrages au repos de l'homme. La nuit, malgré son obscurité, nous présente, avec eux, de nouveaux accords. La lune éclaire les forêts de sa lumière tremblante, qui guide encore les pas du voyageur; les étoiles, à l'orient, se montrent tour-à-tour à l'extrémité de leurs rameaux, et viennent couronner leurs cimes : on dirait que les arbres portent des constellations. Ces bienfaits de la lumière sont communs aux animaux comme aux hommes. Le lever du soleil est le réveil de toute la nature, et celui d'une étoile est celui d'un oiseau de nuit ou d'un insecte nocturne, aussi bien que celui d'un chef d'escadre, ou d'un général d'armée. Mais voici le bienfait qui est particulier à l'homme dans le partage de la lumière : c'est pour lui seul que l'arbre renferme dans son bois l'élément du feu. Lorsque la nuit a couvert l'horizon de ses voiles, le pêcheur allume sa torche, et l'ouvrier sa lampe; les divers étages des maisons sont éclairés; une ville paraît, de loin, constellée comme une portion des cieux. Cepen-

dant l'homme, à cet égard, n'a aucun avantage sur quelques insectes : des mouches et
des vers répandent, au sein des buissons,
une lumière qui leur est propre. Mais le feu
seul a donné l'empire de la terre à l'homme.
C'est pour l'entretenir au sein des plus rudes
hivers, que la Providence a couvert les contrées septentrionales d'arbres résineux, tels
que les pins et les sapins; elle les a destinés
aux besoins de l'homme, et non à ceux des
animaux. Jamais l'ours blanc si vigoureux,
ni le renard si subtil, n'en ont éclaté les
troncs ou rompu des branches, pour en faire
des torches flamboyantes et en réchauffer
leurs tanières. La vue seule du feu épou-
vante ces enfants de la nuit au milieu de leurs
glaces, tandis qu'elle y réjouit le Lapon et le
Samoïède. La nature, en confiant à l'homme
cet élément céleste émané du soleil, n'a re-
mis qu'entre ses mains le sceptre de l'univers.

Les végétaux renouvellent l'atmosphère
en changeant l'air méphitique des marais en
air pur, comme l'ont démontré les expériences du docteur Ingenhousz, et après lui

celles de plusieurs naturalistes. Ces avantages
sont communs à l'homme et aux animaux;
mais le premier en tire de particuliers, qui
lui sont de la plus grande utilité. Les arbres
lui donnent à-la-fois les moyens de se préserver du calme suffocant de l'air et de ses tempêtes. Ils lui fournissent, dans les pays chauds,
des éventails, tels que les feuilles du palmier
qui en porte le nom. On en peut voir la
forme sur les papiers peints des Chinois, qui
en font un fréquent usage. Non-seulement
les rameaux des arbres lui donnent des parasols et des ventilateurs, mais ils lui offrent,
par leurs grands bosquets, des remparts qui
abritent ses cultures de la fureur des ouragans. Au moyen du feu, il en détache des
perches, des palissades, d'énormes poutres,
et il en fabrique le toit où il se met à couvert
avec sa famille. Les herbes et les plantes,
telles que le cotonnier, le lin, le chanvre, lui
fournissent des toiles propres, par leur légèreté et leur souplesse, à mettre son corps à
l'abri de toutes les injures de l'air. Au moyen
des voiles qu'il en fabrique, il se sert du vent,
comme d'un esclave, pour faire tourner son

moulin, ou pour faire voguer son bateau; quelquefois il se l'associe comme un ami, et, au moyen des cannes et des roseaux, il le fait soupirer ses amours dans les chalumeaux des flûtes et des hautbois.

Les forêts attirent les vapeurs de l'atmosphère au sommet des montagnes, et en entretiennent les sources qui en découlent : ce sont les châteaux d'eau des fleuves. Il y a aussi plusieurs végétaux qui semblent destinés à être les réservoirs des eaux de la pluie qui doit rafraîchir les lieux les plus arides. Dans nos climats, les aisselles des feuilles du chardon de bonnetier en contiennent un petit verre; la feuille contournée en burette d'une espèce de balisier d'Amérique en renferme un grand gobelet; une plante parasite, en forme de pomme d'artichaut, qui croît sur les pins de la baie saumâtre de Campêche en tient une bonne pinte; la liane à eau de roche des Antilles, étant coupée, coule comme une fontaine; le baobab des sables marins de l'Afrique en conserve plusieurs tonneaux dans son tronc caverneux : c'est une citerne végétale. Mais toutes ces pré-

voyances de la nature semblent s'étendre aux
animaux aussi bien qu'à l'homme. Il n'en est
pas de même de la flottaison des arbres, qui
ne paraît utile qu'à celui-ci. Quoique leurs
bois soient plus solides que la pierre, et quelquefois durs comme le fer, ils sont plus légers que l'eau : s'ils étaient pesants comme
les minéraux, ils couleraient à fond. De ce
seul inconvénient, il s'ensuivrait que l'Océan
ne pourrait être navigué, et que ses îles seraient sans habitants. Il est remarquable que
les végétaux les plus légers, et par conséquent les plus propres à voguer, croissent sur
les bords des fleuves : aux Indes, les bambous; dans nos climats, les saules et les
peupliers; au Nord, les bouleaux. Quoique
leurs tiges soient tendres comme celles des
bois blancs, creuses comme celles des bambous, et qu'ils portent des cimes fort étendues, elles résistent, par leur élasticité, aux
vents, qui rompraient des colonnes de granit
du même diamètre et de la même hauteur.
Mais, au moyen du feu, l'homme excave et
façonne les troncs les plus durs; il en fait des
vases, des tonneaux, des canots. C'est avec

des pirogues qu'il a d'abord fait le tour du
monde, et peuplé les îles et les continents
qu'entoure le vaste Océan.

La puissance végétale couvre la terre d'arbres, d'herbes et de mousses, qui servent de
toits et de litière aux animaux comme à
l'homme. Elle tapisse même les flancs perpendiculaires des roches, de lianes, de lier-
res, de vignes vierges, de buissons, qu'elle
présente, comme des échelles et des degrés
à plusieurs quadrupèdes ainsi qu'à l'homme.
Mais l'homme est le seul qui varie à son gré
les paysages de son horizon, au moyen du
feu et de son intelligence. C'est un spectacle
digne de l'attention d'un philosophe, de voir
les défrichés d'une colonie naissante, au sein
d'une île nouvellement découverte. C'est là
que les cultures de l'homme contrastent de la
manière la plus frappante avec celles de la
nature. J'ai joui fréquemment de ces opposi-
tions, dans un voyage que je fis à pied, en
1770, autour de l'Ile-de-France. Tantôt, en
côtoyant les bords de la mer, sur une pelouse
parsemée de lataniers, je traversais de sombres forêts de benjoins, de bois d'olive, d'é-

béniers, de tatamaques ; tantôt j'entrais dans des défrichés où les troncs monstrueux de ces arbres, renversés par la hache et quelquefois par la poudre à canon, gisaient sur la terre, où le feu les consumait, et exhalaient dans les airs d'épais tourbillons de fumée. Leurs cendres concrètes conservaient quelquefois une partie de leurs formes et de leurs masses ; mais par-tout elles couvraient le sol à plus d'un demi-pied d'épaisseur, et lui préparaient, par des sels nouveaux, une longue et abondante fertilité. Sur les terrains précédemment défrichés du voisinage, on voyait toutes les cultures d'une habitation briller d'une verdure naissante. Une montagne, élevant dans l'atmosphère ses hautes et murmurantes forêts, où se rassemblaient les nuages, semblait dire : Je suis l'ouvrage de la nature, et j'ai été ensemencée pour tous les animaux de cette île par la puissance végétale. La montagne voisine, sa sœur, moins élevée en apparence par la chute de ses arbres antiques, mais revêtue de champs nouveaux de maniocs, de patates, de cafiers, de cannes à sucre, divisés çà et là par des haies

23*

de roses et d'ananas, semblait dire : Je suis
l'ouvrage d'une Providence, amie particulière
de tous les hommes blancs ou noirs, et j'ai
été plantée par la puissance humaine.

Les arbres, par leurs harmonies propres,
donnent les moyens de les escalader. S'ils
croissaient par les simples effets de l'attraction, ou de la colonne d'air verticale, comme
le prétendent plusieurs botanistes, ils ne produiraient que des tiges perpendiculaires et
nues, telles que celles des blés ; mais la plupart, au contraire, se garnissent, depuis la
racine jusqu'au sommet, de branches étagées
et divergentes, afin de donner à l'homme particulièrement les moyens d'y monter. Les
quadrupèdes frugivores grimpants, tels que
les rats, les écureuils, les singes, n'ont besoin que de leurs ongles durs et crochus,
qu'ils enfoncent dans l'écorce des arbres,
pour en atteindre les sommets. Les palmiers,
dont les cimes sont très-élevées, ont des
troncs couverts de hoches, formées par la
chute successive de leurs palmes, et l'homme
s'en sert, comme nous l'avons dit, pour aller
cueillir leurs fruits. C'est sans doute par cette

raison de convenance avec lui, que les lianes sont si communes dans les pays torridiens, et qu'elles tournent en spirale autour des troncs des arbres, dépourvus, pour la plupart, de branches à une grande élévation. J'ai remarqué aussi dans ces climats que la plupart des végétaux qui produisent des fruits mous et d'un volume considérable, les portent appuyés sur leur tronc et à la hauteur de l'homme : tels sont les bananiers, les papayers, les jacquiers, et même les calebassiers. Les arbres fruitiers de nos vergers, dont les fruits tendres peuvent se briser en tombant, sont environnés d'une verte pelouse, et s'élèvent à une hauteur médiocre : tels sont les pommiers, les poiriers, les pêchers, les abricotiers, les pruniers, les figuiers. Ils présentent à-la-fois le fruit et l'échelle pour le cueillir. Mais l'homme, au moyen du feu, varie à son gré les harmonies des végétaux. Il brûle tous ceux qui lui sont inutiles, et qui, sans lui, resteraient long-temps sur la terre. Avec le feu, il abat les plus grands arbres, et en tire des perches pour supporter les plantes rampantes, et des cerceaux pour

en faire des tonnelles. Par le feu, il convertit
à ses besoins et à ses plaisirs un grand nombre de productions végétales âpres ou insi-
pides dans leur origine ; le café, par la torré-
faction ; le thé, par l'ébullition ; le tabac, par
la fumigation ; les légumes, par la cuisson ;
le blé, par la panification. Enfin, l'homme
est le seul des animaux qui exerce l'agricul-
ture et les arts innombrables qui en dérivent ;
et c'est par le feu qu'il donne aux végétaux les
harmonies extérieures qui lui conviennent,
et qu'il en extrait celles que la nature y avait
renfermées pour ses besoins intérieurs.

L'homme tourne encore à son avantage les
harmonies végétales des animaux. C'est par
les plantes qui leur plaisent qu'il en a subju-
gué plusieurs. Avec les trèfles, les graminées,
les vesces, les orges, il a attiré et attaché à
son domicile la chèvre, la vache, l'âne, le
cheval, et jusqu'à des oiseaux, tels que la
poule et le pigeon, qui, ayant des ailes,
semblaient destinés à une liberté perpétuelle.
S'il a attiré et fixé dans son habitation les
animaux herbivores par des herbes bienfai-
santes, il éloigne d'elle les animaux carnas-

siers par les végétaux épineux dont il l'environne. Il y a plus, il leur fait une guerre avantageuse avec des armes que lui fournit la puissance végétale, au moyen du feu. Jamais on n'a vu le singe, habitant des forêts, s'armer pour combattre ses ennemis; mais l'homme, avec le feu et son intelligence, coupe et façonne en massue la racine noueuse d'un arbre; il en courbe la branche en arc, et l'écorce en carquois; il en taille les jeunes plants en flèches, et les grands en lances. Avec ces armes végétales, il terrasse le lion et le tigre. Heureux si, en employant l'élément du soleil et une raison divine pour les fabriquer, il ne s'en fût jamais servi à la destruction de ses semblables!

Les harmonies végétales immédiates de l'homme sont bien plus étendues que toutes les précédentes. Si la nature a mis à sa disposition les nourritures végétales des animaux domestiques, elle l'a mis lui-même en rapport direct avec une multitude de plantes alimentaires. Elle l'a placé d'abord au centre du système végétal, par son attitude et par sa taille. Ce n'est point pour voir le ciel,

comme l'ont dit les poëtes, qu'elle l'a mis
seul des animaux, debout et en équilibre sur
deux pieds. Les oies, les canards, et sur-tout
les pingoins, jouissent du même avantage.
Dans cette attitude, ses yeux ne sont dirigés
que vers l'horizon; et sa hauteur, qui es
entre cinq ou six pieds, ne l'élève guère au
dessus de la terre. Mais il est très-remarquable que cette grandeur le met au centre
de la puissance végétale; de manière qu'il a
autant de végétaux au-dessus de lui dans les
arbres, qu'il en a au-dessous dans les herbes
ainsi, il en aperçoit toutes les productions
au moyen de son attitude perpendiculaire et
de la position horizontale de sa tête. Les oiseaux qui vivent dans les arbres, renversent
aisément leurs têtes en arrière pour voir leur
nourriture qui est au-dessus d'eux; mais les
quadrupèdes portent les leurs inclinées vers
la terre, où ils trouvent leurs aliments.
L'homme, dont la tête horizontale se meut
en haut et en bas, à droite et à gauche
aperçoit à-la-fois l'herbe qu'il foule aux pieds
et les sommets des plus grands arbres.

Mais c'est sur-tout avec les arbres fruitiers

qu'il est dans un rapport parfait. Par tous pays, la plupart des fruits destinés à la nourriture de l'homme, flattent sa vue et son odorat. Ils sont, de plus, taillés pour sa bouche, proportionnés à sa main et suspendus à sa portée.

Dans une fable charmante de La Fontaine, le villageois Garo trouve mauvais que la citrouille ne soit pas portée par le chêne.

> C'eût été justement l'affaire :
> Tel fruit, tel arbre pour bien faire.

Le raisonneur Garo s'endort au pied du chêne ; un gland tombe sur son nez. Il s'éveille en sursaut :

> Oh, oh ! dit-il, je saigne ; et que serait-ce donc
> S'il fût tombé de l'arbre une masse plus lourde ,
>     Et que ce gland eût été gourde ?

Il en conclut que tout est à sa place ; et il s'en va en louant la Providence d'avoir suspendu un petit fruit au haut d'un grand arbre.

Cette fable, dont la morale est si vraie, induit en erreur en histoire naturelle. L'enfant à qui on la fait apprendre par cœur, croit que les grands arbres ne portent point de fruits lourds; et quand il vient ensuite à savoir qu'il y a aux Indes des palmiers de plus de soixante pieds de hauteur, dont le sommet se couronne de cocos qui pèsent jusqu'à trente livres, comme ceux des îles Séchelles, il est tenté de croire qu'il n'y a plus de Providence entre les tropiques.

Nous formons notre logique, et souvent notre morale, des premières notions que nous donne la nature. Ce sont elles, et non les raisonnements de la métaphysique, qui développent l'entendement humain. Il est donc essentiel de ne pas présenter à un enfant une erreur sur la nature, sur-tout lorsqu'elle est accréditée par l'autorité d'un de ses plus aimables peintres. L'erreur de La Fontaine consiste en ce qu'elle suppose à la Providence une fausse intention. Tout arbre n'est pas destiné à donner de l'ombre aux dormeurs; mais il l'est à porter des fruits, qui d'abord doivent le reproduire, et ensuite nourrir des animaux. De plus, dans chaque genre de végétal il y a des espèces réservées pour l'homme, qui sont les prototypes ou patrons de leur genre même, ainsi que nous l'avons remarqué précédemment. Nous avons observé aussi que quand leurs fruits sont tendres, ils sont d'un petit volume et peu élevés, afin de ne pas se briser dans leur chute. Ceux qui sont tendres et d'une grosseur considérable, comme les jacqs et les durions des Indes, croissent à la hauteur de l'homme, immédiatement sur le tronc de l'arbre qui les appuie. Les gourdes pesantes du calebassier sont suspendues à quatre ou cinq pieds de terre, le long de ses branches grosses et longues, qui s'abaissent à mesure que leur fruit devient plus lourd. Notre citrouille peut croître à la même hauteur, et en nombe sans se briser. Elle est faite pour mûrir en l'air; car elle est le fruit d'une plante grimpante, qui a des vrilles pour s'attacher aux arbres. J'en ai vu plus d'une fois, d'une grosseur considérable, suspendues, comme des cloches, à des perches transversales.

Quant aux fruits qui viennent aux sommets des grands arbres, ils sont, pour l'ordinaire, revêtus de coques dures et d'enveloppes

1.                                        24

molles ou élastiques, dont l'épaisseur est
proportionnée à leur volume. Ainsi, la noix
est revêtue de ses coquilles et de son brou;
la châtaigne et la faîne sont recouvertes d'une
espèce de cuir et d'une capsule spongieuse et
épineuse. Le gland est à demi enchâssé dans un
chaton, qui le préserve de toute meurtrissure
parmi les rameaux d'un arbre qui s'élève dans
la région des tempêtes. Tous ces fruits tombent
sans se briser. Les lourds cocos sont suspendus
aux palmiers avec encore plus de précautions. Ils viennent en grappe, attachés à
une queue commune, plus forte qu'un cor-
dage de chanvre de la même grosseur. Ils
sortent du sommet de leur palmier, et posent sur son tronc, qui les préserve en partie
des secousses des vents. Ils ont des coques
très-dures, revêtues d'un caire ou enveloppe
filandreuse, à-la-fois compacte et élastique.
Ils ne se rompent jamais en tombant. Il y a
plus; c'est que je pense que la nature n'a fait
les fruits d'un volume considérable, que pour
croître sur le bord des eaux, où ils tombent
sans se briser, et où ils flottent d'eux-mêmes. La citrouille grimpante me paraît de ce

nombre ; elle est plus volumineuse dans les lieux frais et le long des ruisseaux. Le cocotier est évidemment destiné à croître sur les rivages des mers torridiennes, car il ne prospère point dans l'intérieur des terres. On met, aux Indes, du sel marin dans les trous où l'on plante ses fruits, afin de les faire germer promptement. Ils se plaisent dans le sable des bords de la mer, dont ils se font une base solide au moyen d'une multitude de longs filaments qui composent leurs racines. Leurs formes carénées les rendent propres à voguer à de grandes distances du rivage, et jusqu'au sein des mers, où leur grosseur et leur couleur fauve les font aisément distinguer à la surface des flots azurés. D'un autre côté, le noyer, chez nous, aime à croître sur les bords des rivières, et l'humble coudrier sur ceux des ruisseaux. Sa noisette flotte et vogue ainsi que le coco. Tel rivage, tel arbre. Pour juger donc des harmonies d'un fruit, il faut connaître celles qu'il a avec le sol où il croît, le végétal qui le porte, les animaux et les hommes qui s'en nourrissent.

Si les fruits durs annoncent leur maturité

par le bruit de leur chute, ceux qui sont mou
la manifestent par leurs parfums. Les pre
miers n'ont presque point d'odeur, et les se
conds, pour l'ordinaire, en ont beaucoup
La raison de cette différence vient, je crois
de ce que les premiers fruits peuvent reste
long-temps sur la terre sans se pourrir; le
seconds avertissent l'odorat qu'il faut se hâte
de les cueillir. L'odorat est un goût anticipé
il juge, par des rapports incompréhensibles
si l'aliment convient à l'estomac : ses ins
tincts sont plus sûrs que tous les raisonne
ments de la médecine. La botanique ne peu
donc déterminer, par ses méthodes ordina
res, les qualités essentielles des plantes, c'es
à-dire, les rapports qu'elles ont avec notr
vie, puisqu'elle n'appelle ni l'odorat ni .
goût pour les caractériser.

Les dictionnaires botaniques manquer
même de termes propres qui puissent expr
mer les odeurs primitives. Elles sont cepen
dant aussi variées que les couleurs, les fo
mes, les mouvements et les sons, dont
nomenclature, d'ailleurs, est très-bornée. O
détermine les couleurs primitives par l(

noms de blanche, de jaune, de rouge, de
bleue, de noire; les formes génératrices, par
ceux de linéaire, de triangulaire, de ronde,
d'elliptique, de parabolique; les mouvements
primordiaux, par ceux de perpendiculaire,
d'horizontal, de circulaire, d'elliptique et
de parabolique; les sons, qui ne proviennent
que du mouvement de l'air agité, par les
noms d'aigu, de grave, de fermé, de cir-
conflexe et de muet. Nous les retrouvons
dans les différents sons de l'*e*, ou plutôt des
cinq voyelles, dont les formes, dans l'alpha-
bet romain, à l'exception de l'E, sont semblables à celles des formes génératrices : mais
les odeurs n'ont point de nom qui leur appar-
tienne en propre ; car les expressions de
suave ou de fétide, qui en sont les extrêmes,
n'en caractérisent aucune. Pour les désigner,
il faut les rapporter directement aux végétaux
qui les produisent. Ainsi, on dit une odeur
de lilas, de giroflée, de fleur d'orange, de
jasmin, de rose. Pour l'ordinaire, elles tirent
leurs noms des fleurs qui les portent; il en
est de même de celles du musc, de la civette, qui appartiennent aux animaux dont

24*

elles portent les noms. Nous observerons
ici que les parfums les plus odorants, ainsi
que les couleurs les plus vives dans les végétaux, sont attachés à leurs fleurs, comme
au lit nuptial de leurs amours. On les retrouve
en partie dans les amours des êtres animés;
car le musc, la civette, le castoréum, proviennent des parties sexuelles des animaux
du même nom. L'ambre, dont on ignore
l'origine, paraît engendré par la baleine.
Enfin, les couleurs des oiseaux sont plus éclatantes dans la saison où ils deviennent amoureux. Il y en a même alors un grand nombre qui se revêtent de plumages nouveaux
et qui sont décorés d'épaulettes pourprées
de queues veloutées, d'aigrettes brillantes
comme d'habits destinés à leurs noces ; ils
brillent sur les arbres comme des fleurs. Mais
nous nous occuperons, aux harmonies conjugales, des charmes dont s'embellissent les
puissances de la nature à l'époque de leurs
amours : ne sortons point ici de celles des
végétaux et de l'homme. Quoique les parfums des fleurs soient d'une variété infinie,
nous n'avons pu encore leur donner des noms

primitifs. L'odeur de rose n'appartient pas seulement à la rose, mais à plusieurs sortes de bois, au fruit du jonc rose, au scarabée capricorne, etc. Il y a un grand nombre d'odeurs qu'on ne sait comment désigner. Nos notions à l'égard de l'odorat sont semblables à celles des animaux, qui connaissent les choses sans leur donner de nom : ce n'est pas la pire manière de les étudier. Jean-Jacques me disait un jour qu'on pouvait être un grand botaniste sans savoir le nom d'une seule plante : on peut étendre cette idée bien plus loin. Il m'est arrivé, dans des promenades ou des sociétés nombreuses, de me lier d'amitié particulière avec des gens qui m'intéressaient, sans que j'aie jamais eu la curiosité de demander leurs noms : il me suffisait de connaître leur personne et leur visage. Ma réserve sur ce point venait aussi de prudence; je ne voulais pas que la calomnie, si commune parmi nous, vînt flétrir dans mon cœur un sentiment d'estime et d'amitié : il suffit de mettre en évidence quelque affection secrète, pour en entendre dire du mal. Pour vivre heureux, il faut cacher ses jouissances.

Je crois connaître assez bien un objet, quand il me donne du plaisir. J'étudie la nature et les hommes à la manière des animaux, avec mon seul instinct. Un chien, qui ignore souvent le nom de son maître, le connaît sous plus de rapports que ceux qui savent le mieux son nom. Il le suit à la piste, à travers les foules les plus épaisses, et il en distingue les émanations particulières d'avec celles des gens qui traversent son chemin. Quelques philosophes n'ont pas manqué, à cette occasion, d'exalter le chien aux dépens de l'homme, privé de cet avantage. Certainement un homme ne retrouverait pas son chien au milieu d'une meute par le simple flairer; mais, d'un autre côté, l'odorat si subtil du chien est indifférent à une multitude de parfums auxquels l'homme est très-sensible. Je crois, au reste, que chaque espèce d'odeur est en rapport avec l'odorat de quelque espèce d'animal, dont elle réveille l'instinct; mais que l'homme, sans en ressentir l'influence d'aussi loin, est affecté de toutes sans exception. Quoiqu'elles soient très-variées, peut-être pourrait-on les réduire cinq primitives, dont les autres ne seraient que des mélanges et des combinaisons. C'est ainsi que les couleurs, les formes, les mouvements et les sons peuvent se rapporter à cinq termes élémentaires; peut-être aussi des odeurs primitives sont-elles bien plus nombreuses; peut être sont-elles en rapport avec le cerveau, le sang, les nerfs, le suc gastrique, et nos humeurs si variées. D'habiles anatomistes ont analysé les organes de la vue et de l'ouïe, et aucun, que je sache, n'a développé le mécanisme de l'odorat. Ce qui nous est le plus intime nous est le moins connu.

Ce que j'ai dit des odeurs doit s'appliquer aux saveurs, aussi peu déterminées dans leur nomenclature. Les expressions de douce, d'âpre, d'acide, ne les caractérisent point; celles de salée, d'amère, de sucrée, ne dérivent point proprement des saveurs, mais des matières qui les produisent, telles que le sel, l'eau de mer, le sucre. On est obligé encore de les rapporter aux végétaux, qui les renferment toutes dans leurs fruits, comme ils renferment toutes les couleurs et toutes les

odeurs dans leurs fleurs. Ainsi, on dit un
goût de vin, de poivre, d'amande; mais on
serait bien embarrassé, s'il fallait donner des
noms primitifs à la saveur même du vin, du
poivre et de l'amande, dont les couleurs cependant sont déterminées par les noms généraux de blanc ou de rouge, de gris ou de
noir, de fauve ou de blanc. Les saveurs sont
aussi nombreuses que les odeurs, quoique
celles-ci puissent se diviser en deux classes,
dont les unes, comme les parfums des fleurs,
n'affectent agréablement que le cerveau, et
les autres, qu'on peut appeler comestibles,
aiguillonnent le goût. Cependant il n'en est
aucune, même des plus fortes, qui ne se retrouve dans les aliments les plus recherchés.
Le durion aphrodisiaque, qui fait, aux Indes, les délices des hommes, et sur-tout des
femmes, a une odeur d'ognon pourri. Le
Groënlandais boit avec autant de plaisir l'huile
infecte de baleine, que le Chinois des sorbets
parfumés. Chez nous, combien d'hommes,
dans un âge avancé, préfèrent le fromage le
plus raffiné au laitage frais, qui faisait les
délices de leur enfance ! Chaque nation

chaque âge, chaque sexe, a ses goûts particuliers ; mais on peut dire que l'homme réunit en lui tous ceux des animaux. Il s'approprie leurs aliments, et il les combine de
toutes les manières pour en tirer des jouissances. Nous l'avons déjà dit, et nous ne
saurions trop le répéter, les divers genres
d'animaux n'ont que des rayons des divers
genres de sensations ; l'homme en a la sphère
entière : c'est cette universalité qui le distingue d'eux, même physiquement, en l'har-
moniant seul avec toute la nature.

La nature paraît avoir réuni dans l'organe
du goût de l'homme, aussi peu connu que
celui de son odorat, tous les moyens de dé-
gustation et de digestion qu'elle a isolés dans
les divers genres d'animaux. Il y en a qui ne
prennent leur nourriture que par la succion
d'une trompe, comme les mouches et quelques scarabées, qui se servent de liqueurs
dissolvantes ; d'autres la râpent en poudre,
comme les carics ; ou l'avalent sans mâcher
et la digèrent par des sucs gastriques, comme
les reptiles ; ou la broient par des tritura-
tions, comme les oiseaux avec des gésiers

remplis de petits cailloux ; ou l'arrachent avec
un seul rang de dents et la ruminent ensuite
comme le bœuf herbivore ; ou la hachent avec
deux rangs de dents incisives, comme les che
vaux ; ou la déchirent avec des dents cani
nes, comme les chiens et les singes ; ou
l'écrasent avec une gueule pavée d'os con
vexes et raboteux, comme certains poisson
qui vivent de coquillages. L'homme a, à lu
seul, des lèvres, une langue, des sucs gas
triques, des dents incisives, canines et mo
laires, un œsophage, un estomac, des in
testins ; et, par ces divers moyens réunis,
s'approprie et digère tous les aliments.

Nous allons à présent jeter un coup-d'œ
sur les remèdes que la nature nous offre p
toute la terre, pour guérir la maladie de
faim avec délices ; nous parlerons ensuite
ceux qu'elle nous donne pour guérir agré
blement les maladies par excès.

Nous commencerons par la zone torride
où le soleil répand toutes ses influences,
d'où l'homme a tiré son origine. Il est ce
tain que c'est dans cette zone que se trouve
les fleurs les plus brillantes, les aromates !

plus odorants et les fruits les plus savoureux. Je ne parlerai pas de ses mines d'or, d'argent, de rubis, d'émeraudes, de diamants, auxquelles les autres zones ne peuvent guère opposer que des mines de cuivre, de fer, de plomb et de cristal; mais nous empruntons des productions torridiennes végétales, les noms des couleurs, des odeurs et des saveurs dont nous voulons caractériser celles de nos climats, qui sont les plus distinguées. C'est delà qu'on trouve les couleurs primitives dans toute leur naïveté, et c'est des végétaux qui en sont teints que nous tirons leurs noms, tels que le blanc du coton, le jaune du safran, le rouge de la rose, le bleu de l'indigo, le noir de l'ébène. Il en est de même des odeurs, qui n'ont pas d'autres noms propres que ceux des végétaux qui les produisent, telles que l'odeur de rose dont les Indiens tirent des essences si précieuses, celles des jasmins et de l'encens d'Arabie, des bois d'aloès, de sandal, de benjoin, etc.; c'est là que le soleil rend les parfums savoureux, et les saveurs odorantes dans le poivre, la cannelle, la muscade, le girofle, la va-

nille, etc.; il les harmonie en mille façons dans
une multitude de fruits comestibles, comme
les oranges, les papayes, les ananas, les
mangues, les pommes-dattes, les litchis, les
mangoustans, tous supérieurs à nos confitures et à nos conserves les plus délicieuses.
Les saveurs primitives alimentaires, ainsi que
les odeurs, s'y retrouvent toutes pures, afin
que l'homme en puisse faire à son gré de
nouvelles combinaisons : tels sont l'acide du
citron, le suc de la canne à sucre, l'amer du
café, l'onctueux du cacao. Dans leur voisinage croissent une multitude de farineux : les
uns sous terre, en racines d'une grosseur
prodigieuse, comme les cambas, les ignames, les maniocs, les patates; d'autres plus
apparents sur les herbes, comme les riz, les
mils, les maïs, les blés, et les grains légumineux de toute espèce; mais elle a mis en
évidence sur des arbres tout ce qui était utile
et agréable à la vie humaine, déjà préparé et
façonné : le pain dans le fruit à pain, le lait
et le beurre dans la noix du cocotier; du
sucre, du vin et du vinaigre dans la sève de
plusieurs palmiers; du miel plus agréable que

celui des abeilles, dans la datte ; des toisons plus douces que celles des agneaux, dans les gousses du cotonnier ; des vases de toute espèce sur le calebassier ; enfin des logements inébranlables dans les arcades du figuier des banians.

Les zones tempérées n'ont, pour ainsi dire, que la desserte de cette magnifique table. Nous sommes même obligés, en Europe, d'aider la nature par des travaux pénibles et assidus, tandis que les Indiens n'ont besoin que de laisser agir la terre, l'eau et le soleil. C'est même de la zone où l'astre du jour exerce tout son empire, ou au moins de son voisinage, et des climats fortunés de l'Inde orientale, que sont sortis originairement les végétaux, soutiens de notre vie. C'est dans ses hautes montagnes que se trouvent encore la vigne, le figuier, l'abricotier, le pêcher, qui font les délices de Cachemire. C'est de là aussi que sont sortis nos arts, nos sciences, nos lois, nos jeux, nos religions. C'est là que Pythagore, le père de la philosophie, fut chercher parmi les sages brachmanes les éléments de la physique et de la morale. C'est de là qu'il

rapporta en Europe le régime végétal qui
porte son nom, et qui fait fleurir la santé,
la beauté, la vie, et, en calmant les passions, étend la sagacité de l'intelligence.
Quelques ennemis du genre humain ont
prétendu que ce régime affaiblissait la force
du corps et le courage. Ils ne voient plus
d'hommes où ils ne voient pas des bou-
chers et des soldats. Mais faut-il être carni-
vore ou meurtrier pour braver les dangers
et la mort? Dans les animaux granivores ou
herbivores, la caille, le coq, le taureau, le
cheval, sont-ils moins forts et moins coura-
geux que la fouine, le renard, le loup et le
tigre, qui ne vivent que de carnage? Ceux-
ci, armés de dents tranchantes et de griffes,
ne combattent que par ruses et par surprises,
dans l'ombre des forêts ou les ténèbres de la
nuit : ceux-là, quoique armés à la légère, se
battent loyalement à la clarté du jour. Parmi
les hommes, les Japonais, qui ne mangent
jamais de viande, au rapport de Kœmpfer,
leur meilleur historien, sont peut-être de
tous les peuples les plus vigoureux, et ceux
qui craignent le moins la mort. Ils se la don-

...nent avec la plus grande facilité, dégoûtés souvent de la vie par un effet de leur éducation et de leur gouvernement, qui leur inspirent, dès l'enfance, les funestes et insociables préjugés de l'honneur. Cependant ils ne vivent que de végétaux et de coquillages, sur leurs rochers peu fertiles, entourés de mers orageuses. Mais ils ont trouvé l'art d'employer à leur nourriture quantité de plantes marines, que nous négligeons au point que la plupart des nôtres sont inconnues, même à nos botanistes. Elles ne nous servent qu'à engraisser nos champs, lorsque les tempêtes les ont jetées sur nos rivages. Toutefois, une multitude de plantes et de fruits qui font aujourd'hui nos délices, comme le thé, le café, le cacao, et notre olive, ont des amertumes ou des goûts acerbes et insupportables, qu'ils ne perdent que par certaines préparations. Nous ne pourrions même user de nos légumes et de nos grains tels que la nature nous les donne, si nous ne les convertissions en aliments par la mouture, les levains, la boulangerie, l'ébullition, la cuisson et les assaisonnements. Puisque nous sommes obligés

d'employer beaucoup d'apprêts pour manger
les végétaux de la terre, pourquoi n'en ten-
terions-nous pas d'autres, comme les Japonais, pour faire usage de ceux de la mer?
Mais nous n'avons pas besoin de ces res-
sources pour mener, dès à présent, une vie
pythagoricienne très-agréable. Plusieurs hommes de la Grèce, illustres par leur courage,
leur génie et leurs vertus, l'ont embrassée
dans des temps où les richesses végétales
de l'Europe étaient bien moins nombreuses
qu'aujourd'hui. Tels ont été Ocetès, qui, le
premier, trouva le mouvement de la terre
autour du soleil; Architas, Tarentin, qui inventa la sphère, et qui fut si renommé en
Sicile par la douceur de son gouvernement;
Lysis, ami et instituteur d'Épaminondas;
enfin, Épaminondas lui-même, le plus grand
homme de guerre et le plus vertueux des
Grecs. Pourrions-nous nous plaindre de la
nature, à présent que toutes les parties du
monde ont enrichi nos champs, nos jardins
et nos vergers, je ne dis pas seulement de
légumes savoureux, mais de fruits exquis?
Nous y voyons paraître successivement les

fraises des Alpes, les cerises du royaume de Pont, les abricots de l'Arménie, les pêches de la Médie, les figues de l'Hyrcanie, les melons de Lacédémone, les raisins de l'Archipel, les poires et les noix de l'île de Crète, les pommes de la Normandie, les châtaignes de la Sicile, et les pommes de terre de l'Amérique septentrionale. Flore et Pomone parcourent dans nos climats le cercle de l'année, et en enchaînent tous les mois autour de notre table par des guirlandes de fleurs et de fruits.

Mais quand nous serions relégués jusqu'aux extrémités du Nord, dans ces contrées où il n'y a plus ni printemps ni automne, les dons de Cérès et de Palès suffiraient encore pour y rendre notre vie commode et innocente. Je me souviens que lorsque je servais en Russie dans le corps du génie, en faisant la reconnaissance des places de la Finlande russe avec le général Du Bosquet, chef des ingénieurs, nous aperçûmes les débris d'une cabane et les sillons d'un petit champ au milieu des rochers et des sapins. C'était à une lieue de Wilmanstrand, petite ville située vers le 61e

degré de latitude nord. Mon général, qui
connaissait beaucoup la Finlande, où il s'était
marié, me raconta que ce champ avait été
cultivé par un officier français au service de
Charles xii, et ensuite prisonnier des Russes
à la bataille de Pultawa. Cet officier avait fixé
son habitation dans ce désert, où la terre,
couverte de neige pendant six mois et de roches toute l'année, ne rendait à ses cultures
qu'un peu d'orge, des choux et de mauvais
tabac. Il avait une vache, dont il allait vendre
le beurre tous les hivers à Pétersbourg. M. de
La Chétardie, ambassadeur de France, le fit
inviter plusieurs fois à le venir voir, en lui
promettant de l'emploi dans sa patrie, et de
lui donner les moyens d'y retourner; il se
refusa constamment à ses invitations et à ses
offres. Il avait oublié entièrement sa langue
maternelle, mais il entendait toujours celle
de la nature. Il avait épousé la fille d'un
paysan finlandais, et il ne manqua à son bonheur que d'en avoir des enfants. Je savais
déjà que beaucoup d'Européens avaient em-
brassé en Amérique la vie des Sauvages, et
que jamais aucun Sauvage n'avait renoncé à

l'Amérique pour adopter les mœurs des Européens. Mais, de tous ces exemples, je n'en ai trouvé aucun d'aussi frappant que celui d'un Français qui préféra la vie laborieuse et obscure d'un paysan de la froide et stérile Finlande, à la vie oisive et brillante d'un officier, sous le doux climat de la France. La pauvreté et l'obscurité sont donc bonnes à quelque chose, puisqu'en nous entourant d'elles nous pouvons trouver la liberté au sein d'un gouvernement despotique, tandis que la fortune et la célébrité souvent nous couvrent de chaînes au milieu d'une république. Je l'avoue, les ruines de cette petite cabane, entourée de sillons moussus, m'ont laissé des impressions plus profondes et des ressouvenirs plus touchants que le palais impérial de Pétersbourg, avec ses huit cents colonnes et ses vastes jardins; palais rempli, comme tous les palais du monde, de jouissances vaines et de soucis cruels. Je me représente encore cette petite habitation de la Finlande au milieu des roches, sur la lisière d'une forêt de sapins, près du lac de Wilmanstrand, n'offrant, dans un été fort court,

que quelques gerbes d'orge à la bêche de son
cultivateur, mais lui ayant donné en tout
temps la liberté, la sécurité, le repos, l'innocence, et un asile assuré à la foi conjugale.

Cependant, quelque stérile que soit une
région où la terre laisse entrevoir ses fondements de granit au même niveau que les
sommets des Alpes, j'y ai vu des cerisiers et
des groseilliers y faire briller leurs rubis; les
lisières même des bois y sont tapissées de
fraisiers, de myrtilles, de kloukvas et de
champignons comestibles. Combien d'arbres
fruitiers de nos climats, et même de pays
plus méridionaux, peuvent résister à ses hivers, puisque l'arbre au vernis du Japon, le
mûrier à papier de la mer du Sud, et plusieurs autres des pays chauds, plantés dans
nos jardins, n'ont pas succombé à des froids
de 18 à 20 degrés, ainsi que nous l'avons
éprouvé dans les rudes hivers de 1794 et de
1799! Comment la nature se refuserait-elle
en Finlande, aux essais des naturalistes,
puisqu'elle a fait naître sous son ciel Linnæus, le plus éclairé de tous? Au reste, que
de mets et de boissons se tirent des seules

préparations des blés, dont chaque climat peut produire au moins une espèce ! L'orge vient en Finlande tout au plus en trois mois, par un été plus chaud que celui de l'équateur. Que de légumes et de grains exotiques pourraient y croître dans le même espace de temps !

Non-seulement la nature nous a donné des végétaux en harmonie avec tous nos besoins physiques, mais elle en a produit en rapport avec nos jouissances morales, et qui en sont devenus les symboles par la durée de leur verdure : tels sont le laurier pour la victoire, l'olivier pour la paix, le palmier pour la gloire. Elle en a fait croître dans tous les sites, qui, par leurs attitudes mélancoliques et religieuses, semblent destinés à nos funérailles. Je parle, non de ceux qui servaient au bûcher des morts chez les peuples qui les brûlaient, comme les Romains, car tous y sont propres, mais de ceux qui servaient, par leurs parfums, à les aromatiser, ou, par leurs formes, à décorer leurs tombeaux.

Dans les premiers, les Égyptiens employaient des sucs et des résines tirés de la

myrrhe, du nard, du cinnamome et du
baume même : d'où est venue l'expression
d'embaumer. Ils sont parvenus, par ces
moyens, à préserver de la corruption les
corps de leurs aïeux, et à en faire des momies
qui ont la solidité et la durée des rochers.
Les Turcs mettent simplement des feuilles
d'olivier dans les cercueils de leurs morts,
et les peuples du Nord celles du genièvre,
puis ils les laissent consumer à la terre, notre
mère commune. Dans mon pays, les gens de
campagne se servent, pour les mêmes usages, de la menthe aquatique, et quelquefois
ils attachent à la porte des jeunes filles décé-
dées un drap blanc parsemé des feuilles sombres du lierre. Un jour, je trouvai dans un
pauvre village de la Basse-Normandie, devant une chaumière, un rond tout noir sur
le gazon. Un voisin me dit en pleurant que
celui qui l'habitait était mort depuis quelques
jours, et que, suivant l'usage du pays, on
avait brûlé la paille de son lit devant sa porte.
En effet, c'est une image bien naïve de notre
vie qu'un peu de paille brûlée. Le gazon en
était consumé jusqu'à la racine, et son em-

placement tout noir devait contraster long-
temps avec celui qui verdoyait autour. C'é-
tait, au fond, une véritable épitaphe, empreinte sur la terre par la misère et l'amitié,
mais plus expressive que celles qui sont gravées sur le bronze.

Dans notre riche et fastueuse capitale,
nous n'employons, pour les funérailles, que
quatre ais de sapin. On en fait, avec quelques
clous, un coffre oblong où l'on renferme le
corps de son parent, empaqueté dans un
mauvais drap; on le transporte ensuite, sans
convoi, à l'extrémité d'un faubourg, dans un
fond de carrière où l'on a creusé une fosse
vaste et profonde. C'est dans ce barathrum
qu'on le précipite pour jamais, au milieu
d'une foule de morts de tout sexe et de tout
âge. Souvent, pendant la nuit, les fossoyeurs
viennent le dépouiller de sa bière et de son
linaire; quelquefois ils prennent jusqu'à son
corps, et le vendent à des élèves en chirur-
gie pour le disséquer. En vain des parents
éplorés se consolent de la perte d'une fille
chérie par le souvenir de ses vertus virginales;
en vain sa mère infortunée la redemande à

l'abîme qui l'a engloutie : elle est étendue sur
le marbre noir d'un amphithéâtre, exposée
sans voile aux regards d'une jeunesse sans pudeur. À quoi servent à une école des leçons
anatomiques tant de fois et si vainement ré-
pétées, lorsqu'on lui fait perdre le sentiment
de la honte ? Que peut profiter à une nation
civilisée la science la plus sublime, lorsqu'on
détruit chez elle le respect religieux que les
peuples les plus barbares portent aux mânes
de leurs pères ? Mais quand les morts resteraient dans la fosse commune où on les a déposés, la cupidité seule peut en approcher.
Une vapeur infecte en sort sans cesse. Le fils
vient y respirer la mort dans le sein de celui
qui lui a donné la vie. Comment pourrait-il
même le reconnaître parmi cette foule de ca-
davres confondus, recouverts d'un peu de
terre ? À la vérité, on ne leur donne pas le
temps de s'y consumer. Dans cette ville
populeuse, on fouille bientôt les anciennes
fosses pour en faire de nouvelles. Les osse-
ments paternels, les crânes chevelus, les os-
selets des mains qui ont donné et reçu les
étreintes de l'amitié, gisent encore tout en-

tiers sur la terre. Un cimetière de la capitale n'est qu'une voirie humaine. Lorsque la pâle clarté de la lune éclaire, dans l'obscurité des nuits, les collines dégradées et couvertes de chardons qui l'environnent, vous diriez de ces scènes magiques où les poëtes feignent des assemblées de sorcières.

Cependant ce globe, qui n'a que trop d'espace pour les hommes vivants, n'en doit pas manquer pour les morts. La nature a planté dans tous ses sites des végétaux propres à changer en parfum le méphitisme de l'air, et à servir de décoration aux tombeaux, par leurs formes mélancoliques et religieuses. Parmi les plantes, la mauve rampante avec ses fleurs rayées de pourpre, et l'asphodèle avec sa longue tige garnie de belles fleurs blanches ou jaunes, se plaisent à croître sur les tertres funèbres. La blanche ne vient guère que dans les parties méridionales de la France et de l'Europe, où, de tout temps, elle s'harmonie, ainsi que la jaune, avec la mauve. C'est ce que prouve cette inscription gravée sur un tombeau antique. « Au dehors je suis entouré de mauve et d'asphodèle, et au de-

»dans je ne suis qu'un cadavre. » L'asphodèle est du genre des lis, et elle s'élève à
deux ou trois pieds de hauteur. Ses belles
fleurs, qui méritent d'être cultivées, produisent des graines dont les anciens croyaient
que les morts faisaient leur nourriture, et
dont les vivants tirent quelquefois parti. Suivant Homère, après avoir passé le Styx, les
ombres traversaient une longue plaine d'as-
phodèles. Quant aux arbres funéraires, j'en
trouve de deux genres, répandus dans les
divers climats : tous deux ont des caractères
opposés. Ceux du premier laissent pendre jusqu'à terre leurs branches longues et menues,
et on les voit flotter au gré des vents. Ces arbres
paraissent comme échevelés et déplorant quelque infortune : tel est le casuarina des îles de
la mer du Sud, que les naturels ont grand soin
de planter auprès des tombeaux de leurs ancêtres. Nous avons chez nous le saule pleureur ou
de Babylone : c'était à ses rameaux que les Hé-
breux captifs suspendaient leurs lyres. Notre
saule commun, lorsqu'il n'est pas étêté, laisse
pendre aussi l'extrémité de ses branches, et
prend alors un caractère mélancolique. Sha-

kespeare l'a fort bien senti et exprimé dans *la Chanson du saule*, qu'il met dans la bouche de Desdemona, prête à terminer ses malheureux jours. Il y a aussi, dans plusieurs autres genres d'arbres, des espèces à longues chevelures ; j'en ai vu quelques-unes : tels sont certains frênes, un figuier de l'Ile-de-France, dont les fruits traînent jusqu'à terre, et les bouleaux du Nord. Le second genre des arbres funèbres renferme ceux qui s'élèvent en obélisque ou en pyramide. Si les arbres à chevelure semblent porter nos regrets vers la terre, ceux-ci semblent diriger, avec leurs rameaux, nos espérances vers le ciel : tels sont, entre autres, les cyprès des montagnes, le peuplier d'Italie et les sapins du Nord. Le cyprès, avec son feuillage flottant et tourné en spirale, ne ressemble pas mal à une longue quenouille chargée de laine, telle que les poëtes en imaginaient entre les mains de la Parque qui filait nos destinées. Les peupliers d'Italie ne sont autre chose, suivant l'ingénieux Ovide, que les sœurs de Phaéton qui déplorent le sort de leur frère, en élevant leurs bras vers

26*

les cieux. Quant au sapin, je ne connais
point d'arbre plus propre à décorer les
tombeaux : c'est un usage auquel l'emploient
fréquemment les Chinois et les Japonais. Ils
le regardent comme un symbole de l'immortalité. En effet, son odeur aromatique, sa
verdure sombre et perpétuelle, sa forme pyramidale qui semble fuir jusque dans les
nues, et ce je ne sais quoi de gémissant que
ses rameaux font entendre quand les vents
les agitent, semblent faits pour accompagner
magnifiquement un mausolée, et pour entretenir en nous le sentiment de notre immortalité.

Plantons donc ces arbres pleins d'expression mélancolique sur les sépultures de nos
amis. Les végétaux sont les caractères du
livre de la nature, et un cimetière doit être
une école de morale. C'est là qu'à la vue des
puissants, des riches et des méchants réduits
en poudre, disparaissent toutes les passions humaines, l'orgueil, la cupidité, l'ava-
rice, l'envie; c'est là que se réveillent les
sentiments les plus doux de l'humanité, au
souvenir des enfants, des époux, des pères.

des amis; c'est sur leurs tombeaux que les peuples les plus sauvages viennent apporter des mets, et que les peuples de l'Orient distribuent des vivres aux malheureux. Plantons-y au moins des végétaux qui nous en conservent la mémoire. Quelquefois nous élevons des urnes, des statues; mais le temps détruit bientôt les monuments des arts, tandis qu'il fortifie chaque année ceux de la nature. Les vieux ifs de nos cimetières ont plus d'une fois survécu aux églises qu'ils y ont vu bâtir. Ombrageons ceux de la patrie des végétaux qui caractérisent les diverses tribus de citoyens qui y reposent; qu'on voie croître sur les fosses de leurs familles ceux qui les ont fait vivre pendant leur vie, l'osier des vanniers, le chêne des charpentiers, le cep des vignerons; mettons-y sur-tout des végétaux toujours verts, qui rappellent des vertus immortelles, plus utiles à la patrie que des métiers et des talents; que les pâles violettes et les douces primevères fleurissent chaque printemps sur les tertres des enfants qui ont aimé leurs pères; que la pervenche de Jean-Jacques, plus chère aux amants que le myrte amoureux, étale ses fleurs azurées sur le tombeau de la beauté toujours fidèle ; que le lierre embrasse le cyprès sur celui des époux unis jusqu'à la mort ; que le laurier y caractérise les vertus des guerriers ; l'olivier celles des négociateurs ; enfin que les pierres gravées d'inscriptions à la louange de tous ceux qui ont bien mérité des hommes, y soient ombragées de troënes, de thuya, de buis, de genévriers, de buissons ardents, de houx aux graines sombres, de chèvre-feuilles odorants, de majestueux sapins. Puissé-je me promener un jour dans cet élysée, éclairé des rayons de l'aurore, ou des feux du soleil couchant, ou des pâles clartés de la lune, et consacré en tout temps par les cendres d'hommes vertueux ! Puissé-je moi-même être digne d'y avoir un jour mon tertre, entouré de ceux de mes enfants, surmonté d'une tuile couverte de mousse ! C'est par ces décorations végétales que des nations entières ont rendu les tombeaux de leurs ancêtres si respectables à leur postérité. Dans ce jardin de la mort et de la vie, du temps et de l'éternité, se formeront un jour des philosophes sensibles et sublimes, des Confucius, des Fénelons, des Addissons, des Youngs. Là s'évanouiront les vaines illusions du monde, par le spectacle de tant d'hommes que la mort a renversés ; là renaîtront les espérances d'une meilleure vie, par le souvenir de leurs vertus.

# HARMONIES VÉGÉTALES,

## ou

## LEÇON DE BOTANIQUE A PAUL ET VIRGINIE.

### ÉGLOGUE DE VIRGILE.

Présidez aux jeux de nos enfants, charmante fille de l'Aurore, aimable Flore; c'est vous qui couvrez de roses les champs du ciel que parcourt votre mère, soit qu'elle s'élève chaque jour sur notre horizon, soit qu'elle s'avance, au printemps, vers le sommet de notre hémisphère, et qu'elle rejette ses rayons d'or et de pourpre sur leurs régions de neige. Pour vous, suspendue au-dessus de nos vertes campagnes, portée par l'arc-en-ciel au sein des nuages pluvieux, vous versez les fleurs à pleine corbeille dans nos vallons et sur nos forêts; le zéphyr amoureux vous suit, haletant après vous, et vous poussant de son haleine chaude et humide. Déjà on aperçoit sur la terre les traces de votre passage dans les cieux ; à travers les rais lointains de la pluie, les landes apparaissent toutes jaunes de genêts fleuris ; les prairies brumeuses, de bassinets dorés ; et les corniches des vieilles tours, de giroflées safranées. Au milieu du jour le plus nébuleux, on croirait que les rayons du soleil luisent au loin sur les croupes des collines, au fond des vallées, aux sommets des antiques monuments ; des lisières de violettes et de primevères parfument les haies , et le lilas couvre de ses grappes pourprées les murs du château lointain. Aimables enfants, sortez dans les campagnes, Flore vous appelle au sein des prairies : tout vous y invite, les bois, les eaux, les rocs arides ; chaque site vous présente ses plantes, et chaque plante ses fleurs. Jouissez du mois qui vous les donne : avril est votre frère ; il est à l'aurore de l'année, comme vous à celle de la vie ; connaissez ses dons riants comme votre âge. Les prairies seront votre école, les fleurs vos alphabets, et Flore votre institutrice.

Nous n'appellerons point des docteurs pour enseigner la botanique aux enfants ; c'est aux femmes qu'il appartient de leur parler de ce que les végétaux ont de plus intéressant ; elles-mêmes ont avec eux les rapports les plus doux ; les arbres semblent faits pour les ombrager, les gazons pour les reposer, les fleurs pour les parer. Qui sait mieux qu'elles en assortir des bouquets, et en composer des guirlandes, des couronnes, des chapeaux ? Ce fut à l'école de la Bouquetière d'Athènes que le peintre Pausias, son amant, se rendit si habile à faire des tableaux de fleurs. Les femmes sont elles-mêmes les fleurs de la vie, comme les enfants en sont les fruits ; ce sont elles qui font le charme de nos sociétés, soit qu'elles forment entre elles des chœurs de danse, soit que chacune d'elles se promène avec son époux, ou entourée de nombreux enfants. Tout ce qu'il y a de plus agréable à la pensée, s'y présente sous des figures et des noms de femme. L'antiquité donna des formes et des noms féminins à l'Aurore ; aux Heures, qui attelaient les chevaux du Soleil ; à l'arc-en-ciel, qu'elle appela Iris ; aux Naïades, aux Néréides, aux Oréades, aux divinités les plus aimables des airs, des eaux, de la terre, des forêts; aux Muses, aux Vertus, aux Graces, et à Vénus elle-même, qui réunissait en elle tous les charmes. Il est vrai que nous avons attribué aussi au même sexe tout ce qu'il y a de plus déplaisant sur la terre, tel que les maladies les plus cruelles du corps, de l'ame, et des sociétés politiques, comme la faim, la soif, les fièvres, les épidémies, la peste, la jalousie, l'envie, la calomnie, la haine, la fureur, la rage, la perfidie, la férocité, les Furies des enfers; enfin la guerre qui réunit tous les maux, sous la forme et le nom de Bellone..... Ce n'est pas que les femmes soient plus susceptibles de ces passions cruelles que les hommes; elles y sont moins sujettes, par leur nature douce et compatissante; mais lorsqu'elles se rencontrent en elles, elles y acquièrent quelque chose de plus dangereux : *corruptio optimi pessima.* Si les vertus sont encore plus belles dans un beau corps, les vices aussi y sont plus hideux. Les femmes atteignent en bien et en mal les deux extrêmes, et les ins-

pirent alors aux hommes ; les jouissances et
les douleurs exquises leur appartiennent. C'est
donc à elles à professer la science des plaisirs, puisqu'elles en ont une conscience plus
intime. Il n'y en a point de plus aimable et
de plus innocente que celle de la botanique.
Si quelques-unes en ont extrait des poisons,
une infinité d'autres en tirent des remèdes,
des aliments, des boissons, des parfums,
des parures, qui font nos joies et nos consolations. Si la coupe de Médée a coûté la vie
à quelques infortunés, celle d'Érigone soutient et réjouit tous les jours le genre humain.
Le moly de Mercure préserve des enchante-
ments de Circé. Pour moi, je crois que si
nos femmes ne se livrent pas, comme celles
de l'antiquité, à l'étude ravissante de la botanique, c'est qu'elle est hérissée, parmi
nous, de mots grecs, et que soumise, par
nos systèmes, à une savante analyse, elle ne
leur présente plus que des squelettes. Mais
j'espère qu'en suivant la marche que nous
leur avons indiquée, elles trouveront au
moins dans les campagnes les fleurs revêtues
des mêmes graces qu'elles leur donnent

en les groupant sur leur tête et sur leur sein.

Nous voyons donc qu'une mère suffit pour apprendre aux enfants tout ce qu'il y a d'utile et d'agréable à connaître pour eux dans la botanique. Tout ce que j'ai dit des harmonies végétales est destiné principalement à parler à la raison déjà formée de l'instituteur ; mais il faut parler autrement à celle des enfants. J'observerai, à cette occasion, qu'on a imaginé, pour développer leur raison, des livres ingénieux sur toutes sortes de sujets : il en résulte de grands inconvénients. D'abord, les histoires qu'ils renferment, soit imaginées, soit extraites de l'antiquité, ne sont point les mêmes que celles de nos sociétés, et les enfants ne font presque jamais d'application, dans la pratique, des principes et des exemples qu'on leur donne en théorie. Ils ne se déterminent, comme la plupart des hommes, que par ce qui se passe sous leurs yeux. Si ces ouvrages les ennuient, ce qui arrive souvent, ils ne les lisent point, ou, ce qui est encore pire, s'ils les lisent malgré eux, ils en conçoivent, pour le reste de leur vie, une grande répugnance pour la lecture. S'ils s'en amusent, ils croient que la raison et le plaisir ne sont que dans leurs livres. Les personnages de leurs dialogues leur paraissent plus intéressants que leurs camarades; et la gouvernante, ou la mère, qui y est supposée d'une humeur toujours égale, et qui leur débite des contes à chaque instant, leur semble meilleure et bien plus amusante que leur propre mère. Ainsi, les ouvrages faits pour les rapprocher de leur famille et de la société, sont précisément ceux qui les en éloignent davantage. Je voudrais donc, et j'en ai déjà fait le vœu, qu'au lieu de livres, on ne leur montrât que les choses elles-mêmes, et qu'une mère fît des conversations avec ses enfants sur le premier sujet venu, comme Socrate avec ses disciples. Ce sont les événements personnels de notre enfance, accompagnés des leçons maternelles, qui se gravent le plus profondément dans notre mémoire, parce qu'ils pénètrent jusque dans notre cœur; ce sont les leçons de nos mères qui donnent tant de force à nos opinions religieuses pendant le cours de notre vie. Inspirées avec le lait, elles se perfectionnent avec notre raison ; et, après avoir joué autour de notre berceau, dans l'âge de l'innocence, elles nous soutiennent dans l'âge des passions. Je voudrais donc que le sentiment de la Divinité, qui est inné dans l'homme, y fût d'abord développé, non par un précepteur, mais par une mère. Le Dieu d'une mère est toujours indulgent et bon comme celui de la nature : un précepteur enseigne, une mère fait aimer. Je voudrais que celle-ci donnât ses premières leçons, non dans une ville, mais à la campagne ; non dans une église, mais sous le ciel ; non d'après des livres, mais d'après des fleurs et des fruits.

Il y a une méthode facile aux plus ignorants pour s'instruire, c'est d'aller du simple au composé : on l'appelle synthèse ou composition. Elle est rejetée par nos docteurs, qui lui préfèrent l'analyse ou décomposition ; celle-ci marche en sens contraire, c'est-à-dire du composé au simple. La raison de cette préférence vient, à mon avis, de ce que l'analyse suppose un esprit d'une grande étendue.

due, qui embrasse d'abord un objet dans tout son ensemble, pour le réduire à ses premiers éléments. Mais c'est par elle aussi que nos sciences finissent en éblouissement, suivant l'expression de Michel Montaigne. En effet, c'est par le moyen de l'analyse que nos philosophes modernes ont cru se démontrer que l'air n'est point un élément; qu'il y a environ quarante matières primitives et inaltérables dans les fossiles; que toutes les lois du mouvement et de la vie viennent de l'attraction; qu'enfin il n'y a point d'ame dans les animaux, ni de Dieu dans l'univers. La méthode analytique impose beaucoup à la multitude, qui révère toujours ce qu'elle ne connaît pas; mais cette marche de nos esprits forts est une preuve évidente de leur faiblesse, qui, ne pouvant embrasser plusieurs objets à-la-fois, tâche de les réduire à un seul, qui finit par leur échapper à son tour.

Il n'en est pas de même de la synthèse, qui, comme la nature dans ses productions, va du simple au composé. C'est par elle que nous généralisons nos pensées et les propriétés de chaque être. Pour donner une idée de ces deux méthodes, j'en ferai l'application au soleil lui-même, ce premier agent de notre monde. Je suppose qu'un docteur se soit mis dans la tête d'en connaître les propriétés; il s'éloigne d'abord des brouillards qui couvrent la terre, et choisit le sommet de quelque haute montagne pour le lieu de ses observations. A mesure qu'il s'élève au-dessus de l'horizon, il voit disparaître successivement les prairies, les vergers, les forêts de sapins, et il parvient enfin à des rochers dépouillés de verdure, où l'eau, réduite, faute de chaleur, à son état naturel de congélation, se change autour de lui en énormes glaces, et où les dernières couches de l'atmosphère sont à peine respirables. Là, le soleil, dépouillé de ses rayons ardents et de ses brillantes réfractions, ne lui apparaît, en plein midi, que comme un petit globe de quelques pouces de diamètre, au milieu d'un ciel d'un bleu foncé. Voilà le résultat où l'a amené l'analyse de l'astre du jour. Supposons, au contraire, qu'un ignorant tel que moi, qui va du simple au composé, redescende humblement du sommet de cet orgueil-

leux observatoire : chaque pas qu'il fait vers
les vallons lui découvre une qualité nouvelle
du soleil. En entrant dans une atmosphère
vaporeuse, il voit les rayons se teindre d'aurore et de pourpre, dilater l'air, faire souffler
les vents, et fondre les glaciers en fleuves et
en torrents : il en conclut que les rayons solaires se décomposent en couleurs, qu'ils sont
chauds, puisqu'ils rendent les glaces fluides,
et qu'ils allument en quelque sorte notre atmosphère, dès qu'ils se montrent sur notre
horizon. En considérant ensuite leur action
sur la terre, il pressent d'abord que le soleil
l'attire, puisqu'elle tourne sans cesse autour
de lui ; et il est porté à croire qu'une si puis-
sante influence sur le globe doit se faire sentir
dans son intérieur, et y produire peut-être
l'or et les pierreries, qu'on ne trouve guère
en effet que dans le sein de la zone torride.
Parvenu aux flancs de la montagne, où reparaît la puissance végétale, il aperçoit de nouvelles propriétés du soleil ; il voit ses rayons,
pénétrant les forêts, en développer les feuillages, en colorer les fleurs, en féconder les
semences, et ajouter, chaque année, un cer-

clé à leurs troncs majestueux. Plus bas, il les
voit s'étendre dans les vergers, donner aux
fruits leurs couleurs, leurs parfums, leurs
saveurs ; et il doute si, en se fixant à leur
surface en or et en vermeil, ils ne se conglo-
mèrent pas au dedans en ambre et en sucre.
Enfin, descendu avec la nuit au fond des
vallées, il entend les oiseaux par leurs chan-
sons ; et les troupeaux par leurs mugisse-
ments, saluer les derniers rayons du soleil
qui dorent les sommets des collines. Bientôt
ils cessent de voir, de marcher, de sentir, et,
pour ainsi dire, de vivre. Son absence les
plonge dans un profond sommeil. On croirait
que leur vie est une portion de cette flamme
céleste qui éclaire et échauffe les airs, les
eaux, la terre et les forêts. Le cours de leurs
actions journalières est réglé sur les diverses
heures du cours journalier du soleil, comme
celui de leurs naissances, de leurs amours,
de leurs générations et de leurs morts, sur
les diverses phases de son cours annuel.

L'homme seul sait rappeler le feu du soleil
au milieu des ténèbres, et y découvrir de
nouvelles modifications. Il le fait sortir du

tronc des arbres, où de longs étés l'ont fixé,
et il le fait étinceler et flamber dans son foyer.
Mais sa lueur céleste brille encore pour lui
au haut des cieux, malgré l'obscurité des
nuits. Il la voit réfléchie dans le firmament,
par les planètes, accompagnées de leurs satellites nombreux. Il les voit tour-à-tour as-
cendantes, descendantes, à l'orient, à l'oc-
cident, sur des lignes horizontales, obliques,
perpendiculaires, et formant entre elles des
losanges, des carrés, des triangles. Ce télé-
graphe céleste lui parle sans cesse un langage
mystérieux, qui lui annonce toutes les harmonies du temps, des secondes, des mi-
nutes, des heures, des jours, des semaines,
des mois, des saisons, des années, des cy-
cles, des siècles. Il exprime encore toutes les
époques de l'existence, des naissances, des
adolescences, des pubertés, des virilités, des
générations, des vieillesses, des décrépitudes,
des morts. Quelquefois une comète cheve-
lue, venant à traverser les cieux, apparaît
comme un signal de destruction ou de création pour un globe ancien ou nouveau. Ainsi,
si l'on peut comparer les imitations terrestres

des hommes aux modèles célestes que leur offre la nature, nos machines mobiles élevées sur le haut de nos tours nous annoncent, par quelque signal extraordinaire, une défaite ou une victoire. Peut-être chaque étoile, comme un soleil, a ses signaux particuliers dans les mouvements des mondes auxquels elle donne la vie; peut-être tous leurs télégraphes, agissant à-la-fois, se communiquent leurs expressions, et expriment à l'infini des pensées ineffables, qui ne sont comprises que par des êtres immortels. Pour notre soleil, il est pour l'homme le livre de l'immortalité; c'est dans sa lumière qu'il puise ces sentiments de gloire, d'infini, d'éternité, qui accompagnent sans cesse les espérances de sa vie passagère.

Nous ne connaissons donc les qualités du soleil qu'en les combinant synthétiquement avec les autres puissances de la nature, et nous les faisons disparaître en les en séparant par l'analyse. Il en est de même des autres puissances. Nous ne connaissons les facultés de l'homme qu'en le mettant en rapport avec les éléments, les végétaux, les animaux,

et sur-tout avec ses semblables. C'est par
ces rapprochements que se démontre l'existence de son ame raisonnable. Il en est de
même de la Divinité. Nous ne nous convain-
quons de sa puissance, de son intelligence,
de son éternité, de sa bonté, qu'en rapportant ses attributs à ses divers ouvrages. Elles
s'évanouissent dans les méditations du solitaire, qui les décompose dans son cerveau.
Il n'y a point d'homme plus près du matérialisme que le métaphysicien, parce que l'a-
nalyse qui l'égare, est née de l'orgueil et de
la faiblesse de l'esprit humain.

La botanique a été traitée par l'analyse
comme les autres sciences. Les hommes,
semblables aux enfants, ont effeuillé les plantes pour les connaître, et ils ont tiré à-peu-
près les mêmes résultats. Mais si on rapporte
les végétaux aux autres puissances de la nature, leurs fleurs au soleil, leurs tiges aux
vents, leurs feuilles aux pluies, leurs racines
à la terre, leurs fruits aux animaux et aux
hommes, il en résulte mille connaissances
agréables et utiles. Une prairie suffit pour
donner aux enfants, au défaut du ciel, une

idée de la puissance du soleil. Les fleurs lui montrent les diverses époques des heures, des jours, des saisons et des années. Si les astres, par leur grandeur et l'étendue de leur révolution, font naître des sentiments d'admiration, d'étonnement et de respect religieux, les fleurs en produisent de gaieté, d'innocence, de plaisir. Laissons même les enfants, au défaut de maîtres, imaginer leur botanique. S'ils trouvent que les pétales des rosés ne sont concaves que pour être claqués sur leur front; que les degrés de la tige de certaines graminées ne sont alternés que pour exprimer le degré de leurs amitiés, et que les volants des semences d'un pissenlit ne sont faits que pour être soufflés d'une seule haleine, qui dira que leur système ne vaut pas celui de Linnæus? Les fleurs d'une prairie sont aussi bien créées pour leur servir de bouquets et de chapeaux, que pour être pâturées par les bêtes, ou disséquées par des savants. La plupart même d'entre elles ont des rapports de convenance avec les traits des enfants, par leur grandeur, leurs couleurs et leur naïveté. Les bluets sont semblables à leurs yeux bleus ; les boutons de rose à leurs lèvres vermeilles. Il en est de même des fruits : la pomme d'api, blanche et rouge, a des convenances avec leurs joues si riantes ; la pêche fondante et la fraise mamelonnée en ont également avec le sein des jeunes filles. On pourrait les étendre beaucoup plus loin.

C'est donc aux femmes, et sur-tout aux mères, à donner les premières notions de la botanique aux enfants, en allant du simple au composé. On peut remonter aisément d'un fraisier jusqu'à l'ordre de l'univers : j'en vais présenter la marche à l'institutrice, qui doit se considérer comme la mère des enfants, ainsi que l'instituteur est considéré comme leur père. Je voudrais même que l'une et l'autre en portassent les noms, afin qu'ils se rappellent sans cesse la bonté et l'indulgence qu'ils doivent à leurs élèves, et ceux-ci l'affection et la reconnaissance dues à des soins maternels.

Je suppose donc une mère avec deux enfants, une petite fille et un petit garçon, auxquels elle voudrait donner quelques idées de la nature et de son auteur. J'appellerai la première Virginie, et le second Paul. J'adopte ces noms d'autant plus volontiers, que j'ose dire y avoir attaché quelque intérêt. Beaucoup d'enfants les portent aujourd'hui: en cela, Dieu a comblé mes vœux et au delà. Lorsque j'étais célibataire, et que je publiai les premiers volumes de mes Études de la Nature, j'y ai dit, sans me douter que je prophétisais, que *la génération future m'appartiendrait en quelque chose.* Je l'entendais des réformes de son éducation, dont je m'occupais; mais j'en suis en quelque sorte devenu le parrain. Je ne vais point dans une promenade, que je n'entende des mères, des bonnes, des frères et des sœurs appeler des Pauls et des Virginies. Je tourne souvent la tête, croyant que ce sont mes propres enfants; car j'ai aussi une Virginie et un Paul, qui forment la couronne de roses de ma vieillesse. Je me servirai donc de leurs noms avec d'autant plus de plaisir, qu'ils me donneront l'occasion de tracer une esquisse de leurs caractères qui commencent à poindre; j'y trouverai aussi celle de leur donner quelques leçons utiles pour l'avenir. Ma Virginie, qui a bientôt cinq ans, est déjà dans l'âge et dans le goût d'en profiter : pour mon Paul, il n'a guère qu'un an; mais il est de l'humeur la plus douce, et il répond déjà, par ses caresses, à la vive affection de sa sœur. Il n'y a que des ames aimantes qui soient propres à l'étude de la nature.

## LA MÈRE, VIRGINIE ET PAUL.

### LA MÈRE.

Que le mois d'avril paraît doux, après un hiver aussi rude! Reposons-nous au pied de ce chêne qui montre ses premières feuilles. Asseyons-nous sur ce gazon. Amuse-toi, ma fille, à cueillir des fleurs pendant que je tiendrai ton frère sur mes genoux.

### VIRGINIE.

Je vais lui en faire un gros bouquet, et pour vous aussi, et pour moi aussi.

### LA MÈRE.

Tiens, voilà des violettes.... au pied de ces églantiers.

VIRGINIE.

Oh! qu'elles sentent bon! Je croyais qu'elles ne venaient que dans les jardins. Maman, comment appelez-vous ces fleurs blanches qui viennent parmi les violettes? Elles sentent bon aussi.

LA MÈRE.

Ce sont des primevères.

VIRGINIE.

Et celles-là, qui sont au milieu du bois?

LA MÈRE.

Ce sont des jacinthes et des muguets.

VIRGINIE.

Ah! voici des marguerites dans l'herbe Qu'elles sont jolies! En voilà d'à moitié ouvertes. Pourquoi ont-elles un petit étui vert qui les enveloppe à moitié?

### LA MÈRE.

C'est pour défendre la fleur. On appelle cet étui un calice. Beaucoup de fleurs ont un calice. C'est comme le bourrelet que je mets autour de la tête de Paul, de peur qu'il ne se la casse en tombant.

### VIRGINIE.

Mais les fleurs ne tombent pas.

### LA MÈRE.

Non, mais elles se choquent les unes contre les autres quand il fait du vent.

### VIRGINIE.

Et ces petites feuilles blanches de la marguerite qui sont toutes rouges par la pointe, à quoi servent-elles?

### LA MÈRE.

A renvoyer les rayons du soleil sur le milieu de la fleur, à ce que dit ton papa. On les appelle des pétales.

### VIRGINIE.

Qu'est-ce que c'est que ces petits boutons jaunes comme des têtes d'épingles, qui sont au milieu de la marguerite ?

### LA MÈRE.

Ce sont des fleurons. Ils ont besoin de chaleur pour fleurir : voilà pourquoi la plupart des fleurs se tournent vers le soleil. Mais je ne suis pas assez savante ; ton père t'expliquera cela un jour.

### VIRGINIE.

Pourquoi n'est-il pas venu avec nous ? Il aurait eu bien du plaisir.

### LA MÈRE.

Oui, il aime le bois de Boulogne. Il s'y est souvent promené avec Jean-Jacques.

### VIRGINIE.

Qu'est-ce que Jean-Jacques ? Je ne l'ai jamais vu avec mon papa.

### LA MÈRE.

Il est mort il y a long-temps, ma fille. C'est un homme qui a été fort persécuté, parce qu'il prenait le parti des malheureux. Il aimait beaucoup les enfants.

### VIRGINIE.

Mon papa nous aime aussi beaucoup. Pourquoi n'est-il pas venu se promener avec nous? Il y vient toujours.

### LA MÈRE.

Il est resté à Paris, pour nos affaires.

### VIRGINIE.

Pour quelles affaires?

### LA MÈRE.

Pour des procès.

### VIRGINIE.

Qu'est-ce que des procès?

## LA MÈRE.

Ce sont des guerres qu'on nous fait pour nous demander ce que nous ne devons pas, et pour nous refuser ce qu'on nous doit.

## VIRGINIE.

Mais on se tue à la guerre.

## LA MÈRE.

Dans les procès, on tue les fortunes, et quelquefois les réputations.

## VIRGINIE.

Nous sommes donc bien à plaindre ! car on dit que la guerre est à présent par-tout le monde. Les hommes sont bien méchants ! On fait la guerre à mon papa ! (*Elle se met à pleurer.*)

## LA MÈRE.

Tu es trop sensible, ma pauvre Virginie ; ne pleure pas. Si les méchants sont contre nous, Dieu sera pour nous. Rapprochons-nous de la nature ; elle est son ouvrage.

**VIRGINIE,** *en riant et en courant.*

Oh ! que de fleurs dans les herbes ! En voilà de blanches, de jaunes, de bleues, de rouges, de violettes, de grandes ! grandes ! et de toutes petites. Comment s'appellent-elles ?

**LA MÈRE.**

Je n'en sais rien.

**VIRGINIE.**

J'ai bien envie de les connaître toutes.

**LA MÈRE.**

Tu les montreras à ton père, qui t'en dira les noms, et nous les apprendrons ensemble ; car je suis aussi ignorante que toi.

**VIRGINIE.**

J'en connais déjà beaucoup, beaucoup : des roses, des œillets, des jasmins, des margue-

rites, des violettes, des...., des.... prime.... Je
m'en ressouviendrais bien, si je les voyais.

### LA MÈRE.

Tu n'auras pas plus de peine à en retenir
les noms que ceux de tes lettres.

### VIRGINIE.

Oui, si vous me les apprenez aussi, maman. Les fleurs sont plus jolies que les lettres.
Je voudrais pouvoir lire dans un pré comme
dans un livre.

### LA MÈRE.

Nous ne savons pas encore épeler l'alpha-
bet de la nature, comment pourrions-nous
en assembler les pensées ?

### VIRGINIE.

Voilà beaucoup de fleurs blanches le long
du bois. Elles ressemblent à des marguerites ;
mais elles sont plus grandes.

### LA MÈRE.

Ne les cueille pas : ce sont des fleurs de

fraisiers; cet été, elles se changeront en fraises.

### VIRGINIE.

Comment! les fraises commencent par être des fleurs?

### LA MÈRE.

Oui, mon enfant, comme les femmes commencent par être de petites filles.

### VIRGINIE.

Et les autres fleurs des prés deviennent-elles aussi bonnes à manger?

### LA MÈRE.

Non.

### VIRGINIE.

Elles ne servent donc à rien?

### LA MÈRE.

Il n'y en a aucune d'inutile. Les abeilles viennent y chercher leur miel.

### VIRGINIE.

Qu'est-ce qu'une abeille ?

### LA MÈRE.

C'est une mouche grise, à quatre ailes. Tiens, en voilà une sur cette fleur de muguet. Prends garde d'y toucher, car elle pique bien fort. Tu peux la regarder, elle ne te fera pas de mal.

### VIRGINIE.

Oh ! elle enfonce sa tête dans les godets du muguet, comme quand je mets mon doigt dans mon dé ! Elle ramasse avec son bec pointu une poussière jaune, qu'elle met sur ses cuisses avec ses pates de devant. Venez donc voir, maman ; que cela est curieux ! En voilà encore d'autres sur d'autres fleurs ; mais il n'y en a pas sur leurs feuilles : les feuilles ne sont donc bonnes à rien ?

### LA MÈRE.

Oh si ! Ces vaches que tu vois là-bas les

1.                                                     29

mangent, et les changent en lait dans leurs mamelles.

### VIRGINIE.

Je ne savais pas que le lait venait des plantes, et le miel de leurs fleurs.

### LA MÈRE.

Les abeilles en tirent encore de la cire, les moutons de la laine, et elles font produire des œufs aux poules, qui en mangent les graines.

### VIRGINIE.

Mais qui est-ce qui a fait les plantes ?

### LA MÈRE.

C'est le bon Dieu, ma fille.

### VIRGINIE.

Mais qui est-ce qui les fait pousser? Il n'y a point de jardinier ici comme dans les jardins.

### LA MÈRE.

C'est le soleil qui les échauffe, la pluie qui les arrose, et le vent qui les ressème.

### VIRGINIE.

Oh ! Dieu est bien savant !

### LA MÈRE.

Oui, ma chère fille ; c'est lui qui a fait le soleil, le vent, la pluie, la plante ; l'abeille, qui tire le miel de ses fleurs ; la vache, qui change les herbes en lait ; et les hommes, qui jouissent de tous ses bienfaits, souvent sans reconnaissance.

### VIRGINIE.

Oh ! Dieu est bien bon ! je veux le remercier tous les jours. Il n'a rien fait d'inutile. Mais ce n'est donc pas lui qui a fait ces vilaines chenilles qui mangent les feuilles des arbres ? En voilà une qui vient de me tomber sur le visage : oh ! qu'elle est laide !

### LA MÈRE.

C'est des chenilles que viennent ces jolis papillons après lesquels tu aimes tant à courir.

### VIRGINIE.

Et comment cela? est-ce qu'il y a un papillon dans une chenille?

### LA MÈRE.

Oui, mon enfant, il y est renfermé, comme tes ciseaux dans leur étui. Je ne puis pas te l'expliquer, mais je te le ferai voir un jour.

### VIRGINIE.

Oh! maman, faites-moi le voir tout à l'heure.

### LA MÈRE.

Ma bonne amie, je ne puis pas plus te montrer à présent un papillon dans une chenille, qu'une fraise dans sa fleur : il faut que le soleil ait mûri l'un et l'autre.

### VIRGINIE.

Ah! voilà un oiseau qui en emporte une.

### LA MÈRE.

C'est pour la donner à manger à ses petits. Sans les insectes, les oiseaux n'auraient pas de quoi nourrir leurs petits dans une saison où il n'y a pas encore de grains ni de fruits mûrs.

### VIRGINIE.

Mais à quoi servent les oiseaux? Ils sont inutiles, puisqu'on ne peut pas les attraper.

### LA MÈRE.

Ils servent à réjouir l'homme par leurs chants. Celui que tu viens de voir est un rossignol; il est brun comme un moineau, et il a un long bec. Il s'est réfugié dans ce buisson couvert de petites roses, qui est un églantier. C'est là qu'est son nid.

### VIRGINIE *court au buisson.*

Oh! je vais prendre ses petits. (*Elle re-*

*vient en pleurant.*) Ah mon Dieu ! je me suis arraché les mains ; mon sang coule, je vais mourir !

### LA MÈRE.

N'aie pas peur de mourir. La mort est notre retour vers Dieu qui est bon. Embrasse-moi.

### VIRGINIE.

Maman, si Dieu était bon, il n'aurait pas mis des épines parmi les roses.

### LA MÈRE.

Il en a mis dans plusieurs buissons, afin que les petits des oiseaux, qui ne peuvent pas voler, fussent défendus dans leurs nids.

### VIRGINIE.

Pourquoi ne veut-il pas qu'on les prenne ? Je ne leur aurais pas fait de mal ; je les aurais mis dans une belle cage avec mon chardonneret.

### LA MÈRE.

Que dirais-tu si on t'enlevait à ta mère

pour t'élever dans une belle maison ? Pourquoi ferais-tu à la mère d'un oiseau un chagrin que tu ne voudrais pas que l'on fît à la tienne ?

### VIRGINIE.

Ah ! Dieu est bon, puisqu'il prend soin des petits oiseaux. Mais s'il n'y avait pas de Dieu ?

### LA MÈRE.

Il n'y aurait alors ni plantes, ni chenilles, ni oiseaux, ni petites filles, ni pères, ni mères ; tout serait dans la confusion : c'est Dieu qui les a faits.

### VIRGINIE.

Mais qui est-ce qui a fait Dieu ?

### LA MÈRE.

Personne ; il est de toute éternité.

### VIRGINIE.

Je voudrais bien connaître Dieu.

LA MÈRE.

Tu le connaîtras en faisant du bien, à son exemple.

VIRGINIE.

Je ne suis pas assez grande.

LA MÈRE.

Tu en peux faire dès à présent. Abstiens-toi de faire de la peine aux animaux. L'abstinence du mal envers les bêtes est le premier exercice du bien envers les hommes.

VIRGINIE.

Oh ! je puis faire du bien à mon frère Paul. Tu sais, maman, que je n'ai rien que je ne partage avec lui. Tiens, mon petit Paul, voilà des fleurs que j'ai cueillies pour toi ; voilà des violettes, des marguerites ; j'en vais mettre tout autour de ton bourrelet. Baise-moi, mon ami. Il rit toujours !

LA MÈRE.

Allons, ma chère Virginie, il est temps de

nous en retourner, de peur d'être surprises en chemin par la nuit. Tu feras un chapeau de fleurs à ton frère à la maison. Nous rencontrerons peut-être ton père qui viendra au-devant de nous.

~~~~~~~~~~~~~~~~~~

Je puis assurer que je n'ai mis dans ce dialogue que des idées communes à ma fille, âgée de quatre ans et huit mois. Elle m'a souvent embarrassé avec ses questions. En voici l'ordre ordinaire : Qu'est-ce que cela ? à quoi cela sert-il ? *et à cause ?* Et quand on croit l'avoir satisfaite sur ces trois points, elle retourne sa question en sens contraire, par cette autre : Et si cela n'était pas ? Elle cherche à connaître les choses positivement et négativement. Avec ce tour de logique, elle m'a mis souvent hors d'état de lui répondre. Au reste, cette méthode de raisonnement est familière à la plupart des enfants élevés avec liberté. Notre raison apparaît positive et négative dans ses premiers développements ; elle est en rapport avec les harmonies de la nature, formées de contraires ; c'est elle qui pousse les enfants à effeuiller la rose qu'ils ont d'abord admirée : comme les hommes, ils veulent connaître la source de leurs plaisirs. Je me servirais de cet instinct pour leur donner une idée intime de la botanique; je leur montrerais le rapport des racines des plantes avec la terre, de leurs feuilles avec les pluies, de leurs tiges avec les vents, des pétales de leurs fleurs avec le soleil; je leur expliquerais même l'usage des pistils, des anthères, et de leurs parties sexuelles. Ces images sont si pures dans les fleurs, que la plupart des hommes ne les y aperçoivent pas, quoiqu'ils les foulent aux pieds. Je ne voudrais pas qu'ils eussent honte eux-mêmes de leur propre sexe, et qu'ils le regardassent comme un opprobre, suivant nos anciens préjugés. Toùt est innocent à des ames innocentes. Ce n'est pas la nature qui corrompt notre cœur, c'est notre cœur qui corrompt la nature. J'apprendrais aux enfants à respecter la double chaîne qui reperpétue les êtres, comme une loi sainte et sacrée que la nature a mise en eux sous la sauvegarde de la pudeur. Les jeunes filles des Sauvages sont chastes, quoique nues, parce que leur cœur est pur. Les sexes des plantes ne feraient pas plus naître dans les enfants des idées obscènes, que les sexes des animaux qu'ils voient tous les jours à découvert.

Au reste, nous naissons tous pyrrhoniens : les questions directes et inverses des enfants en sont la preuve ; c'est par elles qu'ils s'instruisent. Le doute est dans leur tête, comme dans celle de Descartes, le premier mobile de leur science ; leur raison vacillante me paraît la cause de l'inconstance qui leur est si naturelle. C'est une balance qui a sa systole et sa diastole, comme le cœur, et qui, par son mouvement même, est très-propre à se charger de connaissances en tout genre, pourvu que nous en maintenions l'équilibre. Mais bientôt les préjugés, les autorités et les habitudes en font incliner un des côtés, pour ne se relever jamais. Heureux encore si nous conservions le doute pour les opinions d'autrui ! mais, comme les philosophes eux-mêmes, nous les rejetons sans examen, pour n'approuver que les nôtres.

Il est donc nécessaire de laisser les enfants

faire des questions ; car c'est à l'ignorant ou
à celui qui doute à demander, et à celui qui
sait ou croit savoir à répondre, au rebours
de notre manière d'instruire, comme l'a fort
bien remarqué Jean-Jacques. Il suffit de pi-
quer la curiosité des enfants, qui n'est si active en eux que parce que tout leur est nouveau, et que leur raison en équilibre ne sait
à quoi se fixer. Pourvu donc qu'on ne l'arrête point par des autorités dogmatiques, on
lui ouvrira mille perspectives ravissantes au
milieu de cet océan de vérités qui nous environne. Mais si vous la fixez à des atomes,
comme Épicure, ou à des tourbillons de ces
mêmes atomes, comme Descartes, ou à l'hor-
reur du vide, comme Aristote, ou à l'amour
du plein, qui est l'attraction, comme les
Newtoniens modernes, vous échouerez sur
un écueil. En vain vous ajouterez à ce dernier
système si à la mode une force de projection, combinée avec celle de l'attraction, de
peur que toutes les pièces de l'univers, en
s'attirant mutuellement, ne viennent à former un seul bloc : en vain vous supposerez
même que cette force de projection en ligne

droite est produite par la force centrifuge ou repoussante du corps qui attire, parce que c'est une contradiction ; en vain vous ajouterez que, dans les corps, les uns repoussent, et les autres attirent, comme une maîtresse qui hait son amant, ce qui n'a pas encore été dit, quoique plus vraisemblable : vous ne ferez jamais concevoir le mouvement elliptique et constant d'une planète autour du soleil, sans l'idée d'un être intelligent qui a créé ces forces, les a balancées et les entretient. Le sentiment de la Divinité est l'ultimatum de la raison humaine ; c'est le centre de la sphère, dont elle est un rayon ; elle en part, elle y retourne. J'ai tracé une légère esquisse de sa marche d'après la raison d'une petite fille. Les enfants âgés de dix à douze ans, sont susceptibles de raisonnements beaucoup plus étendus ; il en est tel qui, par une courte série de questions fort simples, forcerait l'athée le mieux retranché dans son système hérissé de calculs, d'avouer, comme Newton lui-même, qu'il existe un Dieu : mais, pour nous élever vers lui, ne quittons pas le chemin des fleurs.

Si les jeunes filles ont du goût pour les fleurs éparses dans les champs, elles n'en ont pas moins pour les rassembler en bouquets ou en chapeaux, et les assortir avec leur teint, leurs traits et leur humeur. On peut, à cette occasion, leur donner une idée générale de notre théorie des couleurs en cinq couleurs primitives, ou la blanche, la jaune, la rouge, la bleue et la noire. On peut y peindre leurs couleurs intermédiaires, telles que la safranée, l'orangée, la violette, et celle d'indigo ; on pourrait en former avec des fleurs une guirlande qui présenterait une série des plus aimables consonnances, en les rangeant dans cet ordre : des jasmins, des marguerites, des jonquilles, des bassinets, des capucines, des roses, des coquelicots, des nielles des blés, des bluets, des pieds-d'alouettes, des tulipes rembrunies ; car, pour les fleurs tout-à-fait noires, je n'en connais point : elles seraient inutiles dans le tableau de la végétation, où chaque fleur porte son ombre avec elle. On apprendrait aussi aux jeunes filles à produire des contrastes avec ces mêmes fleurs, en opposant les plus claires aux plus sombres : en

ce cas, elles auraient attention de mettre les
plus blanches au centre, comme une masse
de lumière qui éclaire et rehausse tout le
groupe : c'est ce que ne manquent pas de
faire les Van-Spaëndonck dans leurs tableaux.
Mais, après tout, ces réflexions ne valent pas
le goût naturel du sexe dans l'arrangement
des fleurs, qui font sa plus charmante parure.
Comme je l'ai dit ailleurs, j'ai connu une
femme qui, avec de simples graminées de diverses espèces, formait les plus agréables panaches dans des vases à long col : il n'y entrait
pas une seule fleur. Les femmes de l'Orient
trouvent dans leurs jardins de quoi exprimer
toutes leurs passions, avec des roses, des
soucis, des tulipes au cœur brûlé.... En effet,
les fleurs ont des analogies avec les caractères, les unes étant gaies, d'autres mélancoliques ; il y en a même, ainsi que je l'ai dit,
qui en ont avec les traits du visage : les bluets
en ont avec les yeux, les roses avec la bouche, la rose de Gueldre avec le sein, la digi-
tale avec les doigts, etc. Chacune d'elles a
des parfums qui en ont aussi avec les diverses
sensations de la beauté. Les fleurs les plus

odorantes sont les plus propres à faire des bouquets et des chapeaux, telles que les violettes et les roses. Rien n'est aimable comme les fleurs dans la parure des femmes et des enfants : l'or, l'argent, les perles et les diamants, ne peuvent leur être comparés ni par leurs formes, ni par leur éclat, qui est trop vif; seules, elles ont des coupes et des teintes analogues à la couleur des yeux, des lèvres et du visage ; elles se présentent par-tout sous leurs pas, tandis qu'il faut aller chercher les métaux et les fossiles brillants, à travers mille dangers, au sein des terres et des mers : les unes se recueillent par les mains de l'innocence, et les autres souvent par celles du crime.

Mais on ne jouit pas toujours des premiers charmes du printemps. Quelquefois, comme celui de la vie humaine, qui est entremêlé de rougeoles et de petites-véroles, il ne s'annonce que par des grêles et des giboulées ; le mois d'avril, qui en présente les prémices, est souvent humide et froid dans nos climats. Les paysans de mon pays disent en proverbe : *Avril doux; quand il s'y met, c'est le pire de tous.* Il règne alors, sur-tout sur les côtes de Normandie, un vent du nord-ouest, qui couvre nos campagnes de l'atmosphère brumeuse des glaces marines qui descendent des pôles du Nord, et viennent s'échouer et fondre sur le banc de Terre-Neuve. Souvent le mois de mai n'est pas plus agréable que le mois d'avril. Voltaire disait que le mois de mai n'était beau que chez les poëtes. En effet, j'ai vu plus d'une fois de la neige tomber dans nos promenades avec les fleurs des marroniers d'Inde. Pourquoi exposerions-nous alors nos jeunes filles à des rhumes et à des transpirations arrêtées ? Destinées, par leur délicatesse et leurs devoirs, à garder l'intérieur de leurs maisons, laissons-les-y au moins à l'abri des injures des éléments ; ce n'est qu'aux garçons à les braver. Je voudrais donc que ceux-ci, dans les mauvais temps, fissent seuls des incursions dans les campagnes pour en rapporter des fleurs et des rameaux ; les jeunes filles en feraient des guirlandes destinées à leur parure ; elles s'exerceraient ensuite à les dessiner et à les broder, d'après quelques bons modèles et les conseils de leur mère, ou, à son défaut, de quelque Minerve du voisinage. Pourquoi ne se trouverait-il pas des femmes qui feraient part gratuitement de leurs talents à la jeunesse, comme d'autres faisaient part de leur fortune à la fondation des couvents, dans un temps où ils étaient l'asile de l'innocence et de la vertu ?

Je pense qu'il est utile d'exercer également les enfants des deux sexes à dessiner les plantes. Ils trouveront dans leurs formes toutes les courbes imaginables, et ils exerceront, d'après des modèles réguliers, l'instinct qui les porte à charbonner sur les murs les objets qui les frappent.

**FIN DU TOME PREMIER.**

# TABLE DES HARMONIES

## CONTENUES DANS CE VOLUME.

FIN DE LA TABLE DU TOME PREMIER DES HARMONIES.

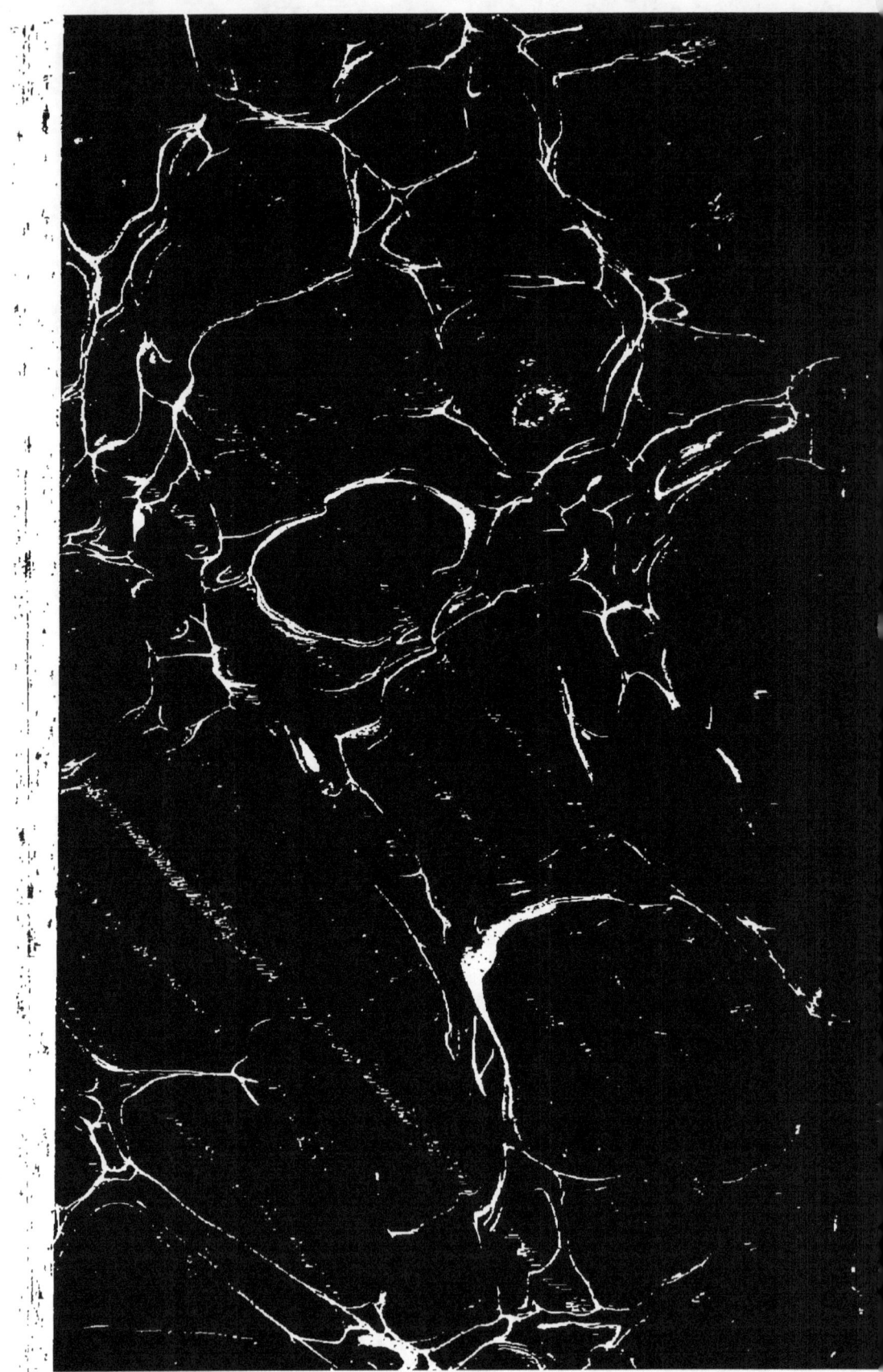

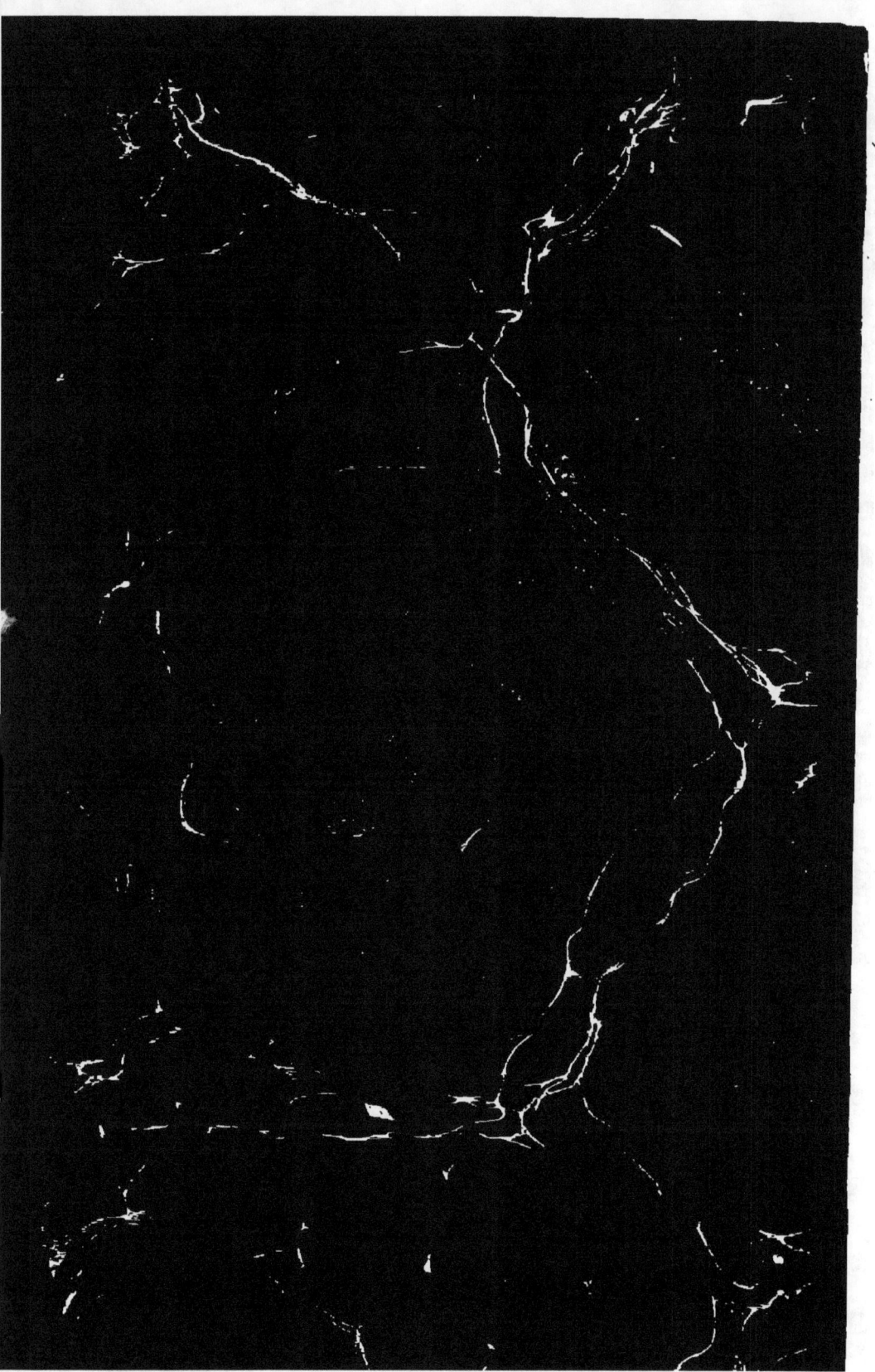

www.ingramcontent.com/pod-product-compliance
Lightning Source LLC
Chambersburg PA
CBHW050323030726

47505CB00003B/841